KB130099

제15회 삶의 향기 동서문학상

| 수상작품집 |

제15회 삶의 향기 동서문학상

| 수상작품집 |

자염煮鹽

대상수상작 | 김혜영

Contents

심사평

총평	어둠을 밝음으로 바꾸는 존재	김홍신
심사평	소설 부문	이광복, 김호운
	시 부문	손해일, 신달자
	수필 부문	권남희, 장호병
	아동문학 부문	오순택, 최균희

삶의 향기가 문학이 됩니다

총평

어둠을 밝음으로 바꾸는 존재

김홍신(소설가, 15회 삶의향기 동서문학상 운영위원장)

무자비하게 들이닥친 코로나19 사태는 우리 사회의 약한 곳을 무차별 괴롭히고 있습니다. 우리의 소중한 문학밭도 예외가 아닙니다. 그러나 문학이 품고 있는 지혜 품앗이는 약자에게 따스한 손길을, 괴로운 이들에게 마음의 안식을, 거드름 피우는 자들에게는 따끔한 회초리를 드는 선비정신을 가다듬었습니다.

작가는 현대판 선비입니다. 참선비가 되려면 사리에 밝고 도량이 넓으며 어질고 남을 먼저 세우는 자비심을 가져야 합니다.

문학은 이 험한 세상의 고달픔도 함께 짊어져야 합니다. 그래서 문학인들은 위기에 빠진 사람을 위로하고 연대하며 통합하는 정신사로 인류사회에 정신적 회복 탄력성을 제고하는 명약입니다. 우리 문명사를 살펴보면 인류의 지적역량을 진화시켜 역사를 만들었고 그 진화의 핵심역할은 문화와 예술이었습니다. 글 쓰는 사람을 가리켜 어둠을 밝음으로 바꾸는 존재라고 한 까닭이 바로 그것입니다.

글쓰기는 스스로에 대한 치유와 화해입니다. 또 예측 불허한 인생길에 참다운 길벗입니다. 코로나 사태로 방역과 백신이란 말이 흔해졌습니다. 우리는 마음 방역, 영혼 백신을 찾아야 합니다. 문학이 바로 마음 방역, 영혼 백신이기에 늘 가까이 두어야 합니다. 인류의 큰 자산은 스스로 주인임을 아는 자유로움이고 남의 자유를 인정하는 큰마음입니다. 타인도 나처럼 존귀하다는 걸 인정하는 휴머니즘이 문학입니다.

한국 근현대사는 한국인을 절박하고 애절하게 살 수밖에 없게 만들었습니다. 가난, 핍박, 나라 뺏긴 서러움, 전쟁 따위로 천둥지기처럼 숨 가쁘게 살았습니다. 그래서 한국인의 이야기는 모두 문학의 소재입니다.

아름다운 젊음은 자연현상이고 아름다운 노년은 예술작품이라고 합니다. 문학은 청년이든 노년이든 가리지 않고 자연현상이든 인공현상이든 가리지 않으며 사람을 예술품으로 승화시키는 마법입니다. 그 마법사가 바로 삶의향기 동서문학상에 응모한 여러 문학도들입니다.

한글은 현존하는 세계 문자 중에 유일하게 만든 뜻과 만든 인물이 밝혀졌으며 자음과 모음을 조합하면 세상의 모든 언어와 소리를 표현할 수 있습니다. 그런 한글로 글을 닦고 그런 한글로 지혜를 섭렵하는 문학인은 마땅히 선비일 수밖에 없습니다.

대한민국은 교과서에 없는 방법, 몸짓, 열정으로 기적을 일구었습니다. K방역, K팝이 세상을 흔들었듯 이제 K문학이 세상 사람들의 영혼 속으로 미끄러져 들어갈 것입니다.

2020년 10월 5일 마감한 '제15회 삶의향기 동서문학상' 응모작품은 모두 18,631편(시 9,947편, 소설 1,740편, 수필 3,171편, 동화 1,232편, 동시 2,541편)입니다. 응모해주신 모든 문학도들의 정진에 머리 숙입니다.

초심과 재심에서 스물네 분의 선생님들과 결심에서 여덟 분의 스승들께서 진지하고 공정하며 품격 있게 심사를 해주셨습니다. 머리 숙여 감사의 말씀 드립니다. 코로나 사태로 비대면 진행을 온 정성으로 해준 운영위원회의 노고에 큰 박수를 보냅니다. 심사와 동서문학상의 규범을 모자람 없이 챙겨주신 한국문인협회 이광복 이사장님과 수고하신 분들께 두 손 모읍니다.

늘 변함없이 인간의 향기와 문학의 향기 그리고 기업의 향기를 북돋아 주시는 동서식품의 메세나 정신 앞에 문학의 향기와 문명의 꽃을 함께 바칩니다.

소설 부문 심사평

심사위원 이광복, 김호운

제15회 삶의향기 동서문학상 소설 부문에 응모한 작품은 모두 1,740편이다. 이 엄청난 응모 작품 수는 올해 15회차로 시행하는 동서문학상의 역사와 전통을 말해 주고 있다. 응모 작품은 일주일 동안 1차 기초심과 2차 예심을 거쳐 본심에 21편이 올라왔다. 이미 두 차례 심사를 거친 터라 본심에 오른 작품들은 모두 나름대로 탄탄한 작품성을 지니고 있었다. 본심에서는 독창적인 소재와 구성으로 주제를 심화하고, 서사를 무리 없이 잘 전개했는지를 중심으로 살펴 우열을 가렸다. 작품 수준이 엇비슷할 경우 부득이 흠결이 많은 작품이 뒤로 밀릴 수밖에 없다. 본심에 올라온 21편 작품 가운데 「자염煮鹽」, 「망나니의 노래」, 「북해도의 까마귀」, 「기억의 현상학」, 「빨간 에나멜 구두」, 「고리 만들기」를 우선 수작으로 가린 뒤, 다시 정독하며 꼼꼼하게 살폈다. 나름대로 모두 독창적인 소재와 구성으로 안정감 있게 서사를 전개하고 있었지만, 흠결의 중요도를 따져 등위를 결정했다.

그 결과 「자염煮鹽」을 대상으로, 「망나니의 노래」와 「북해도의 까마귀」를 은상으로, 「기억의 현상학」, 「빨간 에나멜 구두」, 「고리 만들기」를 동상으로, 「빈틈의 시간」, 「개와 함께 낮잠을 잘 것」, 「빨강」, 「당신의 이야기」, 「생수」를 가작으로, 「날개」, 「멜볼딘 동물원」, 「조의 아파트」, 「잃어버린 얼굴」, 「구두의 기억」, 「삼색 공방」, 「홍콩행」, 「그날」, 「선영이 쓴 편지」,

「다나베의 일기」를 입선으로 선정했다. 이 중 대상 작품은 각 부문 금상에 해당하는 최우수 작품 가운데 한 편을 선정하는데, 각 부문 심사위원들이 공동 심사하여 소설 부문 「자염煮鹽」을 대상으로 선정했다.

대상 작품 「자염煮鹽」은 3대에 걸쳐 전통적인 방법으로 '자염'(바닷물을 졸여서 만든 소금)을 만드는데, 전통 가업을 이어가는 문제와 현실의 장벽으로 인한 가족 간의 갈등구조를 잘 살렸다. 소재가 신선하고, 서사를 전개하는 문장력 또한 나무랄 데가 없어 심사위원 만장일치로 대상으로 선정했다.

은상 작품 「망나니의 노래」는 양반에서 망나니로 전락한 갈등구조를 잘 살려 서사를 전개한 독창적인 구성이 눈길을 끌었으나, 주제를 심화하는 사건과 문장 연결에 미흡한 부분이 있어 아쉽게 은상에 선정되었다. 「북해도의 까마귀」는 소재가 신선하고 구성 또한 나무랄 데 없으나 지문에 너무 치중하여 설명으로 서사를 전개한 점이 아쉬움으로 남는다.

동상 작품 「기억의 현상학」은 기억의 편린을 퍼즐 맞추기 형식으로 한 구성과 빠른 서사 전개가 읽는 재미를 배가한 점이 좋았으나, 보편성 유지와 인과관계 형성이 매끄럽지 못했다. 「빨간 에나멜 구두」는 가족 간에 겪는 사랑의 갈등을 비교적 탄탄한 구조로 구성했으나 상황 묘사보다 설명으로 사건을 전개한 점이 흠결로 작용했다. 「고리 만들기」는 구성과 사건 전개는 무난했으나 주제를 심화하는 서사 구조가 약한 점이 아쉬웠다.

수상한 모든 분께 축하의 말씀을 전하며, 비록 수상작에 선정되지는 못했지만 응모한 분들께도 격려의 박수를 보낸다.

시 부문 심사평

심사위원 손해일, 신달자

2020년 제15회 삶의향기 동서문학상 시 심사는 아주 자연스럽게 이루어졌다. 두 명의 심사위원이 있었지만 두 위원의 생각이 이상하리만치 비슷했다. 그래서 심사의 어려움이 없었다. 어려움이 없는 이유 중의 또 하나는 모든 작품의 질이 뛰어났기 때문이다. 이 문학상이 출발할 때 심사를 두어 번 했던 기억을 떠올리면 그동안 작품의 질이 놀랍도록 향상되었고 사실은 모두 등단을 시켜도 무방하리만치 시의 품격이 있다고 말해도 틀리지 않는다.

당연한 이야기 아니겠는가. 동서문학상이 지금까지 존재해 오는 것은 문학의 질을 높이고 문학을 따르는 사람들이 목표와 희망을 갖게 하는 일도 중요한 이유이기 때문이다. 문학을 사랑하는 사람에게 삶의향기 동서문학상은 하나의 목표요 희망이기 때문이다. 백 년 묵은 느티나무처럼 더우면 바람으로 그늘로 넌지시 힘이 되어주는 그런 힘이 아닐까 생각도 든다. 이 동서문학의 다리를 건너온 수많은 문학인들도 앞으로 반드시 이 다리를 건너고 싶은 사람들이 "그래 그것은 나의 목표였어."라고 말하는 문단의 단단한 힘이 되었기 때문이리라.

그렇지 않은가. 우리가 살아가는 이 사회의 어딘가에 내가 꼭 건너야 할 다리가 있다는 것은 마음에 색깔을 입히고 방향에 힘이 주어지는 일이므로 감사한 일이 아닐 수 없다.

이번 금상은 「얼룩말 나비와 아버지」로 정했다. 작품의 짜임새와 간결하고 거부감 없는 비유가 안정감을 주면서 은근한 감동을 유발시키는 힘은 예사롭지 않았다. 혈육은 아픈 것이 아닌가. 그리고 등에 업힌 자식을 내려놓지 못하고 떠나는 자는 곧 아버지라는 슬픈 이름 아닌가. 인간의 삶에서 누구나 거쳐야 하는 이별을 슬픔을 지나치게 앞세우지 않고 절제를 가지고 끝을 맺은 결단력이 작품의 품위를 더 격상시켰다.

은상 수상작인 「하늘로 빛을 쏘아 올린 연어」는 강력한 내면 발산이 느껴지지만, 사실은 감정절제 부분이 많다. 시대를 읽어 내며 가슴에 북받치는 덩어리의 분과 화를 이 작품은 보여주는데 마스크를 일상적인 물건으로 보고 있지 않고 억지 필요성으로도 읽어내는 자신의 복잡한 감정 소묘가 시적인 현상을 더욱 드러내고 있다. 도드라진 언어들도 힘을 부추긴다. 이쯤이면 하늘이 아니라 스스로 빛을 쏘아 올릴 것 같지 않은가.

은상 「젠가」는 참 아프다. 가슴에 품은 별 하나로 집을 짓고 싶지만 뿍뿍 긁어 초토화된 어머니의 집이 보이는 절망과 눈물 바르며 삭은 틈새를 메우는 실낱같은 희망 사이에서 수평을 놓치고 마는 마음이 있다. 아름다운가 하면 슬프고 슬픈가 하면 가느다란 희망이 엿보인다. 계단도 슬며시 날개를 펴는 시간이 올지도 모르니까……. 그러나 아름다운 작품이라고 하자.

사실은 미안한 마음이 있다. 금상은 등단 좌석에 앉지만, 그 외는 아직 자리가 없다. 그러나 아시지요? 곧 그대들에게도 좌석번호가 나오는 날이 있지 않겠는가. 포기하지만 않는다면 말이다. 여러모로 차별을 두기가 아주 어려웠다. 다들 의미 몇 가지는 가지고 있었지만 결국 심사는 이렇게 마음 아쉽게 되어 버렸다. 특히 동상으로 밀려난 「두 섬」, 「물의 그림자를 지우며 간다」, 「걷지 않는 나무들」 등도 아쉬웠다는 말씀 전한다. 삶의향기 동서문학상의 발전을 빌며 이번 참가자 전원에게 감사의 인사를 올린다.

수필 부문 심사평

심사위원 권남희, 장호병

제15회 삶의향기 동서문학상에 응모하신 선생님들께 감사와 격려 인사 올립니다. 그리고 여성들에게 살아가는 현장에서 느끼는 정서를 글로 담아 작가의 길을 열어주시는 동서문학상 운영위원회에게 고마움을 전달합니다. 해가 갈수록 글솜씨와 소재, 주제를 다루는 내공을 느끼고 문장력도 세련되고 있다는 걸 엿볼 수 있어 기뻤습니다.

특히, 상위그룹들은 우열을 가릴 수 없는 실력자들이었습니다. 따라서 2% 부족한 부분을 꼽자면, 공통점이 구성력의 취약함이었습니다. 첫 단락에서 당락이 결정되는 점도 중요합니다.

금상 「항아리의 힘」은 순우리말을 구사하는 어휘능력이 능숙했고 구성도 탄탄했습니다. 오랫동안 글을 쓴 흔적이 있습니다. 은상 「할머니의 숲」은 스토리가 돋보였지만 상투적인 어휘들이 있었습니다. 감동이 있고 생명력의 뿌리를 보여준 글입니다. 남다른 현장성이 참신함을 준 「우리 동네 이야기」 등 다양성이 살아있어 즐거웠습니다. 아쉬운 작품은, 「씻김 받고 꽃상여 타고⑵」는 좋은 소재로 눈길을 끌었지만 80% 정도가 자료로 덮여서 주제를 가린 점이었습니다. 아깝지만 덜어내기의 중요함도 생각해야 합니다.

다음 기회를 위해 제안합니다.

무슨 이유로 선정되지 않았는지 궁금하신 분들도 있습니다. 매수가 절대 부족한 원고, 무엇을 쓰려고 했는지 애매한 글, 마무리가 약한 글, 끝까지 물고 늘어지는 생각의 힘이 약한 글들입니다.

수필에서 가장 약한 단락 간 탄력적 관계도 생각해야 합니다. 수백 번의 퇴고가 필요합니다.

세상의 모든 살아가는 이야기들은 훌륭한 글감들입니다. 언제나 소재를 관리하고 깊이를 더하는 노력을 부탁드립니다.

아동문학 부문 심사평

심사위원 오순택, 최균희

이번 아동문학 부문에서 본심에 올라온 작품은 동화 11편, 동시 10편 모두 21편이었다. 작품 전체를 살펴보면 동화는 하위 몇 편을 제외하고는 대부분의 작품들이 수작이란 생각이 들었지만, 동시에서는 우수 작품이 그리 두드러지진 않았다.

동화 부문에서는 주제가 잘 나타나 있고, 문장이 비교적 매끄러운 작품이 많았으며, 주제의 명료성이나 인물의 성격 및 심리 묘사도 잘 표현되었으나 글 전체의 짜임과 구성 면에서는 완성된 작품이라고 보기에는 아쉬운 점이 있었다.

동시 부문에서는 현 시대성을 반영하는 소재들을 다룬 작품들이 많아 독창성은 엿보였으나 작품 안에서의 긴장감이나 참신성이 부족하고 전체적인 짜임새가 엉성하며 설명적인 작품도 간혹 눈에 뜨였다.

금상을 차지한 동화 「또또」는 사냥개를 주인공으로 하여 시종일관 간결한 구어체를 사용하여 사건을 잘 이끌어간 의인화법 동화다. 석 달 전에 잃어버린 자기 새끼 대신 어린 멧돼지에게 젖을 물리어 키우다가 자기에게 상처를 입고 달아난 멧돼지의 새끼라는 걸 알고 의도적으로 멀리하며 안타까워하는 동물의 모성애가 감동을 준다. 또한 아기 멧돼지가 자라서 다시 동네의 농작물에 피해를 입히자 주인은 사냥개를 끌고 나가고, 결국 사냥개가 온몸으로 막아보지만, 사람들이 쏜 총에 맞아 멧돼지가 죽게 되는 장면 등 어쩔 수 없는 상황과 사건 처리를 무리 없이 잘 표현된 훌륭한 작품이었다. 그러나 흠이라면 시작 단계에서 사냥개가 자기 새끼를 어떻게 해서 잃어버렸는지 언급이 없었다.

은상을 받은 동시 「공터에서」는 생명 존중이라는 주제가 잘 드러난 작품이다. 오래 써서 망가졌거나 쓸모가 없어져 버려진 물건들이 한데 모인 공터에서 저마다의 특징을 잘 살려내고 있으며, 주제와의 연관성과 문장의 표현 방법도 재미있다. 후미 부분의 헌 냄비를 집어 드는 할머니와 냄비의 상관관계에서 따스함까지 느끼게 하는 좋은 동시였다.

동화 부문에서 은상을 받은 「나비의 꿈」은 아빠가 없는 가정에서 일터에 나가 고생하시는 어머니를 마중 나가기 위해 공원으로 나간 주인공은 공원에 세운 소녀상과 돌아가신 할머니를 생각하며, 나비를 따라 아빠의 고향과 위안부 할머니의 고향을 여행하며 꿈을 포기하지 않으면 반드시 이루어진다는 주제를 살린 작품이다. 전체적으로 현실과 상상을 오가며 글의 구성을 재치 있고 조화롭게 잘 엮은 동화다. 하지만 글의 구성이 다소 산만하고 복잡하며, 하나로 볼 수 있는 인물을 소녀상과 나비를 달고 있는 할머니로 호칭을 달리함으로써 독자들이 혼돈할 수 있다는 점이다.

동시 「온라인 수업」과 「윗집에 공룡이 쿵쿵쿵」도 코로나19 시대에 걸맞은 소재와 아파트 층간 소음 문제 등을 독창성 있게 다루어 시대적 분위기를 잘 반영한 작품이지만 글의 짜임이 단조롭고 긴장감을 찾을 수 없으며, 구성의 완성도 면에서 조금은 부족했다.

동상을 받은 동화 「내 짝꿍 말미잘」은 남들이 싫어하는 특수아와 계속 짝을 해야 하는 주인공의 심리 묘사 및 갈등 표현이 잘 나타나 있는 작품으로, 글의 구성과 사건의 전개가 비교적 탄탄한 작품이었다. 하지만 말미잘이라는 비유적 호칭이 자칫 예민할 수 있는 소재가 아닐까 하는 노파심으로 한참 논의한 끝에, 작품의 제목을 정하는 것도 매우 중요하다는 생각으로 최종 결정을 내렸다.

그간 동심을 잃지 않고 어린이의 눈높이에서 좋은 동화와 동시를 쓰기 위해 노력하신 수상자 여러분께 감사한 마음과 함께 축하의 박수를 보내며, 앞으로 더욱 정진하여 좋은 작품으로 만나 뵙기를 기대한다.

삶의 향기가
문학이 됩니다

대상 | 자염煮鹽 김혜영

은상 | 망나니의 노래 권인숙

은상 | 북해도의 까마귀 김지형

동상 | 기억의 현상학 전유주

동상 | 빨간 에나멜 구두 임혜영

동상 | 고리 만들기 김선희

소설
부문
수상작

자염煮鹽

김혜영

오랫동안 글을 썼지만 그것이 운명이라고 하기엔 부족함이 많았습니다. 이렇게 큰 상을 받고 보니 지난 시간들을 차분하게 돌아보게 됩니다.

세 살 터울의 딸 셋을 키우면서 우연히 글쓰기를 시작했습니다. 호흡이 긴 소설을 쓰고 싶었지만 아직 어린 세 딸 케어하기도 힘들어 소설은 언감생심이었습니다.

오랫동안 수필과 함께했습니다. 두 권의 책을 내면서도 계속 미련이 남았습니다.

몇 해 전 소설을 시작하면서 노벨문학상 최초의 흑인 여성 작가 토니 모리슨이 한 말을 액자로 만들어 책상 위에 올려놓고 부적처럼 들여다보고 있습니다.

"당신이 읽고 싶은 책이 있는데 아직 쓰인 게 없다면 당신이 써야만 한다."

그런 책이 없어서가 아니라 저도 누군가 읽고 싶은 그런 소설을 쓰고 싶었습니다. 형편없었던 제 첫 습작품에 스승이신 정동수 선생님께서는 이렇게 말씀하셨습니다.

"넌 타고난 이야기꾼이로구나."

그런 당근 같은 응원 덕분에 오늘이 있었다고 생각합니다. 아직은 글을 쓸 때가 행복해서 다른데 눈을 돌릴 수가 없습니다. 이제는 제가 소설을 운명으로 받아들여도 될 것 같습니다. 함께 소설을 쓰는 〈안양소설〉과 〈쓰담〉의 정다운 문우들과 오랜 시간 소설가의 꿈을 함께 기다려준 나의 가족들과 기쁨을 함께하겠습니다.

그리고 마음속에 부러지지 않는 채찍 하나를 두겠습니다. 〈삶의향기 동서문학상 대상〉의 무게가 제겐 당근이 아니라 채찍이 될 것입니다.

자염煮鹽

김혜영

예상은 빗나갔다. 아내가 의논할 일이 있다고 했을 때 머릿속에 떠오른 생각은 고작 어머니와의 합가 정도였다. 언젠가 닥칠 일이지만 아직 시기가 아니라는 어머니의 단호한 의사가 있었기에 대수롭지 않게 생각하고 있었다. 한편으론 아내가 너무 서두르는 게 아닌가 하여 살짝 서운한 마음이 들기도 했다. 그러나 예상을 빗나간 주제에 버럭 화부터 내고 말았다.

"당신은 제삼자니까 그렇게 쉽게 말할 수 있다는 생각은 안 해봤어? 당신의 그 소금 예찬론도 학습된 거란 생각은 안 해봤냐고?"

"당신이야말로 어떻게 그렇게 얘기하죠? 아버지 자식이면서. 남들도 해 보자는데 한 번쯤은 생각해 봐야 하는 거 아니냐고요."

"편리하군, 당신은 염둥이로 자라보지 않았으니 그렇게 쉽게 단정 지을 수도 있고."

"지나친 피해의식이에요. 염둥이가 왜요? 아버님이 그 옛날 천대받던 백정이나 망나니도 아닌데 왜 그토록 부정하죠? 아버님은 오히려 평생을 자부심으로 살아오셨는데?"

이게 다 문화원장의 말 때문이다. 그가 다녀가고 얼마 되지 않아 아버지가 돌아가셨다. 장례식과 삼우제를 치를 동안 그의 말은 나에게 별 동요를 일으키지 않았다. 가망성 없는 일에는 아예 미련 따위 갖지 않는다. 여동생이나 어머니조차 생각하지 않는 일을 아내가 꺼냈다는 것이 놀랍기 전에 화부터 앞섰다. 아내는 염둥이로 자라보지 않았으니까. 아내의 아버지는 소금 가마니는커녕 소금 한 주먹도 직접 쥐어본 적 없으니까 그렇게 얘기할 수 있는 것이리라.

갑상샘기능저하증의 후유증으로 이미 오래전에 미각 소실 상태의 아내가 아버지의 자염은 단맛이 난다느니 깊은 맛이 있다느니 했던 것이 떠올라 그런 말들조차 역겨워졌다. 이제 와서 새삼스럽게 전승이니 가업이니 따지는 것이 아내의 입맛처럼 학습된 맛이라는 생각을 떨칠 수 없다. 천일염이나 자염이나 그게 그거고 소금이 짠맛 이외의 단맛, 깊은 맛을 낸다는 것을 나는 인정할 수 없다.

나의 버럭에도 아내는 흥분하지 않았다. 가업으로 전승받지 못한다면 전승 방법을 찾아보도록 노력해 보는 게 아들의 도리라고 말하는 그 냉정함에 오히려 정나미가 떨어졌다. 나에게 고통스런 가업도 아내에게는 그저 전승해야 하는 문화유산쯤으로 받아들여진다는 사실 때문에 아내와 나 사이에 드넓은 바다가 가로놓인 것만 같았다. 그 바다에 밀물과 썰물이 수없이 드나들었다. 갈수록 그 바닷물의 염도 역시 점점 짙어져 갔다. 아버지에 대한 연민처럼.

어릴 적 기억을 떠올리면 갯벌 가까이 있던 다섯 개의 염막에서 피어올라오던 수증기가 꿈속같이 아련한 광경을 만들어 내곤 했다. 어린 나는 무심결에 짠 내와 함께 섞여 있던 구수한 냄새에 괜스레 헛배가 부르곤 했다.

아버지는 갯벌 끄트머리 간통이 묻힌 통자락을 길게 원을 돌며 써레질을 하고 있었다. 우리가 아버지를 부르며 다가가자 곧 일을 멈췄다. 지친 듯 침을 흘리는 소를 제방으로 끌어내 말뚝에 묶고는 밀짚모자를 벗어 소 등짝을 향해 연신 부채질을 했다.

"아버지 사람들이 왜 우리를 염둥이라 불러유? 내 이름은 은영이구 오빠 이름은 준영인디."

"누가 니들을 염둥이라 부르더냐?"

"아저씨들이 우리를 염둥아, 염둥아 부르잖어유."

"그건 우리 은영이가 소금꽃처럼 이뻐서 그런 것이지."

"에이, 소금이 뭐가 이뻐유. 짜디짜기만 허지."

아버지에게 막걸리 주전자를 건네는 동생의 입에서 볼멘소리가 먼저 터져 나왔다.

"무슨 소리여 시상이서 젤로 이쁜 꽃이 우리 은영이, 준영이 꽃이고 그 다음 이쁜 꽃이 소금 꽃인디."

사람들이 우릴 염둥이라 불렀다. 방금 만난 이장 아저씨도 머리를 한 번씩 쓰다듬으며 그랬다. '어이구. 우리 염둥이들, 아버지한티 막걸리 갖다 주러 가는겨?'라고. 소금 농사를 짓는 집 아이들에게 대명사처럼 붙여진 이름 염둥이. 소금 농사의 변화와 함께 많은 염둥이들이 제 이름을 찾은 것과 달리 우리는 마지막까지 염둥이로 불려지는 것이 끔찍하게 싫었다.

주전자를 받아든 아버지가 다 찌그러진 양철 그릇에 막걸리를 부어 소에게 내밀자 긴 혀를 날름거리며 익숙한 듯 순식간에 마셔버렸다. 그제야 아버지도 한 사발 목을 축이며 뾰로통해진 동생을 달래주었다. 나는 둘의 대화에 끼기 싫어 아버지의 낫을 찾아 소에게 먹일 꼴을 베는 척했다. 시커멓게 탄 아버지의 어깨 위로는 얼룩진 소금 자국이 꽃무늬처럼 피어나 있었다. 아버지는 그렇게 바닷물로 소금을 만들고 자신의 몸에도 소금밭을 만들고 있었다.

조금이 되었다. 아버지는 다시 통자락 갯벌을 써레질했다. 종일토록 소의 고삐를 잡은 채 둥근 원을 만들었다. 원 위에 원, 그 위에 또 다른 원, 크고 작은 원을 반복해 그리며 소를 몰았다. 통자락의 갯벌 흙은 소금 알갱이처럼 고와졌다. 사리 때가 되어 주변의 갯벌이 바닷물에 잠기면서 간통 안에도 바닷물이 가득 찼다. 고운 개흙을 통과한 바닷물이 염도가 더 진해지는 과정을 마쳤다. 깔때기 모양의 간통을 갯벌에 묻고 몇 겹의 짚으로 꼭꼭 싸매는 일부터 아버지는 온갖 정성을 기울였다. 수십 년을 해 오는 일이면서도 허투루 할 수 없었던, 집중력과 정성을 들여야만 하는 일이었다. 그것을 보며 자란 나는 가업을 잇는 사람의 자세라고 존경심을 갖기보다 오히려 별것도 아닌 일에 괜히 유난을 떤다고 생각했다. 아버지의 자염 농사가 자식의 입장에서는 그다지 자랑스럽게 느껴진 적이 없었다. 좀 더 근사한 일을 가업으로 전승해 인간문화재가 되는 경우도 있다는데 하필 누구도 하기 싫어 그만둔 자염을 고집하다니.

자라면서 어른들은 더 이상 우리를 염둥이라 부르지 않았다. 그러나 소리로 표현되지 않았을 뿐 여전히 자염집 염둥이로 인식되는 것을 알고 있었다. 입학하면서는 친구들이 놀리기 시작했다. 염둥이 대신 구두쇠, 굴비라고 불렀다. 그럴 때마다 내 몸에서 소금꽃이 피어나고 맨살에 소금을 문지르는 것처럼 쓰라렸다. 아버지에게서 나던 짠내가 나한테서도 나는 것 같아 더 자주 몸을 씻었다. 그럴수록 나는 아버지의 일이 정나미 떨어지게 싫었다. 그건 단지 내가 염둥이라 불려서만은 아니었다.

중학교 때 친구의 여동생을 짝사랑했다. 아버지들끼리도 꽤나 친하게 지내는 사이였다. 술자리에서 나누는 사돈 삼자는 농담에 가슴이 설레었다. 어린 마음에 그 애랑 결혼도 할 수 있을 것이라 생각했다. 친구는 모르는 일이었다. 내가 고등학교를 서울로 유학가게 되면서 편지로 시작해

꽤나 진지하게 사귀게 되었다. 그 애도 서울로 대학을 오면서 우린 자연스럽게 공개연애를 해도 될 거라 생각했다. 어느 날 친구와 술 한잔하는 자리에 나는 그 애를 불렀다. 자기 여동생이 나타나자 친구는 별말 없이 그날 꽤 많은 술을 마셨다. 며칠 뒤 친구의 어머니가 시골집에 들이닥쳤다.

"아들이 아무리 잘났어도 염한이네에 딸을 줄 수는 없으니까 냉수 먹고 속들 차려유. 이때껏 애지중지 키워서 뭔 개고생을 시킬라구, 언감생심."

친구의 어머니가 내 어머니 앞에서 그렇게 면박을 놓고 가자 어머니는 나 때문에 그날 처음 울었다고 했다. 그날 일로 인해 그때까지 하늘처럼 떠받들던 아버지를 처음으로 원망했더라는 고백도 오랜 시간이 흐른 뒤에 들었다. 자염을 천직으로 아는 아버지와 달리 그 과정의 고달픔이 곧 천한 직업처럼 인식되는 것을 나는 참을 수 없었다.

그 후로는 방학이 돼도 잠깐씩만 집에 들렀다. 공부 핑계를 대긴 했지만 사실은 그 애를, 그 집 식구들을 마주치는 게 거북했다.

입대를 앞두고 휴학을 한 후 하숙집의 짐을 챙겨 집에 내려갔다. 대문에 들어서는데 어머니가 아버지의 점심을 이고 막 나서는 길이었다. 어머니의 광주리를 받아 옆구리에 끼고 아버지에게 갔다. 새참을 다 먹고 주춤거리다가 엉겁결에 소의 고삐를 잡았다. 써레를 잡은 아버지와 고삐를 잡은 나는 아무 말 없이 갯벌 위에 한없이 원을 그렸다. 한낮의 해가 여린 살갗에 생채기를 내듯 포악을 떨었지만 그 일을 쉽게 그만 둘 수가 없었다.

"일제강점기 때부터 사람들이 좀 더 수월한 천일염 염전으로 다 바꿔버렸다. 니들 할아버지만 꿋꿋이 자염을 고집허셨지. 그 천일염이란 것이 양이 많이 나오고 돈도 많이 벌게 해주긴 해도 우리 자염에 비해 맛이 못 허더란 말이여. 지금도 있는 집들은 여전히 자염을 쓰잖니. 할아버지가 왜놈들이라면 원체 치를 떠는 사람이라 더 그러기도 혓겄지 싶다."

아버지의 이야기는 자꾸 고삐처럼 고집 세게 나를 붙들었다. 아버지는 마치 내가 본인을 부끄러워하는 것을 다 안다는 듯이, 그러면서도 동요 없이 남의 이야기인 듯 덤덤하게 말했다. 어쩌면 그때부터 소금 알갱이 하나만큼씩 아버지를 이해하기 시작했던 것 같기도 하다.

사람의 속살이라고 할 수 없을 만큼 타버린 아버지의 피부에선 그날도 여전히 소금꽃이 피어나고 있었다. 아버지 몸에 피어난 그것들을 보며 난 어쩐지 대꾸할 말도 잊어버렸다. 이미 환갑이 지난 아버지는 이제 더 이상 일꾼을 사기 힘들다며 혼자서 모든 일을 해냈지만 불평하지 않았다. 걱정하는 어머니에게 오히려 시대가 그런 걸 어쩌겠냐며 나 죽으면 이 일도 같이 죽는 것이지 하며 아쉬워할 뿐이었다.

"힘들게 이 써레질을 왜 하는지 궁금허지? 이렇게 개흙을 곱게 갈아야지만 흙을 통과하면서 밑에 묻힌 간통에 모이는 바닷물은 염도가 몇 배나 더 높아진단다. 희한허지? 염도가 높아진 소금을 끓여야 땔감도 훨씬 덜 드는 거여. 옛날이나 지금이나 땔감 구하는 일은 여간 만만한 일이 아니잖니. 자염은 사람의 노력이 반이고 자연의 허락이 반이여."

나는 아버지의 그 말을 수긍할 수 없었다. 자연의 허락보다 분명 아버지의 수고가 몇 갑절 많았다. 소금 만드는 기간 동안 아버지는 여전히 소금에 절여진 채 앙상하게 마른 굴비처럼 살아왔다.

그날만큼은 맨발에 곱게 갈린 개흙이 포실포실하게 밟히는 느낌이 참 좋았다. 지금도 한 번씩 맨발로 그 흙을 밟고 싶은 욕구가 생기지만 그 느낌은 오로지 그곳에서만 느낄 수 있다는 것을 안다. 아버지가 다시 염막에 불을 피울 수 없는 것처럼. 그 기억은 머릿속에만 남아있을 것이다. 일찍부터 나의 의지는 확고했다. 아버지 역시 가업을 잇지 않겠다는 선언에 더 이상 토 달지 않았다.

"뭐 대단한 일이라고 고집을 부리겄냐. 젊은 놈이 헐 짓은 아니지. 그

랴, 너는 네 몫을 허고 나는 내 몫대루 살믄 되지."

그렇게 나는 대처로 나갔고 내 몫이라고 생각하는 동물병원 의사로 지금껏 살고 있다.

아버지가 위중하다는 소식을 듣고도 선뜻 나설 수 없었다. 나는 그때 무엇을 망설였던 것일까. 새삼스레 두려움이라고 하기엔 가족들 모두 그 전부터 예견하고 있었던 일이었다. 당분간 휴업하겠다는 안내 문구를 작성하고 프린트를 하는 동안 나는 갑자기 심한 갈증을 느꼈다. 소금을 한 주먹 삼킨 것처럼 냉수 한 컵을 순식간에 비워버렸다. 아내가 그렇게 자꾸 뭉그적거리는 나를 이상하다는 듯 바라보며 눈으로 재촉하고 있었다. 아버지의 죽음을 직면하는 일은 최후까지 미루어놓은 일을 억지로 해야 하는 순간을 맞닥뜨린 것만큼 부담스럽게 다가왔다.

대문을 들어서자 마주 보이는 안방의 열린 문틈으로 누워있는 아버지의 모습이 보였다. 야윈 어깨가 미동도 없이 모로 누운 채 벽을 향하고 있었다. 그 모습을 보자 불쑥, 아버지는 저렇게 작은 몸으로 지금까지 그 많은 소금을 어떻게 만든 것일까 의구심이 들었다. 그 의구심이란 것이 또 얼마나 새삼스러운지 스스로 생각해도 어이가 없었다.

죽어도 집에서 죽게 해달라는 아버지의 간절한 바람에 병원에서 집으로 옮겨와 저렇게 누워 계신 지 벌써 두 달이 지났다. 아버지의 기저귀를 갈고 나오던 어머니가 우릴 보자 또 훌쩍거리기 시작했다.

"간쟁이 똥은 개도 안 먹는다고 했다. 일이 얼마나 고되믄 속에 든 똥까지 타고 써서 개도 안 쳐다본다고 했겄냐. 이제 저승 똥마저 까맣게 지리는구나."

두 달을 꼬박 누워 있었지만 욕창 하나 없이 간호에 정성을 들인 어머니였다. 방금 아버지의 아랫도리를 닦은 수건을 자식들에게조차 보이지 않으려고 뒤로 감췄다. 표백한 듯 하얀 수건에 검은 얼룩이 언뜻 비쳤다. 내겐 그것이 머지않았다는 표식 같아서 외면하고 싶었다.

선뜻 아버지 방으로 들어서지 못하는 내 어깨를 어머니가 슬며시 밀었다. 순간 주춤하며 문지방을 밟아 휘청했다. 아내가 얼른 내 팔을 잡았다. 나는 어쩐지 아버지 보기가 힘들다는 생각이 자꾸 들던 참이었다. 가슴 저 밑바닥에서 한마디로 정의할 수 없는 감정이 복받쳐 올라왔다.

평생의 업으로 조상 대대로 이어온 자염을 만들어오다 그 자염으로 염장된 물고기처럼 쪼그라든 아버지. 그 아버지의 마지막을 지키러 온 나는 어쩔 수 없이 계산 안 되는 부채감에 어색하게 주춤거리고 있는 것일까. 아버지 방의 문턱을 넘는데 울컥하는 마음이 들었다.

"오빠가 오면서 많이 우울해했어요."

미음을 끓여 내오던 아내가 동생에게 소곤대며 말했다.

"오빠도 참. 자책할 일이 아닌데도 괜히 그러네요."

"자책까진 아니라도 말을 안 해 그렇지 오빠는 늘 아버님 생각 많이 하는 것 같아요. 그렇다고 자신이 젊어질 수도 없으면서. 모르겠어요, 난 그 심리를."

"안 그래도 되는데. 요즘 세상에 누가 그런 일을 하겠다고 선뜻 나서겠어요. 그건 어쩔 수 없는 일인걸요. 아버지는 그 운명을 타고 났으니 어쩔 수 없는 일이었고."

막상 둘의 대화를 듣다 보니 아버지한테 더 죄스러운 생각이 들었다. 왜 나는 아버지에게 빚진 자처럼 부채감에 시달려야 하는 것일까.

나는 그때부터 계속 아버지 곁을 지켰다. 어머니 역시 미음 끓이는 일부터 아버지에게 그걸 떠먹이는 일도 우리 내외에게 맡기곤 조용히 물러나 있었다. 대청 바닥 반질반질한 나뭇결을 자꾸 손바닥으로 쓸면서도 눈은 수시로 염막 굴뚝에 가 있어서 나는 그때마다 조바심이 났다.

아버지는 불과 두 달 전 조금 때까지도 혼자 써레질을 했다. 간쟁이도 없이 혼자서 그 모든 일을 해냈다. 소금 만드는 일을 그만두라고 식구들이 아무리 성화를 부려도 귓등으로도 듣지 않았다. 아버지에게는 생의 마지막까지 그렇게 고집을 부릴 만큼 소금 만드는 일이 인생에 중요한 일이었을까.

아버지에게 마지막 남은 자염 장인이라는 자부심이 그렇게 할 수밖에 없었을 것이다. 천일염에 밀려 자염은 쇠퇴의 길에 접어들었지만 아버지만이 유일하게 명맥을 유지하고 있었다. 한 세대가 가기도 전에 전설처럼 되어 버린 자염은 사람들 기억에서 점점 잊혀져갔고 아버지는 그만큼 늙어갔다. 이제 누구도 전통방식으로는 자염을 만들려고 하지 않는 이상 아버지의 죽음은 곧 전통 자염의 맥이 영원히 끊긴다는 것이다. 설사 가업이 끊어지더라도 나는 그렇게 고된 일에 청춘을 버릴 수 없었다. 내가 미친 듯이 공부에 열중했던 것도, 행여 발목이 잡힐까 봐 고등학교부터 서울로 유학하며 일찌감치 아버지의 그늘에서 벗어났던 것도 아버지처럼 살지 않겠다는 반발심 때문이었다. 아버지와 염막으로부터 되도록 멀리 도망쳐 소금과는 아주 상관없이 사는 것이 나의 유일한 꿈이었다.

아버지가 할아버지 대신 본격적으로 소금을 만들기 시작하던 때, 마침 천일염은 허가제에서 신고제로 바뀌었다. 간척사업으로 갯벌이 막히면 그곳엔 여지없이 천일염전이 들어섰다. 염전이 늘어나고 생산량이 늘어나는 것과 반대로 아버지의 자염은 고급 소금이란 명맥으로 근근이 유지만 할 정도로 쇠락하기 시작했다. 아버지와 함께 일하던 일꾼들은 힘든 일을 견디지 못하고 하나씩 천일염전으로 옮겨갔다.

아버지는 망설이거나 고민하지 않았다. 대신 더 열심히 일했다. 시간이 지날수록 아버지의 작은 몸은 염장해 말려둔 굴비처럼 더 야위어 갔지만 그런 처지를 비관하지도 않았다. 아버지는 그저 더 질 좋은 자염을 만들기 위해 온몸으로 소금을 만들었다. 아버지의 소금은 귀한 소금으로, 점점 아는 사람들만 먹는 소금으로, 특별한 소수에게만 알려지고 전해지게 되었다. 그 대신 다수에겐 아예 인식조차 없는 잊혀져가는 소금이 되었다. 며느리조차 자염이 뭔지 모르는 채 당신의 아들과 결혼했다. 물론 아내는 지금 '자염 예찬론자'라고 할 만큼 아버지의 소금을 좋아하고 자염이 아닌 일반 소금은 그저 광물질일 뿐이라고 생각할 정도가 되었다.

그랬던 자염, 아버지 인생의 전부였던 그것은 아버지가 쓰러져 더 이상 일어설 수 없는 지금도 아버지의 손길을 기다리고 있다. 사리가 되면 갯벌의 간통엔 염수가 가득 찰 테고, 염막으로 옮겨와 끓이기만 하면 되었는데 갑자기 쓰러져 어머니의 탄식처럼 산송장이나 다름없이 누워있다.

"불, 부우울."

아버지의 의식이 저승을 향해 어디까지 가고 있는지 알 수 없지만 며칠 전까지도 한 번씩 설핏 정신이 돌아오면 그 한마디 말만 겨우 하고 다시 의식을 잃곤 했다. 그때마다 어머니의 탄식도 농도가 짙어졌다.

"아이구, 저 영감이 죽어도 염막에 불을 피워야 직성이 풀리려나 보다. 허지만 이제 누가 그 일을 허겄냐. 소금물 만드는 염한이가 있냐, 그 물 길어와 끓여대는 간쟁이가 있냐. 그 모든 일 혼자 다 하다가 저리됐으니 이제 염막도 느이 아버지처럼 끝장나 버렸다."

어머니의 말처럼 집에서 관리하던 다섯 개나 되던 염막은 아버지의 나이에 따라 하나씩 쓰러져 대부분 터만 남게 되었다. 아버지의 고집처럼 이제 하나만 남아서 겨우 명맥만 유지하고 있었는데 그마저도 이제 그만둘 때가 온 것이다. 아버지 본인을 제외한 가족 모두가 그토록 바라던 일이었는데 어쩐지 어머니의 말속엔 아쉬움이 감물처럼 스며들어 있었다. 여간해선 지워지지 않는 오래 묵은 얼룩 같은 아쉬움. 어머니의 시선이 바닷가 염막의 굴뚝에 오랫동안 머물러있는 것을 보면 그랬다. 아버지가 쓰러지지 않았다면 지금도 염막에선 소금 수증기가 구름처럼 피어오르고 있을 것이다.

내가 미음조차 삼키지 못하는 아버지를 비스듬히 안고 어머니가 아버지의 입 주변을 닦고 있을 때였다. 마당으로 낯선 승용차 한 대가 들어와 멈췄다.

마당에서 대문까지, 거기서 대청 옆 아버지의 방 앞까지 오는 동안 남자의 얼굴엔 벌써 굵은 땀방울이 맺혀 있었다.

"아이고 어르신이, 어쩌다가."

"말기 암이라는디. 우린 아무도 몰랐시유. 영감도 몰랐나 본디. 누렇게 떠가지고 이상하다 싶어 병원 가니께 이미 늦었다고, 영감이 집에 가자고 얼마나 고집을 피우는지, 근디 집이 와서는 바로 저렇게 운신을 못허네유. 차암 밤새 안녕이라더니. 하루아침에 저러니, 꿈꾸는 것 같으유."

어머니는 그의 물음에 순순히 답하고 있었다. 아버지가 그렇게 된 게 마치 자신의 잘못인양 잔뜩 주눅이 든 힘없는 목소리였다. 어쩐지 나에게 들으라고 하는 소리인 것 같기도 했다. 나중에야 어머니는 낯선 그가 궁금했는지 그를 똑바로 쳐다보며 물었다.

"근디, 참, 누구신지."

"아, 저는 여기 문화원 원장입니다."

남자가 안주머니에서 명함을 꺼내 한 장을 어머니에게 내밀며 늦은 인사를 꾸벅하고 다른 식구들을 한 번 둘러보았다. 주춤 인사를 하고 엉겁결에 나도 그가 내미는 명함 한 장을 받아들었다.

"근디, 우리 집에는 뭔 일루 오셨는지."

"아, 그게, 한 석 달 전쯤에 어르신이 문화원 들어오셔서 저희와 회의하신 게 있거든요. 그것 좀 상의 드리려고 전화 드렸는데 전화도 안 받으시고 그래서."

"아, 우리가 원체 정신이 읎어서. 나는 영감이 그런 데를 다닌 줄도 몰랐시유."

그는 석 달 전 아버지가 자신을 찾아왔던 일을 전했다.

약속도 없이 불쑥 찾아간 그 날 아버지는 외출해서 늦어진다는 문화원장을 꽤 오랜 시간 기다린 끝에 마주 앉았다.

그가 자리에 앉자 아버지는 그때까지 꼭 끌어안고 있던 것을 탁자 위에 올려놨다. 집에서 담근 묵은 간장 한 병과 소금 한 봉지였다.

"이것이 우리 집안에서 대대로 만든 자염으로 만든 간장이오. 자염 알지요? 저 염전에서 만드는 그 천일염 말고 바닷물을 끓여서 만드는 그 자염 말이오. 나는 자염 만드는 늙은이요. 자그마치 삼국시대부터 만들어 먹던 우리 소금이 이제 이 늙은이가 죽으면 이 나라에선 아예 명맥이 끊기게 생겼소."

그는 자염이 무엇인지 잘 모르는 상황에서 느닷없는 방문이 어리둥절했지만 아버지는 조금의 망설임도 없었다. 아버지의 자세가 너무도 결연하여 오히려 움찔할 정도였다. 아버지는 자신이 알고 있는 자염에 대한 모든 정보를 쏟아놓았다.

"내가 죽기 전 전승할 방법을 같이 찾아봅시다. 이건 나 하나 죽고 살고의 문제만이 아니오. 소금 한 줌에도 전통이 있는 것이라오. 직접 먹어보면 알겠지만 이 소금이 맛만 우수한 것이 아니고 성분 또한 일반 소금보다 훨씬 뛰어나다는 것이 여기 이 연구 결과로도 나와 있소."

아버지는 직접 기관에 의뢰해 받은 성분표까지 준비해 가서 보여줬다.

아버지는 그동안 자염을 전승할 사람을 알음알음 수소문했었지만 끝내 찾지 못했다. 오랜 고민 끝에 생각한 마지막 계승방법은 자염을 그 지역 문화상품으로 만드는 것이었다. 누군가 사업으로 계승하지 못한다면 그걸 문화유산으로 계승해보자는데 생각이 미치자 홀로 이런저런 준비 끝에 대안이라고 생각한 지역 문화원을 찾아간 것이다. 평생 소금만 만들고 소금밖에 모르던 아버지가 어떻게 그런 과정들을 거쳤을까. 그깟 소금 알갱이가 도대체 뭐라고.

아버지의 뜻이 그렇다 하더라도 문화원장은 자신조차 듣도 보도 못한 자염이란 것을 어떻게 문화상품으로 개발할지 고민할 필요성을 느끼지 못했다. 문화유산으로 계승하고 발전시키는 것이 말처럼 쉬운 것이 아니었다. 그보다도 이미 잊힌 지 오래 돼 극히 소수의 사람들만이 알고 있는 것을 홍보해 봐야 별 반응이 없을 것이었다. 마치 찍어 먹어보지 않아도 소금은 짠맛이 나는 것처럼 뻔한 일이다. 다른 직원들의 반응 또한 마찬가지였다. 그런데,

"연육교가 아니었다면 섬이나 마찬가지인 이 고장은 해수욕장과 갯벌 아니면 뭐하나 내세울 것이 없잖습니까. 별 볼 일 없는 것을 별 볼 일 있는 것처럼 만들어보는 것도 좋지 않을까요?"

신입 학예사의 돌발 질문에 그는 아버지가 두고 간 자료들을 다시 보게 되었다. 그리고 여러 차례 내부 회의를 거쳐 계승을 해보자는데 의견을 모았다.

그렇게 그의 방문은 그들의 의견을 전달하고 함께 고민해보자는 것이었다. 식구들은 잠시 고민에 빠졌다. 전통을 계승하는 것도 좋지만 얼마간 우리의 역할이 있을 텐데 자염 만드는 일은 잘 모르기도 하지만 그럴 만한 시간적 여유도 없다는 것이 문제였다. 나는 지금껏 소의 고삐 한 번

잡아본 것 외엔 자염의 자 자도 모르는 데다 여동생 역시 지금껏 소금 한 됫박 살만한 돈도 벌어본 적 없이 살다가 뒤늦게 직장 생활을 시작한 참이었다. 나는 도시에서 간호사 출신의 아내와 둘이서 작은 동물병원을 운영하고 있다. 일을 진행하려면 당장이라도 페이 닥터를 구해야 했다. 일머리야 잘 알지만 관절염으로 고생하는 어머니가 쫓아다니며 일일이 신경 쓰기엔 역시 무리라는 생각이 들었다. 우리 가족의 입장을 들은 문화원장은 난감해했다.

"아쉽군요. 어르신 온전할 때 조금 더 일찍 서두를 걸 그랬습니다. 저희도 워낙에 의견이 분분하고 뭘 하나 진행하려면 이것저것 보고 하고 자치단체의 승인을 받아야 할 것도 많고요. 겨우 일을 진행해보자고 내부에서 결정이 돼서 소식도 알리고 의논할 일도 있어서 찾아 뵌 것인데."

나는 아버지 귀에 대고 그의 말을 전했다. 아버지가 희미하게 미소 지었다. 내 손을 쥐고 있는 아버지의 오른 손목의 힘줄이 선명하게 튀어 올라왔다. 그날 밤 아버지는 마지막 하나 남은 염막의 굴뚝에 피어오르는 연기를 끝내 보지 못하고 돌아가셨다.

아버지는 저렇게 작은 몸으로 얼마나 많은 소금을 만든 것일까. 아버지를 볼 때마다 그런 생각이 들었다. 장례 중에도 나는 불쑥불쑥 튀어나오는 그 생각을 떨칠 수 없었다. 아버지는 왜소증으로 보일 만큼 키가 작고 야위었다. 그런 아버지가 어깨에 소금 가마니를 척척 짊어지는 모습은 경이롭기까지 했다.

어머니를 부축해 입관실로 갔다. 지하로 내려가는 계단은 유난히 단의 높이가 낮은 대신 수가 많았다. 고인을 마지막 보기 위해 천천히 마음의 준비를 하라는 의미일까, 그런 만큼 조심스럽게 걸어가라는 의미일까. 그럼에도 마지막 계단을 내려서는 순간 허방을 짚은 듯 어머니가 휘청했다. 내 손을 꼭 쥔 어머니의 손이 가볍게 떨고 있었다. 어머니가 조심스럽게 한 발씩 아래를 향해 딛는 동안 내 몸은 자꾸 앞서 나가려 했다. 참관실과 입관실은 유리벽으로 나뉘어져 있었다. 유리벽 너머로 관 하나가 놓여있었다. 친지들은 참관실에 남고 식구들만 안내에 따라 입관실 안으로 들어갔다. 그곳은 안치실을 겸하는 듯 몇 기의 냉동고가 있었다. 아버지는 이미 입관된 상태였다. 관은 분명 아버지의 몸에 맞춰졌을 텐데 그보다 더 작아 보여서 정말 아버지가 맞을까 하는 의구심마저 들었다. 가족들이 보는 앞에서 마지막 염습과정을 보여주기 위해 얼굴만 내놓은 상태였다. 반듯하게 누운 아버지의 몸은 몇 겹의 삼베옷 속에 파묻혀 있어 비정상적으로 비대해 보이는 것과 달리 얼굴은 생전보다 더 야위어 보였다. 아버지의 얼굴에 고랑을 이루었던 그 많던 주름이 훨씬 옅어진 것을 보고 놀랐다. 하얗게 센 채 듬성듬성 나 있던 수염도 깨끗하게 면도된 상태였다. 생전의 모습보다 훨씬 더 편안해보였다. 등에 짊어졌던 소금 가마니를 내려놓듯 삶을 내려놓은 아버지는 미소를 띠고 있는 듯했다.

관을 봉인하기 전 어머니가 손수건에 싸 온 것을 장례지도사에게 건넸다. 그가 조심스럽게 펼쳐보고는 잠깐 의아한 표정을 지었다.

“이 냥반이 평생 소금만 만들어온 사람이라오. 저승 가는 길에 노잣돈보다 소금 한 주먹 쥐고 가는 게 이 냥반 소원이었으니께, 이것 좀 손에 쥐어주시오.”

장례지도사가 말없이 소금을 받았다. 가볍게 목례를 한 후 한지에 곱게 접어가며 쌌다. 손바닥에 쥘 수 있을 만큼의 크기로 네모나게 접은 그것을 아버지의 가슴에 올리고 감싸듯 양손을 포개어 올렸다. 아버지의 관이 봉인되었다. 어머니는 오열하지 않았다. 그저 이따금 조용히 흐느끼면서 다행이다, 다행이야 라고 주문처럼 외고 있었다. 아버지는 그렇게 당신이 생전에 만들었던 자염 한 주먹만을 쥐고 떠났다.

아버지의 삼우제 날에는 비가 내렸다. 무엇에나 의미를 갖다 붙이기 좋아하는 어머니는 그 비를 보며 훌쩍거리다가 혼잣말처럼 중얼거렸다.

"박복한 냥반 뭐가 저리 애통해서 마지막 가는 길에 저리 비를 뿌리누."

칠십이 넘은 노인임에도 여전히 키가 큰 어머니가 정물처럼 구부정하게 앉아있었다. 다정하게 오십 년 넘게 해로한 분들이니 그 허전함이 자식인 우리가 생각하는 것보다 더 깊었으리라. 동생은 그쯤에서 어머니의 고정 레퍼토리를 막고 싶었는지 대청 한쪽에 걸려있는 액자를 가리켰다. 빛바랜 흑백 사진에는 바가지 머리의 어린 동생과 내가 키 큰 해바라기 옆에 차렷 자세로 어정쩡하게 웃고 있다.

"근데 엄마, 저 때 동네 사람들이 왜 우리를 염둥이라 불렀어요?"

느닷없는 질문에 아버지의 돋보기 집을 어루만지고 있던 어머니는 볼이 붉어져서는 웃으며 말했다. 칠십이 넘은 어머니에게도 과거는 어제 일처럼 선명했던 것일까.

"소금 철엔 몇 날 며칠 밤낮으로 소금을 끓였잖니. 소금 끓일 때면 네 아버지는 집에서 허리 펴고 자 보질 못했어. 염막 아궁이 앞에서 꾸벅거리며 졸면서도 당신 손으로 직접 불을 때야 직성이 풀리는 사람 아니었냐. 낮이고 밤이고 그 아궁이 지키면서 밥도 먹고 잠도 자고. 어느 밤에 밤참을 가져갔는디 아버지가 나를 안더구나. 그렇게 너도 생기고 네 오래비도 생겼어. 다 염막이서."

왜 염둥이라 불리는지 따져 묻던 어린 우리에게 아버지는 차마 할 수 없었던 얘기를 세월이 흘러 어머니가 옛날이야기 들려주듯 하고 있었다.

"아버지 꽤 낭만 있으셨네."

여동생이 가만히 어머니의 허리를 끌어안으며 어머니의 어깨에 머리를 기댔다. 아버지는 자신의 삶 모두를 소금에 바친 사람이었다. 할아버지의 고집이 아니더라도 아버지는 결국 그 길을 갈 사람이었다는 생각이 들었다.

"아버지가 열댓 살 먹어서 집을 나갔었다더라. 도저히 소금꾼은 되기 싫어서. 왜 안 그랬겠냐. 그 쬐그마한 사람이 어린 나이에 벌써 등에 지게끈 자국이 패이고 온몸이 상처투성이였으니, 소금이 닿을 때마다 얼마나 아펐으면 어디 가서 머슴을 살어두 소금은 만들기 싫더란다. 사나흘 뒤에 당숙들이 대전역이서 거렁뱅이 다 된 네 아버지를 데려왔다더라."

아버지는 그때 꼼짝없이 맞아죽겠구나 생각했다. 그런데 할아버지가 당숙들 손에 이끌려와 주춤거리고 서 있는 아버지에게 말없이 둘둘 말린 꾸러미 하나를 건넸다.

"세상 어느 애비가 자식 굶어 죽는 꼴을 보고만 있겄냐. 그 돈 가지고 가라. 그거면 굶지는 않겄지."

자염 수십 가마를 팔아야 할 만큼 큰돈을 열다섯 살 아들의 손에 덜컥 쥐여준 할아버지는 그날 밤도 밤새 염막에서 소금을 끓였다. 할아버지는 커다란 소금가마 아궁이에 이따금 장작을 넣으며 그 앞에서 활활 타오르는 불을 온몸으로 응시하고 있었다. 그런 할아버지의 등이 어린 아버지에게 수없이 많은 질문을 던졌다. 아버지는 그 질문에 대한 대답으로 조용히 돌아서 쥐고 있던 꾸러미를 할아버지 방에 넣어두고 나왔다. 아버지는 장작 한 아름을 들고 가 할아버지 옆에 내려놓았다. 그런 아버지를 한 번 돌아본 할아버지는 더 이상 묻지도 않고 조용히 집으로 돌아갔고 아버지가 대신하여 그 밤 아궁이를 지켰다. 다음날 그 어느 때보다 빛깔 좋고 많은 양의 소금이 났다.

"네 아버지는 그 뒤론 한 번도 소금 일을 불평하지 않았다더라. 얼굴도 모르고 시집 와 보니 키는 작아도 우직하니 꼭 황소 같더구나. 네 외할머니가 소금으로 먹고 사느니 거렁뱅이한테 준다고 할 만큼 반대하던 혼사였다. 그런디 너희 외할아버지가 여기서 잠시 간쟁이로 일 해봐서 이 집 남자들 성품을 잘 알지 않었겄냐. 아무리 고되도 지 색시에겐 일 시키지 않게 생겨서 그거 하나 보고 나를 시집보냈지."

"그런데 일 많이 하지 않았어? 내 기억엔 엄마가 일 엄청 한 것 같은데."

"무슨, 집안일이나 허고 밥 날라다 주는 것밖에 소금 일은 안 했지. 느이 아버지가 그거 하나는 철석같이 지켰다. 내 손으론 소금 한 줌도 안 만들게 허셨지."

그 얘기를 하면서 어머니는 지긋이 사랑방을 바라보았다. 어머니의 뒷그림자가 미동도 없이 앉아있었다. 어머니는 무슨 생각을 하고 있었을까.

아직 무너지지 않은 아버지의 마지막 염막 굴뚝에서 연기가 피어올랐다. 마음먹은 일은 기어이 해내고야 마는 아내의 기질은 어머니와 동생의 지지를 받으며 몇 달간의 준비 끝에 문화원과 함께 축제를 만들어 냈다.

결국 전승자는 구하지 못했고 계획처럼 지역 축제의 형식이긴 하지만 그 순간만큼은 나도 어쩔 수 없이 아버지가 보셨으면 하는 생각이 들었다. 나는 마지못한 척 빚진 자의 마음으로 그때처럼 황소의 고삐를 쥐었다. 몇 번의 시연을 거쳐 문화원장이 써레를 잡았다.

그에 앞서 간통이 묻힐 구덩이를 파고 어설프지만 볏짚으로 간통의 입구를 막아 갯벌에 묻었다. 써레질을 하고 소금물이 담긴 가마솥 아궁이에 불을 피우는 그 모든 자염생산 공정 시연이 있었다. 자염을 만들어 본, 마을 어른들의 적극적인 도움이 있어 가능한 일이었다. 대대적인 홍보에 구경꾼들이 모여들었고 소포장 된 자염 한 봉지씩이 선물로 주어졌다. 아버지가 만든 마지막 자염이었다. 그 지역에 처음으로 지역 축제가 생긴 것이고 결과가 좋으면 해마다 진행하겠다며 문화원장이 포부를 밝혔다. 그와 눈이 마주쳤을 때 나는 그저 미소와 목례로 답했다.

나는 여전히 혼란스러웠다. 그 혼란 속에 세상에서 가장 맛있다고 전해지는 자염이 만들어지고 있었다. 나는 자염 한 주먹을 쥐어보았다. 슬며시 소금 알갱이 하나를 혀 위에 올려보았다. 아버지의 자염은, 역시 짰다.

망나니의 노래

권인숙

이십 대 후반에 소설 습작을 시작했다. 유년기를 거쳐 20대 중반까지도 내 안에 들어앉아 점점 그 기세를 더해가던 불덩이를 그만 토해내 버리고 싶어서였다. 아무에게도 보여주지는 못했지만, 처녀작을 쓰고 난 후부터는 나는 좀 달라졌던 모양이었다. 더 이상 지인들로부터 어딘지 모르게 그늘이 느껴진다는 말을 듣지 않을 수 있었다. 결혼을 하고 아이를 낳고 키우며 삶에 휘둘리느라 글을 놓고 산 세월이 십수 년. 그 시절, 크고 작은 어려움이 찾아올 때마다 이 모든 경험이 훗날 다시 글을 쓸 때 좋은 재료가 될 수 있으리라 나를 다독이는 것으로 순간순간 숨을 고를 수 있었다. 모든 일에는 다 때가 있다 했던가. 지금은 고3이 된 아이가 중학교 2학년이었을 무렵 나는 다시 글을 쓰기 시작했다. 살 것 같았다. 짜장 글을 쓰고부터 1년 남짓 나를 많이 괴롭혔던 어깨 통증이 거짓말처럼 싹 사라지기도 했다. 말하자면, 글은 신산한 내 삶을 지탱해주는 최후의 마지노선이자 치료제였다.

당선되었다는 전화를 받고 며칠간 잠을 제대로 자지 못했다. 글을 응모하고 처음 받아보는 당선 전화였으므로 기쁨과 설렘과 감사가 광풍처럼 나를 휘몰아쳤다. 부족한 글에 과분한 공감을 보여주신 심사위원 여러분께 마음 깊은 곳에서 우러나오는 감사를 드린다.

이번 수상을 계기로, 이제는 너무도 흔해져 그 무게를 잃어버린 듯 보이지만 작가라는 호칭이 지니는 본연의 무게를 감당할 수 있는 진정한 작가가 되기 위해 부단히 노력할 것을 다시 한번 다짐해 본다.

망나니의 노래

권인숙

때는 1506년 음력 9월 2일이었다. 망나니 막손은 전옥서(典獄署) 뒷간에 쪼그리고 앉아 사흘 묵은 똥과 씨름을 하고 있었다. 변비는 그가 망나니 칼 행형도자(行刑刀子)를 잡은 후부터 얻어 가진 고질병이었다. 시간이 못해도 2각(1각=15분)은 족히 지난 것 같았다. 끝이 조금 밖으로 나와 항문에 딱 물려 있는 상태라 그냥 포기하고 나갈 수도 없는 노릇이었다. 그는 두 손으로 앞 벽을 단단히 짚어 자꾸만 전후좌우로 흔들리는 몸을 가까스로 지탱했다. 이번엔 제발……. 눈을 질끈 감으며 온몸의 기를 모아 아랫배에 힘을 주었다. 관자놀이에 핏줄까지 서며 벌겋게 상기된 얼굴이 터질 듯 부풀었다. 으으으으윽. 단말마와도 같은 비명이었다. 후우우. 깊은 한숨과 함께 그는 이내 특유의 온화한 표정을 되찾았다. 이마를 타고 뚝뚝 흐르는 땀부터 소매로 대충 닦은 후 뒤를 닦을 만한 것을 찾아 두리번거리는데, 판자를 얼기설기 둘러 만든 벽의 부서져 떨어져 나간 틈 사이로 호박잎이 보였다. 손을 뻗어 줄기에 달린 채로 누렇게 낙엽처럼 변한 호박잎 중 가장 그럴싸한 녀석을 비틀어 땄다. 그때, 정 참봉의 다급한 목소리가 들렸다.

"막손이, 막손이, 예 있는가?"

막손은 손을 부지런히 놀려 뒤를 닦으며 대답했다.

"아이고, 참봉 나으리, 많이 급하신가 봅니다. 예, 지금 나갑니다, 나가요오."

며칠 만에 대장이 말끔히 비도록 시원히 일을 보고 난 후라 그런지, 막손의 목소리에는 산뜻한 기분이 고스란히 묻어났다.

"역시 여기 있었구만. 얼른 나오게, 얼른. 소식 못 들었나?"

정 참봉의 비장하다 못해 쇳소리까지 묻어나는 심상찮은 목소리에 막손은 급하게 허리춤을 여미며 일어섰다. 오랜 시간 굳어 있었던 다리에 피가 도느라 그러는지 수천 개의 바늘로 마구 찔러대는 듯한 고통이 한꺼번에 몰려왔으므로, 마음처럼 급히 걸음을 떼 놓을 수는 없었다. 그는 한 손으로는 벽을 짚고 다른 한 손으로 간신히 문을 밀었다.

"소, 소식이라니, 무슨……?"

"에잇, 내 이럴 줄 알았지. 고얀 것들."

"……?"

"이 사람 막손이, 세상이 뒤집혔어. 반정이라구. 어서 몸을 피하게, 어서!"

"저, 저는 그저 시키는 대로……."

"허, 사람 참! 그래, 자네나 나나 우리는 그저 우리에게 주어진 일을 성실히 했을 뿐이지. 그런데, 오랜 학정에 눈이 뒤집힐 대로 뒤집힌 백성들에게도 과연 그 말이 통하겠나? 이럴 때 성난 군중들은 본능적으로 만만한 분풀이 대상을 찾는 법이야. 지금 그들에게 잡히면 아마 뼈도 못 추릴 걸세. 나장들도 다들 눈치를 채고 내뺀 것인지 하나도 보이지 않아. 고얀 것들. 그동안 자네가 나눠주는 돈은 넙죽넙죽 잘도 받아 챙기더니만. 에잇, 퉤."

막손은 2각 여 전 뒷간에 다녀오겠다고 말했을 때 옥사 문을 열어주며 김 나장이 조 나장과 주고받던 은밀한 눈빛을 떠올렸다. 뒷간에 들어 앉아 힘을 쓰고 있는 동안 피부에 무겁게 내려앉던 기분 나쁜 적막의 이유가 한꺼번에 이해되는 순간이었다. 결국, 동료라는 생각은 자신만의 어처구니없는 욕심일 뿐이었다. 도마뱀이 천적을 맞닥뜨리매 목숨을 부지하기 위해 잘라 던져준 꼬리처럼, 그는 그렇게 버려진 것이었다.

"상심하지 말게. 어찌 생각하면 자네에겐 오히려 잘된 일일 수도 있네. 사람들 눈에 띄기 전에 어서 가게. 지난 세월은 깨끗이 다 잊어버리고, 이대로 훨훨 떠나 아무도 자네를 알아보지 못하는 곳에 가서 꼭꼭 숨어 살아."

정 참봉은 막손의 눈에서 절망과 뒤섞인 두려움을 보았다. 그것은 7년여 전 스무 살 막손에게서도 본 적이 있는 눈빛이었다. 정 참봉은 막손의 두 손을 힘주어 잡았다.

"두려워 말게. 처음엔 칼도 제대로 못 쥐어 쩔쩔매던 백면서생이 7년 만에 지금의 경지에까지 오른 걸 보면, 자넨 뭘 해도 잘 할 거야. 어여 가, 시간이 없어. 소문이 퍼지면 머잖아 사람들이 떼로 몰려올 거라고. 만나야 할 사람은 반드시 만나게 되어 있는 법이니 살아있다면 언젠가는 다시 볼 날이 있겠지. 부디, 몸조심하게!"

말을 마치자마자 황황히 몸을 돌려 달려가는 정 참봉을 바라보며 막손은 잠시 넋을 잃고 멍하니 서 있었다. 이토록 빨리 세상이 뒤집힐 줄은 꿈에도 몰랐다. 망나니 막손으로서의 삶을 시작했던 7년 전 무렵의 기억이 그의 어깨를 무겁게 짓눌렀다. 평온하기만 하던 삶에 느닷없는 광풍이 몰아쳤던 스무 살, 살아남는 것만이 유일한 삶의 과제였던 시절이었다.

막손은 본래 김석영이라는 어엿한 성과 이름을 가진 양반이었다. 어려서부터 그 총명함이 남달라 신동으로 불리던 그는 약관의 나이에 소과(小科)에 합격한 후 춘추관 사관인 아버지의 후광 없이 자력으로 성균관 유생이 되었다. 그에게는 아직 정식으로 매파를 놓지는 않았으나 어릴 적부터 어른들 사이에서 혼담이 오가던 처자가 있었는데, 아버지의 이십 년 지기 벗 신 판서댁 둘째 딸 운영이었다.

예닐곱 살 때 아버지를 따라 그 댁에 몇 번 놀러 가서 본 너덧 살의 꼬마 아가씨 운영은 석영을 졸졸 따라다니며 소꿉놀이를 하자고 졸라대곤 했었다. 석영은 어린 운영이 마냥 귀여워, 흙으로 밥을 짓고 꽃과 풀로 김치를 담그고 나물을 무쳐 사금파리에 담아 내미는 그녀의 아내 놀이에 기꺼이 장단을 맞춰주었다. 때때로, 집으로 돌아와야 할 시간이 되면 석영 오라버니를 따라가겠다고 울며 보채는 운영을 달래느라 애를 먹었다.

운영을 다시 만난 것은 그로부터 십여 년 후 석영이 열아홉 되던 해에 있었던 신 판서 어머님 회갑연에서였다. 어느덧 열일곱 처자가 된 운영은 아침 이슬을 머금은 해당화처럼 곱디고왔다. 희고 갸름한 얼굴에 삼단 같은 머릿결, 버들잎같이 가늘고 둥글게 잘 다듬은 눈썹, 길고 또렷한 눈매, 총명함이 담뿍 담긴 검고 그윽한 눈동자, 가운데가 살짝 도톰하게 부푼 선홍빛 입술, 웃을 때 언뜻언뜻 드러나는 희고 고른 이, 여리고 긴 목으로부터 아름답게 내리뻗은 가냘픈 어깨선까지. 시간은 오로지 그녀의 아름다움을 완성하기 위해서만 흐른 것 같았다. 연회를 파할 무렵, 운영의 몸종 언년이 사람들의 눈을 피해 은밀히 석영에게 다가오더니 조심히 무언가를 내밀었다. 희고 깨끗한 무명천에 진홍빛 홍매화를 곱게 수놓아 만든 손수건이었다.

"아씨께서 이걸 도련님에게…… 소과 공부 때문에 연회에 참석하지 못하실 거라던 도련님이 잠깐이나마 짬을 내어 오시게 되었다는 소식을 들으시고는 몇 날 며칠 밤을 새우시며 마음에 들 때까지 놓았던 수를 풀었다 다시 놓으시고 또 푸시고……."

그녀가 놓은 수 때문인지 손수건에서는 그윽한 매화 향기가 나는 것 같았다. 고개를 들어 운영을 찾아 두리번거리던 석영은 멀리서 이쪽을 바라보고 있던 그녀와 눈이 딱 마주쳤다. 홍시처럼 얼굴이 달아오른 운영은 화들짝, 놀라며 얼른 고개를 숙였다. 석영의 심장이 밖으로 튀어나오기라도 할 듯 무섭게 들썩였다. 저 여인을 위해서라면 무엇이든 할 수도, 될 수도 있겠다는 생각이 온몸을 휘감았다.

그날부터 석영은 더욱 공부에 매진했다. 하루빨리 그녀를 아내로 맞이하고픈 욕망은 숨 쉬는 시간마저도 아끼라며 끊임없이 그를 채찍질해댔다. 그리움으로 숨이 막힐 듯 목이 조여올 때면 석영은 그녀의 손수건에 코를 박고 욕심껏 향기를 들이켰다. 그러나, 그럴수록 그의 피는 더욱 들끓었다. 잔인한 세월이었다.

이듬해 이른 봄, 2년간의 준비 끝에 마침내 소과를 통과하여 성균관 입학 자격을 얻던 날 밤, 스무 살의 석영은 솟구치는 춘정을 더는 다스리지 못하고 무작정 신판서 댁 운영이 기거하는 별당으로 달려갔다. 별도 달도 잠이 든 깊은 밤이었다. 어머니를 통해 석영의 소식을 전해 들은 운영 역시 그 밤, 잠을 이루지 못하고 별당의 담장 아래에 만발한 홍매화를 보며 설레는 마음을 달래고 있었다. 눈이 마주친 남녀는 누가 먼저랄 것도 없이 서로에게 달려들었다. 담장을 사이에 두고 까치발을 한 채 서로의 얼굴을 양손으로 감싸 쥐었다. 조금씩 조금씩 더 깊고 내밀하게 뜨거운 입속 온기를 주고받으며 오래 눌러온 그리움을 부려놓았다. 성균관에 입학한 후에도 석영은 한 달에 두 번 휴가를 받으면 어김없이 깊은 밤을 달려 운영의 별당 매화나무 아래로 찾아들었다. 이제 갓 사랑을 시작한 연인들에게 있어 한 달에 두 번, 그것도 남의 눈을 피할 수 있는 깊은 밤부터 동이 트기 전까지라는 제한된 만남은 차라리 고통에 가까웠다.

어쩌면, 그래서 더 애틋했는지도 몰랐다.

무르익을 대로 무르익은 두 사람의 마음을 눈치챈 양가 부모는 혼사를 예정보다 조금 서두르기로 했다. 어차피 성균관 유생의 최종 목표인 대과 급제란 것이 한 해 두 해 만에 결판이 날 만큼 호락호락한 것이 아님을 잘 알기에 일찌감치 안정된 가정을 꾸려주는 것이 석영의 대과 공부에 더 도움이 되겠다는 판단에서 내린 결정이었다. 설렘과 단꿈에 젖어 끝도 없이 가슴이 부풀어가던 두 사람에게 청천벽력같은 소식이 날아든 것은 석영의 집에서 운영의 집에 정식으로 매파를 놓기 며칠 전의 일이었다.

석영의 아버지 김을손은 김종직의 제자로 성종 때 등용되어 춘추관의 사관으로 활동했는데, 그가 쓴 은밀한 사초가 성종 사망 후 성종실록을 쓰기 위해 모든 사초를 모으는 작업 중에 그 위험한 실체를 드러낸 것이었다. 김을손의 사초는 스승이었던 김종직이 세조의 왕위 찬탈을 비판하기 위해 쓴『조의제문』을 비롯하여 단종의 사후 망극하고도 패륜적인 시신 처리에 관한 글 등 주로 세조의 정통성을 비판하는 내용이 주를 이루었고, 연산군은 이를 조선왕실에 대한 모욕으로 받아들였다. 역사를 왜곡 없이 보존하기 위해 사관의 기록은 비록 임금이라 해도 함부로 접근하고 간섭할 수 없었지만, 어릴 적부터 모후인 폐비 윤 씨의 한을 뼈에 새겨넣은 채 왕위에 오른 연산군은 그러한 사관의 독립성을 가볍게 무시해 버렸다. 이에 김을손은 대역죄라는 죄명을 쓰고 참수형에 처해졌다. 대역죄, 즉 국가 반역 행위 또는 왕가나 체제에 도전한 행위를 한 자들은 그 가족과 친척들에게까지 연좌제가 적용되었으니, 아들인 석영은 아버지와 함께 참수형을 언도 받고 전옥서에 하옥되었고 석영의 어머니와 여동생은 관비와 관기로 끌려가기 전날 밤 함께 비소를 입에 털어 넣고 스스로 목숨을 끊었다. 그로 인해 운영의 아버지 신 판서는 두 집안의 관계를 아는 지인들의 입을 막느라 적잖은 돈을 써야 했지만, 그나마 혼사가 본격적으로 진행되기 전에 일이 터진 것은 하늘이 도우신 것이라 여기며 놀란 가슴을 거듭 쓸어내렸다. 그는 철없는 것이 혹시라도 석영의 면회라도 가겠다고 나설까 하여 요강까지 들여 넣으며 운영을 방에 가두고 바깥출입을 막았다.

옥사에 갇혀 하루하루 죽을 날을 기다리고 있던 석영에게 은밀히 행형쇄장(行刑鎖匠), 즉 망나니의 일을 권하고 전옥서의 수장인 종6품 박 주부에게 그를 천거하여 목숨을 부지하게 해준 사람이 바로 정 참봉이었다.

그 무렵, 저자에서는 사흘이 멀다 하고 참수형이 집행되었다. 이에 형의 최종 집행자인 망나니들은 얼마 버티지 못하고 야반도주를 하거나, 자신이 죽인 사람들의 망령이 보인다며 정신 줄을 놓아버렸다. 심지어 낮이나 밤이나 늘 술의 힘을 빌려 살다 보니 하루아침에 비명횡사로 세상을 등진 이도 부지기수였다. 사정이 이런지라, 궁여지책으로 죽을 날을 받아 놓은 사형수에게 무기징역으로 감형을 해 주어 목숨을 보전할 기회를 주는 것으로 공석이 된 행형쇄장의 자리를 채우는 일이 생겨나기 시작했다. 마침 김을손의 형 집행을 끝으로 망나니 노적이 야반도주를 해버리는 바람에 행형쇄장이 공석이 되었던 그때, 옥사에 갇힌 사형수들의 면면을 살피던 정 참봉은 석영을 보고 재작년에 홍역으로 죽은 아들을 떠올렸다. 아들과 같은 나이 또래인 그의 표정은 보기 애처로울 만큼 겁에 질려 있었으며, 눈에는 벌겋게 선 실핏줄 마디마다 삶에 대한 갈구가 진하게 맺혀있었다. 흡사 숨을 놓기 며칠 전 아들의 눈빛을 보는 것만 같아 가슴이 아렸던 정 참봉은 석영을 그냥 지나칠 수 없었다.

"행형쇄장이 된다 해도 사형에서 무기징역으로 감형되는 것뿐이니 여전히 옥살이는 계속되겠지만, 옥사에 죄인들이 과밀하여 감당이 안 될 시점이 되면 이런저런 핑계를 들어 감형을 해주거나 사면을 해 주는 일이 왕

왕 있거든. 왕실에 경사가 생겼을 때도 마찬가지고. 잘 생각해 보게."

정 참봉의 제안을 받은 후 몇 날 며칠간 석영은 아버지 김을손의 영혼과 처절한 사투를 벌였다. 달포 전, 형 집행을 받기 위해 옥사를 나서던 아버지의 걸음걸이는 하옥되기 전까지 초주검이 되도록 고신을 받은 사람이 맞나 싶을 정도로 대쪽같이 곧았다. 아버지는 잠이 들어도 깨어 있어도 구차한 목숨에 대한 미련 따위 초개같이 버리고 성리학을 받드는 성균관 유생답게 옳음을 위해 장렬히 죽을 것을 끊임없이 종용했다. 며칠 새 꼬챙이처럼 야윈 석영을 보다 못한 정 참봉은 어느 깊은 밤 옥사장이에게 명하여 그를 좀 풀어주라 하고 뒤꼍으로 불러냈다.

"이보게, 개똥밭을 굴러도 저승보다는 이승이 낫다는 옛말도 있지 않은가. 자네 부친은 사관으로서 품은 신념을 당당히 행하고 꼿꼿이 죽었으니 그 뜻이라도 후대에까지 길이길이 남겠지만, 자네는 어떠한가. 정녕 그것이 자네의 신념이 맞는가?"

석영은 대답하지 못했다. 여태 아버지의 영혼과 그토록 끊임없이 싸운 것도 바로 그 때문이었다. 나는 왜 죽어야만 하는가, 왜.

여전히 마음의 갈피를 잡지 못하는 석영에게 정 참봉이 쐐기를 박았다.

"천지신명이 하나의 목숨을 세상에 내셨을 때는 비록 미물이라 할지라도 저마다 끝까지 주어진 삶을 살아내야 할 이유가 있는 법이거늘, 하물며 사람이고서야."

이유라……. 순간, 석영은 운영을 떠올렸다. 이럴 수가…… 불과 한 달 반 전까지만 해도 자나 깨나 온통 그녀 생각뿐이었는데 참수형을 언도받고 제 목숨이 경각에 달리게 된 후부터는 거짓말처럼 그녀를 까마득히 잊고 있었던 것이었다. 미안한 마음이 뼛속까지 사무쳤다. 동시에, 미치도록 그녀가 그리워지기 시작했다. 불현듯 어떻게든 살아남아서 먼발치에서라도 꼭 한번 그녀를 봐야겠다는 생각이 목젖까지 차올랐다. 고개를 들어 하늘을 올려다보니 뽀얀 젖을 붓에 흥건히 적셔 단숨에 확 뿌린 듯한 은하수가 유유히 흐르고 있었다. 그중 무리에서 조금 떨어져 유난히 밝게 빛나는 큰 별 하나가 그의 눈에 들어왔다. 이 못난 아들을 용서하십시오, 아버님. 다음 날 아침, 그는 김석영이라는 이름을 버리고 막손이라는 이름을 스스로 지어 가졌다.

어느덧 정 참봉은 담의 모퉁이를 돌아 뒷문으로 빠져나가고 있었다. 이에, 비로소 막손은 정신이 번쩍 들었다. 일단은 살아야 했다. 살고 싶었다. 7년 전 그때엔 운영을 떠올리며 살고자 하는 마음을 다잡았으나 지금은 딱히 더 살아야 하는 이유를 찾지 못했다. 그래도 살고 싶었다. 이럴 때, 깊이 생각하는 것은 금물이다. 7년 전 그때의 난 아마도 무슨 일에든 명분을 들이대는 양반의 때가 고스란히 남아있어서 그토록 힘이 들었던 게지. 무릇 살고자 하는 것은 생명 가진 것들의 원초적 본능일진대, 거기에 구구한 명분 따위가 왜 필요하단 말인가. 막손은 서둘러 뛰기 시작했다. 뒷문에 이르러 바깥 상황을 살피는데, 앞서간 정 참봉의 모습은 어디에도 보이지 않았다. 당신의 목숨도 경각에 달린 이 촉급한 상황에 굳이 자신을 기억하고 소식을 전해 주는 것으로 또 한 번 살길을 열어주고 간 정 참봉이었다. 이젠 살아서 다시 뵐 수 있을지도 모르는데 고맙다는 말을 건네지 못한 것이 안타깝고 죄스러웠다. 발이 이끄는 대로 일단 북악산 쪽으로 갈피를 잡아 달려가는 그의 눈에서 뜨거운 눈물이 멈추지 않고 흘렀다.

북악산. 그 기슭에는 운영의 집이 있었다. 옛적, 주인이 취하여 정신을 잃은 중에 평소 습관대로 천관의 집에 주인을 데려다 놓아 목을 베였다는 김유신의 말처럼 막손의 발은 석영이었던 시절 무수히 오가던 운영의 집을 오롯이 기억하고 있었고, 나침반이라도 품은 듯 정확히 막손을 그곳으로 이끌고 있었다.

참수형은 죄인의 등 뒤에 나무를 끼운 후 뒷짐결박을 지어 형장에 엎드리게 해놓고 턱밑에 나무토막을 괴어 단단히 고정한 후 행해졌는데, 막손도 처음에는 저자 한가운데서 구름처럼 몰려든 군중들이 지켜보는 가운데 사람의 목을 자르는 것이 마냥 두렵고도 서툴렀다. 일단, 붓만 쥐어보던 문약한 그의 팔뚝이 무려 40근에 가까운 망나니의 칼 행형도자(行形刀子)의 무게를 견디는 것만도 죽을 만큼 힘이 들었다. 뿐인가, 책상물림 시절 모기 하나 때려잡는 데에도 거듭 망설이다 그예 놓쳐버리곤 하던 그였기에 매번 결정적인 순간에 눈을 질끈 감아버리거나 두려움을 다스리기 위해 동이째 마신 술 때문에 몇 번씩이나 칼로 죄인의 목을 더듬어야 했다. 그의 무딘 솜씨에 쉽게 죽지 못하고 질기게 숨이 붙어 고통에 몸부림치는 죄인을 보는 그 가족들은 저마다 막손을 향해 탄식을 내뱉고 욕을 퍼부으며 울부짖었다. 초보 망나니 막손의 그러한 사정을 미처 모르고 고통 없이 한 번에 베어 달라며 관행대로 사형 집행 당일 그에게 뇌물, 이른바 '속참행하(速斬行下)'를 쥐여준 그들이었다. 과거, 망나니 중에는 뇌물을 주지 않으면 부러 칼질을 서툴게 하여 죄인과 죄인의 가족들을 욕보이는 치들이 더러 있었는데, 어렵사리 마련한 돈을 건네고도 망극한 장면을 지켜봐야 하는 가족들로서는 그야말로 피가 거꾸로 솟을 노릇이었다.

집행을 마치고 옥사로 돌아와 몸을 뉘어도 밤낮없이 환청과 악몽이 달려들어 편히 쉴 수도, 잠을 잘 수도 없었다. 그러나 이미 엎질러진 물이었다. 못하겠다고 그만 나자빠져 버리면 그 날로 다시 사형수 신분으로 돌아가야 하는 것이 그의 운명이었다. 그것은 정말 아니 될 말이었다. 어차피 양반으로서의 본분과 체면은 망나니의 삶을 살기로 마음먹었던 그때 이미 내동댕이쳐졌으므로 이제 다시 사형수로서 죽는다면 그야말로 개죽음 중의 개죽음이 될 터였다. 그럴 때 운영의 얼굴과 매화 향기 그윽했던 그녀의 손수건이 떠오르기라도 하면 그는 물 한 모금조차 쉽게 목구멍으로 넘기지 못했다. 보다 못한 정 참봉이 다시 나섰다.

"자네, 포정해우(庖丁解牛)라는 고사를 아는가? 춘추전국시대 제(齊)나라 포정이라는 사람은 소를 잡을 때 소의 이치에 따라 살과 뼈 근육 사이의 커다란 틈새 속으로 칼을 지나가게 했기 때문에 19년 동안 수천 마리의 소를 잡았어도 그 칼날이 방금 숫돌에 간 것과 같았다 하더군. 그토록 솜씨가 신묘했다면 죽는 순간 소가 느끼는 고통 역시 훨씬 적었을 것은 뻔한 이치 아닌가. 나는 말일세, 꼭 공맹의 이치를 따르지 않더라도, 무슨 일이든 정과 성을 다하면 그 도를 이룰 수 있다고 믿네. 자네가 참으로 죄인과 그 가족들을 긍휼히 여긴다면, 소의 이치를 깨닫고 백정의 도를 깨우친 포정처럼 부지런히 인체의 이치를 새기고 칼 놀리는 기술을 연마하게. 그렇다고 자네가 이미 내려진 판결을 뒤집을 만한 힘을 가진 것도 아니잖은가. 어차피 가야 할 사람이라면 단칼에 보내 주게. 목에 칼이 들어왔는지 인지하기도 전에 죽을 수 있도록 말이야. 그것이 진정한 망나니의 도와 덕이 아니겠는가?"

막손은 뒤통수를 한 대 세게 얻어맞은 듯 정신이 번쩍 들었다. 그날부터 막손은 정 참봉에게 허락을 구해 밤낮을 가리지 않고 뒤뜰에서 몸과 마음을 단련시키는 것은 물론, 잠을 잘 때도 늘 잘 갈아둔 행형도자를 품고 잤다. 짚을 엮어 만든 제웅을 향해 칼을 휘두를 때마다 여전히 제 속에 남아 마음을 어지럽히는 운영의 잔상을 조금씩 베어냈다. 그것은 동시에 김석영이었던 과거의 자신을 베어내는 작업이기도 했다. 운영을 기억하는 한 그는 여전히 김석영이었고, 막손으로 온전히 거듭나지 못하면 정 참봉이 말한 망나니의 도는 결코 이룰 수 없는 허상일 뿐이었다.

그러한 그의 부단한 노력에도 불구하고 오래 묵은 질긴 정은 쉽게 떨어지지 않았다. 문득문득 그녀는 지금 어떻게 살고 있을까, 혼인은 했을까, 그리움이 차올라 명치 끝이 먹먹해지곤 했다. 그러나 칼 부리는 솜씨가 조금씩 늘어갈수록 운영을 생각하는 횟수는 눈에 띄게 줄어갔다. 그렇게 1년이라는 시간이 흐른 후, 비로소 막손은 제 팔을 놀리듯 자유자재로 칼을 부릴 줄 알게 되었다.

그로부터 다시 6년 남짓한 시간이 지난 이즈음에 이르러 그는 목을 내려치기 전 경건하게 마음을 가다듬고 망자가 될 죄인의 명복을 위한 기도의 노래를 읊조리며 칼춤을 추기 시작했는데, 춤과 노래에 어찌나 정신을 집중했던지 술 한 방울 마시지 않고도 혼곤한 무아의 경지를 자유롭게 넘나들었다. 그럴 때 그의 모습은 보는 이로 하여금 시퍼렇게 날이 선 작두를 타는 신내림 무당을 떠올리게 하기에 충분했다. 막손의 노래와 춤이 절정을 향해 치달아 가면 그 애끊는 곡조와 아름다운 춤사위에 취해 군중들은 물론 죄인조차도 지금의 상황과 자신의 처지를 잊는 지경에 이르렀다. 막손의 칼은 그때를 놓치지 않고 허공을 가르며 하늘 높이 치솟았다가 바람처럼 죄인의 목에 날아들었다. 눈 깜짝할 새 죄인의 머리가 목에서 떨어져 바닥을 굴렀다. 잘린 몸통 쪽의 목에서 분수처럼 솟구쳐 오르는 죄인의 피를 보고서야 비로소 군중들은 정신을 차렸다. 구경꾼 중 일부는 속으로부터 터져 나오는 희열을 누르지 못해 손뼉을 치고 눈물을 흘리며 탄성을 질렀다. 베어져 구르는 죄인의 얼굴에서 공포나 두려움 대신 평온을 보았기 때문이었다. 이에 참수형 집행이 있는 날이면 막손의 소문을 듣고 전국 각지에서 몰려든 사람들로 저자는 인산인해를 이루었다.

막손의 칼솜씨가 늘어갈수록 그가 죄인의 가족들에게 받는 속참행하는 점점 그 규모가 커졌고, 이즈음에 이르러서는 어렵지 않게 전옥서 말단 관직인 정 참봉의 한 달 치 녹봉을 훌쩍 넘어섰다. 어차피 자신은 옥사에 갇힌 몸이고 옥사 밖에도 살펴야 할 가족이라고는 아무도 없는 혈혈단신이었으므로, 그는 받은 돈의 절반은 정 참봉에게 떼어주고 나머지는 나장들에게 고루 나누어 주었다. 돈을 받아들 때마다 나장들은 거듭 감사를 표했으나, 그들에게 있어 막손은 여전히 피비린내 풍기는 사람 잡는 백정일 뿐이었다. 대신 그들은 참수형 집행이 있는 날 저녁이면 돌아가며 막손에게 고기가 듬뿍 들어간 국밥을 사식으로 넣어주는 것으로써 불편한 속내를 씻고자 했다. 그때마다 막손은 번번이 뜨는 둥 마는 둥 하고 국밥 그릇을 내놓았다. 겉과 다른 나장들의 마음을 눈치채서가 아니었다. 죄인의 평온한 마지막 표정을 떠올리면, 먹지 않아도 배가 불렀기 때문이었다.

이제 막손은 운영을 생각하지 않았다. 아주 가끔, 꿈속에서 어렴풋하게 그녀의 어릴 적 뒷모습을 볼 수 있을 뿐이었다. 부디 그녀도 나와 같기를, 나보다 더 깨끗이 나를 지웠기를, 막손은 간절히 기도했다.

하늘도 땅도 숨을 죽인 가을 한낮이었다. 달리는 막손의 거친 숨소리와 밭둑의 누렇게 센 잡풀 밟는 소리만 도드라져 들렸다. 뒷문을 빠져나온 후로 한 번도 쉬지 않고 달렸으므로 숨을 쉴 때마다 목구멍에서는 쇳내가 올라왔고 혀가 바짝바짝 메말랐다. 그 와중에 사람은 물론 개 한 마리만 눈에 띄어도 불에 덴 듯 끔쩍 놀라며 달리던 방향을 틀었다. 눈치 없는 태양은 질기게 그를 따라붙었다. 정신을 차리고 보니 어느덧 막손은 신 판서의 집 별당 담벼락에 서 있었다.

몇 년 사이 무슨 일이 있었던 건지, 신 판서의 집은 거의 못 알아볼 정도로 퇴락했고 별당 담벼락을 지키던 매화나무도 시꺼멓게 말라 죽어 있었다. 그녀는 아직도 이 집에 살고 있을까. 막손이 7년의 세월을 뛰어넘어 그녀와의 아련한 추억에 빠져들 무렵, 아낙 하나가 걸레를 들고 운영의 별당 툇마루에 올라섰다. 간간이 깊은 한숨을 쉬어가며 마루를 닦던 그녀가 매화나무 쪽으로 눈길을 주었을 때, 댕기 머리이던 예전과 달리 머리에 쪽을 찌고 배가 남산만큼 불러 있었음에도 석영은 그 아낙이 운영의 몸종 언년이임을 한눈에 알아보았다. 석영과 눈이 마주친 언년은 화들짝 놀라며 신도 신지 않고 단숨에 담장으로 달려왔다.

"도련님, 석영 도련님 맞죠? 아니 여길 어떻게……."

만감이 교차한 막손은 언년의 물음에 쉽게 대답하지 못했다.

"아씨는, 운영 아씨는…… 도련님 그렇게 되시고 한동안 말을 잃어버리셨어요. 얼마 지나지 않아 대감마님 성화에 떠밀려 부랴부랴 건넛마을 강 참판 댁으로 시집을 가게 되셨는데…… 몇 날 며칠 곡기를 끊으며 혼인하지 않겠다고 버티시더니 혼례 치르는 날 새벽, 모두가 잠이 든 사이에 기어이 이 매화나무에 목을……."

막손은 명치를 제대로 얻어맞은 듯 숨을 쉴 수가 없었다.

막손이 전옥서로 돌아온 것은 정 참봉을 좇아 뒷문을 나선 지 채 세 시간이 지나지 않아서였다. 나장들이 도망치기 전 다 풀어주기라도 한 것인지 아니면 소식을 들은 죄인의 가족들이 파옥을 하고 도망을 시킨 것인지 옥사엔 죄인들이 하나도 남아 있지 않았다. 그는 옥사 뒷벽에 걸어둔 행형도자를 숫돌에 잘 갈아 손에 쥐고 익숙한 자신의 보금자리, 옥사 한 구석으로 천천히 걸어 들어갔다. 칼을 바닥에 놓고 머리며 옷매무새를 다듬은 후 가부좌를 틀어 정좌하고 눈을 감았다. 제 한 목숨 부지해 보겠다고 운영을 핑계 삼고 망나니의 도를 이루려 몸부림쳤던 지난 세월을 떠올리자, 모래로 상처 부위를 쓸어대는 것 같은 참혹한 통증이 밀려왔다. 때로는 무고한 죄인의 목숨을 앗으면서도 나는 천지신명이 내려주신 내 삶에 매 순간 최선을 다했을 뿐이라고 끊임없이 자신을 속이고 달래왔던 남루한 세월이었다. 때늦은 후회와 부끄러움이 차디찬 피가 되어 혈관 구석구석을 타고 흘렀다.

얼마나 시간이 지났을까. 갑자기 밖이 소란해지기 시작했다. 그는 그것이 정 참봉이 말한 '성난 군중'의 함성인지, 지난 7년간 자신의 칼에 죽어간 사람들의 피맺힌 울부짖음인지 구분할 수 없었다. 눈을 뜨니, 옥사 좁은 창으로 핏빛 노을이 울컥울컥 쏟아져 들어와 옥사 내부를 붉게 물들이고 있었다. 이때를 기다렸다는 듯, 막손은 바닥에 몸을 납작 엎드리고 시퍼렇게 선 행형도자의 날을 위로 향하게 한 후 칼날의 양쪽 끝을 두 손으로 단단히 잡았다. 이윽고, 그의 입에서는 참수형 집행 전 죄인의 명복을 빌기 위해 부르던 기도의 노래가 흘러나왔다. 날 선 함성을 지르며 옥사 안으로 밀고 들어오던 군중들이 그의 노랫소리를 듣고 일제히 걸음을 멈추었다. 노래가 절정으로 치달아 갈 무렵, 막손은 천천히 상체를 세우고 턱을 치켜든 후, 적당한 자리를 찾아 칼의 위치를 위아래로 조정했다. 숨까지 죽여가며 막손을 지켜보던 군중 가운데 누군가의 침 삼키는 소리가 도드라져 들렸다. 마치 목울대가 꿀렁이는 모습을 직접 본 것 같은 착각이 일 정도였다. 흡. 옛적 제나라 포정의 칼이 그랬던 것처럼, 막손의 칼날이 그의 목 관절과 근육의 틈새 속을 정확히 찾아 들었다. 칼날로 감지되는 그 틈새가 이토록 넓고 크게 느껴지기는 실로 이번이 처음이었다. 여기저기서 미묘한 감정이 뒤얽힌 장탄식이 터져 나와 그의 귓바퀴에서 맴돌다가 아련히 멀어져갔다.

마지막 순간, 막손에게 있어 삶에 대한 미련이나 죽음에 즈음한 두려움 따위는 터럭 끝만큼도 남아 있지 않았다. 다만, 자신의 마지막 표정이 자신의 칼에 죽어간 다른 이들처럼 평온했는지 어땠는지를 제 눈으로 확인할 수 없다는 것이 아주 조금 안타까울 따름이었다.

북해도의 까마귀

김지형

타인의 삶을 들여다보며 공감하던 책 읽기에서 나 자신과 화해하기 위해 글쓰기로 눈길을 돌렸습니다. 혼자 문학을 하며 소설의 기본 틀도 익히지 못했기에 스승의 존재를 갈구하며 쓰는 것을 계속 망설여왔습니다. 한번 써 보자고 마음먹기까지 12년이 걸렸습니다.

2007년, 북해도를 여행했을 때 아름다운 섬에 가득한 까마귀의 이미지가 떠나지 않았습니다. 현실을 벗어나 살고 싶은 이상향의 공간인 북해도에 뿌리내리고 살아가는 까마귀를 소설로 담아내고 싶었는데 늘 영상으로만 맴돌았습니다.

그때의 감동을 다 살려내지 못한 것 같아 많이 아쉽고 다시 읽어보니 부끄럽기만 한 작품인데 첫술에 과한 상을 주시니 몸 둘 바를 모르겠습니다. 더욱 정진하며 좋은 작품 쓸 수 있도록 노력하겠습니다. 감사합니다.

북해도의 까마귀

김지형

겨울의 북해도는 까마귀의 섬이었다. 그의 이민 소식을 듣고 나는 설산을 날아오르던 까마귀 떼와, 그 검은 울음소리를 떠올렸다. 그해 겨울, 그와 나는 직원 외국어교육을 위해 행해지는 연수팀에 선발되어 북해도에서 한 달간 함께 머물렀다. 같은 직장이라고 해도 나는 지사에서, 그는 본사에서 근무하고 있었기에 만난 적은 없었다. 단체수련회 같은 데서 마주친 적이 있었을 수도 있지만 나는 워낙 사람을 기억하지 못하는 편이고 그도 무슨 개인기가 뛰어나서 시선을 끈다든지 뒤돌아보게 할 만한 외모의 소유자는 아니었다. 연수는 삿포로의 대학에서 진행되었다. 일본어 강좌 프로그램에 평일 오전 9시부터 오후 5시까지 참여하고 주말은 자유 시간이었다.

출발하는 금요일 날 아침, 비행기 안에서부터 어지럽고 속이 좋지 않았다. 남자 동료들과는 업무 외의 잡담을 거의 하지 않는 나로서는 그와의 동행이 부담스러웠다. 어색함을 깨트리려고 인사말을 건넸다가는 다음 할 말을 찾지 못해서 입을 다물었다. 그는 묻는 말 이외에는 말을 하지 않았다. 침묵의 시간을 견디다 못해 눈을 감고 잠을 청했는데 잠은 오지 않고 머리만 욱신거렸다. 일이 터진 것은 오타루에 있는 연수협찬

센터에 가서 무사히 도착했다고 등록하고 돌아오는 길이었다. 온 김에 오타루의 운하를 보고 가자고 그가 말했고 나도 어디든 가고 싶었지만 시간이 지날수록 머릿속 방망이질이 극에 달했다.

그는 내 얼굴을 보더니 그냥 되돌아가자고 했다. 나는 약국을 찾아보자고 했지만 걸음을 옮기기에도 버거웠다. 신발 속으로 포삭포삭 흰 눈이 젖어 들어 발목을 적셨다. 발목까지 쌓여 있던 눈은 어느 지점에서는 무릎까지 푹푹 들어왔다. 내가 머무를 곳은 고사하고 삿포로에서 얼마나 멀리 떨어진 곳에 와 있는지도 감이 오지 않았다. 입으로 내뱉는 말과는 달리 제발 빨리 돌아가게 해달라는 간절함을 담아 그를 바라보았다. 처음으로 찬찬히 바라본 그 사람은 눈, 코, 입 어느 한 부분도 특징이 없는 평범한 얼굴이었다. 선이 굵지도 가늘지도 않은, 도화지에다 사람을 그리라고 하면 그릴 것 같은 보편적인 형상이었다. 낯선 타향에서 내가 매달릴 대상이 오직 그 사람밖에 없다는 절박함이 그를 다소 미남으로 보이게 했다. 한순간 그의 동공 속에서 어둠이 커지는 것 같았다. 그 크고 공허한 어둠 속으로 비틀거리는 나를 붙잡으려고 손을 내밀었다가 나는 흰 눈 속으로 점점이 사라져 갔다.

눈을 떴을 때는 몸이 둥둥 떠 있는 것 같았다. 눈발에 젖어서인지 힘겨워서 흘리는 땀 때문인지 그의 등은 축축했다. 정신을 차리자마자 나는 부끄러워서 말도 없이 불쑥 그에게서 내렸다. 너무 서두르는 바람에 엉덩방아를 찧으며 넘어져서 다시 우스운 모양새가 되었다. 나는 그가 내미는 손을 잡고 눈을 털며 일어났다. 업혀 있었던 시간은 채 10분도 되지 않았을 것이라고 했다. 타국의 낯선 거리를 두 이방인이 한 몸이 되어 타박타박 무거운 발걸음을 옮기는 영상은 그의 냄새와 감촉과 어우러져 코트 위를 적시는 흰 눈처럼 잠시 머물다 사그라졌다.

돌아오는 기차 안에서는 약을 먹어도 가라앉지 않는 통증을 잊기 위해 눈을 감았는데 유리창에 머리를 찧을 만큼 곤히 잠들었다. 쿵 부딪는 소리에 제풀에 놀라 잠을 깼지만 나는 깊이 잠든 척 고개를 숙였다. 그가 살포시 내 머리를 자기 어깨 위에 놓는 것을 나는 짐짓 모르는 체했다. 내가 눈을 뜨고 머리를 제 자리로 하면 둘 다 민망스러워질 터였다. 나를 바라보던 그의 근심 가득한 얼굴이 단단한 그의 어깨에 기댄 내 감은 눈꺼풀 위로 아른거렸다.

그가 저녁을 먹고 시내를 둘러보는 동안 나는 꿈속에서도 가위에 눌리며 밤새 혼자 앓았다. 규칙적으로 한쪽 이마를 망치로 두들겨 맞는 것 같은 통증이었다. 구둣발로 자근거리는 것 같은 소리가 방안 가득 울리며 머릿속을 흔들었다. 심한 어지러움과 아픔은 순식간에 가구며 집기들을 삼키고 텅 빈 공간만을 남겨 놓았다. 사각의 벽에 갇혀 나는 개미처럼 작아져서 달리고 있었다. 달리고 또 달려도 길은 끝나지 않았다. 시작도 끝도 없는 길을 티끌처럼 작은 존재가 되어 거대한 어둠 속에서 가쁜 호흡을 하며 달려갔다. 천적에게 쫓기는 작은 동물처럼 나를 엄습하는 공포로부터 달아나려고 아무리 버둥거려도 멈출 수가 없었다. 시간과 공간에 갇힌 지구별에서 절대자의 손이 깨워줄 때까지 버거운 질주를 해야만 하는 인간이라는 존재가 나를 허덕거리게 했다. 영원과 찰나의 경계를 넘나드는 순간의 마찰을 느끼는 것처럼 나는 숨이 가빠졌다.

"미영 씨. 괜찮으세요? 아니 왜 이렇게 식은땀이 흐릅니까?"

그의 목소리가 들렸다. 나는 기차 안으로 돌아와 눈을 감고 있었다. 그런데 나를 들여다보고 있는 그의 표정이 그대로 보였다. 걱정스러워하던 믿음직한 얼굴은 어느새 사랑을 호소하는 표정으로 바뀌어 있었다. 나는 소스라치게 놀라 눈을 떴다. 그는 사라졌고 새벽 어스름이 부옇게 어둠을 밝히고 있었다. 내외하느라 제대로 쳐다보지 못했던 그의 얼굴이 선명하게 눈에 들어와 나는 꿈과 현실의 간극에서 다시 혼란스러웠다.

다음날 그를 보자 어색함보다 반가움이 앞섰다. 위기의 순간을 함께 해서인지 오랜 시간을 공유한 친구처럼 그는 내게 친숙하고 편하게 다가왔다. 겨울의 북해도는 해가 짧고 밤은 길었다. 우리는 수업시간뿐만 아니라 세 끼 식사도 함께하며 눈을 떠서 잠들 때까지 밤늦도록 붙어 다녔다. 넓은 캠퍼스는 산책할 코스도 많아 아침저녁으로 함께 거닐었고 시간이 날 때마다 시내와 근교를 돌아다녔다. 하나의 음반이 다 돌아가고 나면 다음 음반을 틀어주듯이 한 주제에서 다른 주제로 이어지며 수많은 대화를 나누었다. 그는 북해도에 오면 제일 가보고 싶었던 순서로 아바시리의 유빙, 노보리베츠의 지옥 온천과 하코다테의 야경을 꼽았다. 모처럼의 기회이니만큼 우리는 남은 세 번의 주말 동안 여행을 떠나기로 했다. 나는 아바시리로 유빙부터 보러 가자고 제안했으나 그는 머뭇거렸다. 제일 가보고 싶은 곳은 제일 나중으로 미뤄두고 싶다는 것이 이유였다. 우리는 그 반대 순서를 따르기로 했다.

하코다테의 여정은 기차로 왕복 여섯 시간이 넘는 거리였고 도중에 도와호까지 들려야 하는 밤 10시까지의 강행군이었다. 우리는 해 질 녘에 맞춰 로프웨이를 타고 전망대에 올라가서 칼바람이 몰아치는 항구도시를 오래도록 둘러보았다. 그러고도 아쉬워서 2층 레스토랑에서 맥주를 마시며 커다란 통유리 창가에 앉아 일몰을 바라보았다. 어스름한 저녁이 오며 여인의 잘록한 허리 같은 쌍곡선의 해안 집들이 가물가물 자태를 드러냈다. 흐린 하늘 위로 까마귀 떼들이 날아갔다. 한 무리가 지나가고 나면 또 다른 무리가 나타나서 검은 그림자들을 얼룩처럼 뿌렸다가 순식간에 사라졌다. 까마귀들은 깊어가는 밤보다 더 검게 하늘을 뒤덮으며 점점이 흩어져 갔다. 마지막 까마귀가 검은 점으로 사라질 때까지 짙어가는 밤하늘을 응시하며 우리는 까마귀들이 터를 내리고 사람들이 더불어 사는 북해도를 이야기했다.

그는 유학생을 습격한 까마귀를 본 적이 있다고 했다. 까마귀는 자전거를 타고 가는 학생을 끝까지 쫓아가서 바구니에 담아 둔 검은 비닐봉지 속 음식물을 채어갔다고 했다. 하지만 그 채어간 먹이를 자기 어미에게 준다는 이야기를 할 즈음, 마음이 누진해졌는지 다소 감상적인 시선을 창밖으로 향하고 있었다. 세상의 주인처럼 휘젓고 다니는 북해도의 까마귀들이 아무리 의리 있고 효성 지극하다고 해도 내게는 음산하고 위협적인 검은 몸뚱이에 불과했다. 나는 부르르 몸이 떨려왔다.

"까마귀한테는 고부갈등이 없을까요?"

나는 그의 말에 어깃장 놓고 싶어졌다. 어미에게 남편 까마귀가 먹이를 물어다 줄 때 그 옆에서 물끄러미 바라보고 있을 배고픈 아내 새가 아른거렸다. 자연의 세계에서 우리가 배워야 할 것이 어디 까마귀에서 뿐이겠는가. 어미 연어는 알을 낳으면 갓 부화되어 나온 새끼들에게 자신의 살을 뜯어 먹게 한다. 새끼들이 성장할수록 어미는 뼈만 남게 되어 생을 마감하게 된다. 반대로 가물치는 알을 낳게 되면 실명하여 먹이를 찾을 수 없게 되는데 부화되어 나온 새끼들이 어미가 굶어 죽는 것을 볼 수가 없어 한 마리씩 어미 입으로 스스로 들어가서 어미를 살려낸다고 한다. 모성은 자연의 섭리 같아서 자식을 위해 목숨까지 바치는 연어 같은 모성은 흔히 회자되지만 가물치 같은 효성은 보기 힘들다. 설령 새끼 가물치가 자기 생명을 다해가며 부모를 살린다 한들 살아난 부모가 과연 기뻐할까? 자기가 먹고 배불린 게 새끼였다는 사실을 알게 되면 배고픔보다 더 극심한 마음의 고통에 상심할 것이다. 진정한 모성은 오히려 성장한 새끼를 완전히 독립시키는 동물의 세계에 있다. 언제 다시 볼 수 있을지 기약도 없이 새끼에 대한 애착을 끊으며 그리움을 삼키는 어미의 모습이야말로 나를 감동시키는 모성이다. 타아에 대한 희생과 헌신에 대한 대가를 바라지 않는 완전한 사랑을 나는 동물 암컷에게서 본다.

어느새 사위는 어두워져 집집마다 새어 나오는 불빛들은 별빛보다 더 찬란하게 도시 위로 흩뿌려졌다. 가슴이 찌르르 아파왔다. 사위어가는 젊음의 끄트머리에 있으면서 단 한 번도 사랑하고 사랑받았다는 감정으로 충만해 본 적이 없었다. 남편과는 스키장에서 처음 만났다. 저녁이 되어 날은 점점 추워지고 빙판길이 되어가는데 발목을 접질려 내려가지 못하고 절절매고 있을 때 남편이 다가왔다. 그는 스키장 구조요원이었다. 그는 나를 가뿐히 업고 단번에 내려왔다. 친구들의 부러운 눈초리를 받으며 그렇게 행복할 수가 없었다. 고통뿐이던 결혼 생활 동안 남편의 등에 업혀 가장 행복했던 순간은 만나지 말았어야 했다는 후회로 되씹고 곱씹어 너덜너덜해졌다. 처음 남편의 집에 방문했을 때 시모가 나를 보던 눈빛은 지금도 섬뜩하다. 그녀는 나의 동선을 따라가며 나를 노려보았고 내 뒤통수에 대고 호통을 쳤다.

"니가 욕 얻어 먹는겨. 이렇게 늦게 다니면."

저녁 일곱 시도 안 되었을 때였다. 데이트를 마치고 시어머니 되실 분에게 인사드리러 가자고 약속한 날이었다. 시어머니께 드릴 선물까지 고르느라 여섯 시까지 돌아가야 한다는 그의 귀가시간에서 한 시간이 지체되었던 시각이었다. 나는 어안이 벙벙했으나 한 마디도 대꾸하지 못했다. 남편과는 일 년간의 교제 기간 동안 열 번도 채 만나지 않았다. 장거리 연애이기도 했지만 잠들기 전에는 한두 시간씩 통화를 하던 터라 연애 감정은 충분했다. 그는 나를 만나러 오지 않았고 나도 그를 만나러 가지는 않았다. 사랑에 빠진 남자는 시도 때도 없이 여자를 만나러 오는 법이라고 친구는 우리의 연애가 이상하다고 했지만 서른이 되도록 남녀간의 애정에 대해서 나는 백치나 다름없었다.

시어머니를 처음 만나고 온 날, 나는 남편에게 결별을 선언했다. 예비 시어머니의 눈초리가 떠나질 않아서 자꾸만 불안했다. 시어머니의 경우에 어긋난 행동을 묵과하는 그도 미덥지 않았다. 그는 나를 놓치게 되면 평생 후회할 것 같다고 했다.

"어머니한테 자기 아니면 결혼 안 하겠다고 했더니 당장 결혼하라고 하셨어."

남편은 결혼을 하면 어머니가 달라질 것이라고 나를 달랬다.

"결혼 전이야 남이니까 그러시지만 결혼하면 한 식구잖아. 결혼만 하면 어머니가 진짜 잘해주실 거야. 우리 엄마 진짜 좋은 사람이야. 가난한 사람들한테는 먹을 것도 다 퍼주고. 옆집 할머니 혼자서 굶고 산다고 끼니때마다 우리 집에 와서 같이 식사하는 게 벌써 이십 년이야. 마을 힘든 일도 나서서 도맡아 하시고."

시어머니에 대한 그의 칭찬은 끊이지 않았다. 알뜰살뜰 살림을 꾸려가면서도 베푸는 것을 좋아하는 시어머니의 심성이 고운 것은 사실이었다. 인심이 후해서 음식을 잘 나눠주고 이웃을 돕기 좋아하는 시어머니를 보고 마을 사람들은 입을 모아 좋은 사람이라고 했다.

신혼집은 남편의 직장에서 한 시간 남짓한 거리였다. 시댁에서도 남편의 직장까지는 한 시간이 채 안 되는 거리였지만 십여 분 더 가깝다는 이유로 남편은 시댁에서 출퇴근을 했다. 납득이 가지 않았지만 우리는 주말부부가 되었다. 남편은 집에 올 때마다 음식 솜씨 좋은 시어머니가 만든 김치며 밑반찬이며 농산물들을 가져왔지만 나는 구석에 밀어두었다가 썩은 냄새가 진동을 하면 버리곤 했다. 냉장고 문을 열어본 시어머니가 역정을 내고 간 후 보내오는 음식이 뜸해지자 받는 게 없는 편이 미움을 키우기에는 오히려 마음 편했다. 결혼 생활은 기형적으로 끊길 듯 말 듯 이어져 갔고 나는 바람 든 무처럼 가슴에 구멍이 숭숭 뚫리고 있었다.

남편 옆에는 내가 끼어들 틈이 없었다. 시어머니는 아들이 차를 몰고 다니는 데 병적인 불안을 가지고 있어서 자신이 동행하지 않으면 신혼집에 가지 못하게 했다. 머무는 동안에도 언제 오냐고 수시로 전화를 했다. 수화기 너머로 시어머니의 목소리가 들려오면 나는 스트레스로 명치 언저리가 꽉 조여 와서 어서 빨리 어머니께 가보라고 종용할 정도였다. 아들이 운전하는 게 마음 놓이지 않는다면서 시모는 사소한 장 보러 가는 것에서부터 병원이나 나들이며 시누이한테 가는 등의 모든 일에 남편을 불러댔다. 남편은 시모가 가는 곳 어디든 운전을 했고 매번 집안 행사에는 나를 남겨두고 시모가 동행했다. 그건 남편이 철들 무렵부터 해오던 일상이었기에 시댁에만 가면 나는 상식이 뒤죽박죽되었다. 이치에 맞지 않는 게 아니냐며 물어볼 데도 하소연할 데도 없었다. 친정 식구들에게는 가슴 아파할까 봐 말할 수 없었고 마음을 터놓는 몇 안 되는 친구들은 답답해했다.

"너 무슨 약점이라도 잡혔니? 왜 그러고 살아?"

켜켜이 쌓여가는 원망과 슬픔의 마음속 빙산에서 단 몇 조각 보여줬을 뿐인데 친구는 어이없다는 표정을 지었다. 나는 차츰 친구들을 멀리했다.

결혼한 지 삼 개월도 안 되었을 때였다. 그날도 남편 친구의 결혼식에는 남편과 시모가 참석하고 나는 콩쥐처럼 시모가 시키고 간 집안일을 하며 빈집을 지켜야 했다. 저녁이 되어 돌아온 남편은 나를 신혼집도 아니고 기차 타는 곳까지만 데려다주었다. 가는 내내 분풀이를 하며 목소리를 높였지만 그는 말이 없었다. 제풀에 지친 나는 화낸 것도 미안하고 신혼다운 신혼을 보내지 못하는 것에 걷잡을 수 없는 설움이 복받쳤다. 시댁에서의 밤은 시어머니 눈치 보느라 방문도 잠그지 못할 때가 많았다. 나는 단 하루만이라도 같이 있어 달라고 물기를 머금고 말했다. 신혼집이 너무 멀다면 근처의 모텔에라도 들어가자고. 그건 나의 처음이자 마지막 부탁이었고 그를 내 마음에서 내려놓게 만든 사건이기도 했다.

"아들이 생기면 어머니도 달라지실 거야."

그는 그렇게 말하며 나를 서둘러 역사로 데려다주었다. 그는 시모의 전화를 받으며 내가 기차에 타기도 전에 떠났다.

아들이 태어나도 시모의 증상은 나아지지 않았다. 아이가 아파서 병원에 가자고 남편에게 전화를 하면 어김없이 시모가 동행해 찾아와서는 용돈을 내놓으라고 생떼를 썼다. 차츰 아들이 병치레를 하든 입원하는 상황이 오든 남편에게 알리지 않게 되었다. 그는 한 달에 한두 번도 오지 않았고 만 하루도 채 머무르지 못했다. 몇 시간만 머무르다가 떠나 버리며 그는 말했다. "어머니가 사시면 얼마나 사시겠어. 당신도 어머니가 우리 때문에 병나서 돌아가시기라도 하시면 나중에 후회하지 않겠어? 어머니 살아계실 동안만 어머니 하자는 대로 하고 그다음에는 진짜 당신한테 잘 할게."

나는 대꾸도 하지 않았다. 다만 아들이 성장하기만을 기다렸다.

노보리베츠의 온천은 유황천, 명반천, 석고천 등 성분도 다양하다. 하늘에는 구름이 흘러가고 지상에는 뜨거운 유황 샘물 위로 구름이 뭉게뭉게 피어올랐다. 지옥 온천을 둘러보고 예약한 온천 호텔에 투숙했다. 소규모의 오래된 전통을 지닌 노포 료칸은 이미 예약이 다 차서 차선책으로 골랐지만 노천 온천을 처음 경험한 나는 이런 세상이 있다는 것에 놀랐다.

수증기로 가득한 실내탕 유리문을 열고 밖으로 나오자 새하얀 북해도의 숲이 병풍처럼 둘러져 있었다. 노천탕은 하얀 숲에 싸여 청태 낀 바윗돌로 둘러친 채 고즈넉이 들어앉아 있었다. 숲 중앙으로 폭포 물줄기는 바람을 흩뿌리며 떨어지던 비말의 모습 그대로 얼어 있었다. 폭포수 아래로 얼음 낀 계곡물이 졸졸졸 흐르고 갈색 잎사귀들이 언뜻언뜻 비춰지는 뿌연 나무들의 그림자가 잔잔한 물결을 그리고 있었다. 탕은 덩그러니 마침 아무도 없었다. 하얀 눈송이들만이 뜨거운 물이 콸콸 솟아나오는 온천수의 하얀 김 위로 하늘거리고 있었다.

온천욕은 오감에 눈을 뜨게 할 만큼 감미로웠다. 별빛이 아슴푸레 비추는 설산을 보며 보들보들하고 미끌미끌한 물속에 몸을 담그고 있자니 지상에서 천국의 한 부분을 맛보는 것 같았다. 송글송글 맺히는 땀방울 위로 차가운 눈송이들이 꽃잎처럼 내리고 투명한 물방울들로 사그라졌다.

안락하고 포근한 어머니 품속 같은 탕에 안기어 세포들은 하나하나 되살아나고 뜨끈뜨끈한 탕에서 노곤해진 하반신과 차가운 공기 속에 드러난 상반신은 몸속 독소들을 내뱉으며 새롭게 깨어나고 있었다. 돌멩이로 짓누르는 것처럼 뻐근했던 목덜미와 어깨가 서서히 풀어지며 상쾌함이 전신으로 퍼져갔다. 고통이 클수록 환희는 증폭되어 묵직한 아픔의 덩어리가 사라져가는 순간은 황홀하기 그지없었다. 아픔이 없었더라면 결코 몰랐을 치유되는 순간의 기쁨이 전신을 깨우고 있었다. 고통과 환희라는 양극의 순간을 넘나들며 형용할 수 없는 지락의 상태가 지속되었다.

몸에서 일어나는 변화는 잠잠히 마음까지도 움직여서 나는 기억 속에 가둬 둔 감정의 찌꺼기들을 시나브로 내뱉고 있었다. 사소한 스트레스에서부터 나를 힘들게 했던 감정의 소요까지 모든 짐을 내려놓으며 나의 내면은 위로받고 있었다. 몸과 마음이 완전한 행복감으로 충만해지고 있었다.

가장 행복한 순간이 오자 죽음이 떠올랐다. 육체를 잃어버리는 것에 대한 아쉬움은 없었다. 나는 완성품으로 변모할 날을 기다리며 영혼의 안식처를 위해 생은 견디어 내는 것이라 생각했다. 그러나 생은 그저 견디어 내기에는 너무나도 아름다운 유혹으로 가득차 있었다. 내가 죽는 순간 육체를 차마 내려놓지 못한다면 그것은 그날의 노천탕에 몸을 담갔기 때문이리라.

나는 벽지조차 고급스럽고 조명이며 소품 하나하나까지 정갈한 실내 휴게실에서 머물며 저녁 내내 온천에 들락날락했다. 어느 순간, 그가 문을 열고 들어오고 있었다. 그는 나를 보자 살짝 놀란 듯 잠시 주춤거렸다.

"언제부터 여기 계신 겁니까?"

그는 테이블을 사이에 두고 내 앞으로 와서 앉았다.

"쭈욱요. 서너 차례는 들어갔다 나온 거 같아요."

나는 그의 다부진 몸이 설핏 드러나는 유카타 차림이 생경스러워서 어둠뿐인 창밖으로 시선을 돌렸다. 그와 나는 생수를 마시며 어릴 적 한증막처럼 숨 막혔던 목욕탕 이야기를 했다.

"엄마가 때를 너무 박박 벗겨서 전 엄마랑 목욕탕 가는 걸 제일 싫어했어요. 매번 내가 씻겠다고 했지만 엄마한테 붙잡혀서 껍질이 벗겨지는 것 같았어요. 준호 씨는 아빠랑 가셨겠네요? 남자들은 그렇게 빡빡 밀지 않죠?

"잘 모르겠습니다. 아버지랑 같이 갔었던 기억도 없고."

"그래요?"

나는 의아해져서 질문을 했다.

"부모님하고의 관계가 안 좋으세요?"

그는 좀처럼 자신의 속내를 이야기하지 않는 사람이었지만 나의 질문에는 피하지 않고 답변을 해주곤 했다.

"두 분에게 다 아무 감정 없습니다. 굳이 부등호를 붙여야 한다면 싫어하는 쪽입니다. 어려서부터 부모님이 사이가 좋지 않았어요. 두 분이 너무 싸워서 결혼이라는 것에 환멸을 느꼈습니다. 두 분을 보는 것만 해도 지긋지긋했어요. 전 말이 없는 아이가 되었습니다. 두 분은 어느 순간 싸움을 멈췄고 서로 투명인간처럼 대하기 시작했습니다. 두 분이 서로 말을 안 한 지는 이십 년도 넘었는데 왜 이혼 안 하시는지 모르겠습니다. 어릴 때는 저 때문에 이혼 안 하시는 거라 생각했는데 제가 결혼까지 하고 아이를 낳았는데도 안 하시는 걸 보니 참 알 수가 없습니다."

그를 무척 따라다녔던 아내가 임신을 하는 바람에 결혼하게 되었지만 지금까지도 아내에게는 책임감 이외의 감정이 생기지 않는다고 했다. 그의 아내는 자신의 부모 때문에 힘들어하며 무척 히스테리가 심했다고 했다. 그는 한 겹 천으로 감싸고 있는 근육질의 몸을 한껏 웅크리며 슬픈 미소를 지었다. 그 모습이 몹시도 안쓰러워 안아주고 싶다는 마음이 드는 한편 더 자세한 내막을 듣지 않아도 그의 아내를 이해할 수 있을 것 같았다. 여자는 누구나 사랑받고 싶어 한다. 그녀가 남편을 거부하는 근원에는 제대로 처신하지 못한 남편의 잘못이 있을 것이라고 나는 감지했다. 어느 가정에나 있을 법하지만 결코 드러내지 않을 결혼 생활의 속내를 우리는 어느새 털어놓고 있었다. 휴게실에서 몇 시간 동안 서로의 고민을 이야기하다가 우리는 각자의 방으로 돌아갔다. 오랜 별거로 부부 사이는 이미 돌이킬 수 없을 정도로 나빠졌지만 자녀를 위해 절대로 이혼하지 않을 것이라는 것이 우리의 결론이자 공통점이었다.

한국으로 돌아가기 전 마지막 주말, 그는 유빙을 보러 가지 않겠다고 했다. 그 이유를 물었더니 노보리베츠에서의 온천욕이 너무나 좋았기 때문이라는 답변이었다.

"유빙을 보게 되면 전 아마도 감동할 겁니다. 그러면 그 감동의 순간을 함께 한 미영 씨를 잊을 수 없을 것 같습니다. 행복했던 순간들이 많아질수록 헤어지기 힘들어질 것 같습니다."

"비겁하시네요."

"네. 너무 가고 싶은 길은 가지 않는 게 더 나을 것 같습니다. 다음번 북해도 여행을 위해 유빙 보는 것은 남겨두겠습니다. 다음번에도 오게 된다면 미영 씨와 꼭 보러 가고 싶습니다."

"됐어요. 이번에도 안 가는데 무슨 다음이 있겠어요?"

"아닙니다. 지난번에 미영 씨가 목욕을 마치고 휴게실에 유카타 모습으로 앉아 있는 걸 본 순간, 너무 아름다웠습니다. 두 볼은 발갛게 상기되어 있는데 촉촉한 머리카락을 몇 가닥 내려놓고 말아 올린 머릿결 아래로 뒷목덜미가 어찌나 희고 그 선이 고운지 눈을 뗄 수가 없었습니다. 서로 다른 탕에 들어가 있지만 '지금 이 순간 미영 씨도 온천을 하고 있겠구나.' 자꾸 생각이 났고, 그런 생각을 하자 꼭 함께 하는 것 같았습니다. 이상하게 들릴지 모르겠지만 미영 씨와 함께 살아보고 싶다는 생각도 들었습니다."

깊고 깊은 산속 맑은 온천에서 고요히 명상에 잠긴 두 노인. 의무와 책임으로 가득한 이 세상에서의 일들을 끝내고 죽음을 준비하기 전, 다시 만나서 서로가 또 다른 세계로 나아갈 수 있도록 도와주는 구도의 시간을 가질 수 있다면 얼마나 좋을까.

"함께 하는 한 달 정말 즐거웠습니다."

우리는 함께 머물렀던 시간들 중에서 처음으로 긴 침묵의 시간을 가지고 있었다. 창밖으로 가붓가붓 눈발이 흩날렸다. 멀리 흰 눈에 덮인 산과 건너편 붉은 건물 위에도 흰 눈이 날렸다. 그에게서는 하얀 눈발 같은 어두움이 드문드문 묻어 나와 북해도의 풍경 속으로 녹아들었다. 무거운 짐을 끌며 들어오는 사람들의 발자국 소리만 프론트에 가득한 정적을 깨고 있었다. 따뜻하고 환한 실내가 영화 속 장면처럼 아득해졌다.

그가 내 방을 노크한 것은 한국으로 돌아가기 전날, 밤 9시 경이었다.

"들어가도 되겠습니까?"

"네?"

"맥주 한잔하고 싶어서요."

캔맥주가 비쳐 보이는 불투명한 편의점 봉투를 그는 들고 있었다.

"아, 네. 그래도 제 방은 좀."

"그럼 제 방으로 오시겠습니까?"

"아, 그런 뜻이 아니고. 음. 아시잖아요? 방에서 둘이서만 마신다는 건 좀 그래요."

"아무 일도 없으면 되지 않습니까?

"아무 일도 없을지 아무 일이 생길지 그건 모를 일이지만 그럴 여지를 만들고 싶지가 않아요. 왜 굳이 그런 상황을 만들어 놓고 시험하려고 하세요?"

"함께 술이 한 잔 하고 싶어요. 이제 마지막 밤이기도 하고."

"그렇긴 하지만."

"한 번만 같이 밤을 보내고 싶어요."

"그럼 더더욱 안 돼요. 그런 무책임한 말이 어딨어요?"

"미영 씨도 같은 마음일 거라고 생각했습니다. 아닙니까?"

꿈속에서 보았던 간절한 눈빛이었다.

"미영 씨와 함께라면 무너져도 좋을 거 같아요."

"전 무너지고 싶지 않아요. 댁도 무너질 사람은 아니고요."

"기다리고 있겠습니다."

나는 대답을 할 수 없었다.

그는 뒷모습을 보이며 자신의 방으로 갔다.

내가 흔들렸다면 그에게서 동일한 운명의 파장을 느꼈기 때문이다. 사람이 사람에게 끌리고 그리워하게 되는 이 감정을 단지 한 마리의 나비 날갯짓에서 시작되었다고 할 수 있을까. 남편이 나를 업었을 때 내게는 사랑이 싹텄지만 남편과의 사랑은 엇박자의 기록이었다. 그가 나를 업었을 때 나는 남편에게서 비로소 내릴 수 있었지만 그에게 얼마나 오래 업혀 갈 수 있을 것인가. 나는 그에게서 결혼이라는 굴레에 갇혀 몸부림치던 나의 운명을 보았고 나를 연민해왔던 것처럼 그를 연민했다. 그에 대한 나의 사랑의 기저에는 돌이킬 수 없는 내 삶에 대한 회한이 있었다. 내가 사랑한 것은 그가 아니고 그에게 투영된 내 모습이었다. 나는 그가 새처럼 둥지를 박차고 훨훨 날아오르기를 꿈꾸고 있다는 사실을, 그러나 새가 되더라도 결국 까마귀밖에는 될 수 없다는 사실을 너무나도 잘 알고 있었다. 얼락 녹을락 변명을 늘어놓으며 얼마나 시어머니의 수명을 알고 싶어 했던가. 시모는 구들더깨일 뿐이고 결국 남편이 돌아올 곳은 나에게밖에 없을 것이라고 상상 속에서 시어머니가 죽기만을 수도 없이 바라고 또 바랐다. 시어머니를 생각하면 내 속의 악마를 불태우는 심지가 활활 타올랐다. 나는 스스로 그 불을 꺼야 했다.

그의 방으로 가야 할지 말아야 할지, 주섬주섬 자리에서 일어났다가 이불 속으로 파고들었다가 이불을 박차고 일어나기를 되풀이했다. 그와 만리장성을 쌓고 그 성이 허물어지기도 전에 되풀이될 나의 업보가 이미 펼쳐졌다. 본 적도 없는 그의 아내가 사라지기만을 바라는 내 얼굴에는 회한만이 남아 자신에 대한 경멸과 혐오로 얼룩졌다. 마음으로 저지른 살인으로 지옥을 지날 때 생전의 후회스러운 기억들이 모조리 되살아나면 나는 비통해서 더 이상 나아갈 수 없을 것이다.

나는 그의 방으로 가지 않았다. 그러나 분명한 것은 그가 내 결혼생활의 더께를 걷어가 주었고 그와의 만남을 통해 십 년 동안의 결혼생활에 종지부를 찍을 수 있었다는 사실이다. 내가 그에게 어떤 역할을 했는지는 알 수 없으나 그에게도 내가 나름대로 그의 인생에 중요한 한 획을 긋게 되었으리라고, 그걸로 된 거라고 위로했다.

다음 날 그와 나는 기약 없는 이별을 했다. 일주일이 지나 사무실에 보고서를 제출하면서 재단과 그에게도 각각 보고서를 한 편씩 보냈다. 그에게는 보고서를 첨부했다는 말 이외에 다른 어떤 인사말도 적지 않았다. 그는 내가 보낸 보고서를 단숨에 읽었다며 잘 지내는지 안부를 물어 왔다. 나는 답장하지 않았다.

일 년쯤 지난 어느 날, 그는 단 한 번만 만나고 싶다고 메일을 보내왔다. 우리의 단 한 번의 만남은 이미 이루어졌다. 다시 만나게 된다면 이국의 하늘을 날던 까마귀는 오점으로 남게 될 것이다. 나는 답장하지 않았고 그에게서도 더 이상 연락은 오지 않았다.

기억의 현상학

전유주

수십 년 전, 초등학교 3학년 때 내가 살던 지역의 한 문예대회에서 대상을 타고 나서 한동안 작가 되기를 꿈꾸었던 기억이 난다. 그러다 문학과는 전혀 관련 없는 전공을 하고, 수십 년을 대학에서 일하면서 그 꿈은 오랫동안 잊힌 채로 내 안 어딘가에 있었다. 연구자로 살면서 많은 물음을 던지고 답을 찾기 위해 애썼다. 그 중 '무엇이 인간을 인간으로 만드는가?' 하는 물음은 나의 오래된 탐구 주제였다. 인간을 인간으로 만드는 요체가 '지난 시간에 대한 기억'이라는 생각에 이르자, 그렇다면 기억을 잃어버린 사람의 인간다움은 어떻게 되는지 몹시도 궁금했다. 그러나 답을 찾을 길은 없었다. 그럼에도 답을 찾을 수 없는 그 일을 계속 묻고, 다시 찾고, 그리고는 찾지 못한 그 답을 어딘가에는 표현하고 싶었다. 그러다 보니 오래 잊힌 채 그냥 있었던 소설에 대한 나의 그리움이 불러 일으켜졌다. 태어나서 처음으로 써 보는 소설이었다. 오랫동안 지니고 있었던 소설에 대한 내 짝사랑에 고백이라도 하고 싶은 마음으로 쓰게 된 첫 작품으로 이렇게 값진 상을 받게 되어 감사한 마음뿐이다. 첫 문장을 시작했을 때 꿈꾸었던 것처럼, 이 소설이 나의 '첫' 작품이 되기를 간절히 바라고 있다. 이 작품을 시작으로 두 번째, 세 번째 계속해서 '무엇이 인간을 인간으로 만드는가?'에 대한 이야기를 더 치밀하고 아름답게 쓸 수 있기를 바란다. 그렇게 소설 쓰기를 통해 인간다움을 탐구하길 바랐던 나의 꿈이 앞으로도 강밀도로 이어질 수 있도록 수상의 기회를 주신 심사위원 선생님들께 감사드린다.

기억의 현상학

전유주

두 번째 면담

나는 항상 이미 알고 있었을지도 모릅니다. 언젠가 치매가 나를 찾아오리라는 것을요. 마치 저 자신도 모른 채, 오래전부터 치매를 맞을 준비를 해왔던 것 같아요. 미래에 대한 기억을 늘 상기하며 살았다고 해야 할까요? 그래서 지난번, 선생님께서 검사 결과 '치매'라고 하셨을 때 그 진단명은 사실 제게 그리 놀랍지 않았습니다. 다만, 선생님이 말씀하신 치매의 유형, 그 뭐였죠? 전……. 네 맞아요! 전측두엽형 치매라는 그 이름만이 낯설었을 뿐입니다. 선생님의 설명을 들으면서 치매에도 그토록 여러 가지 이름이 있다는 게 놀라웠습니다. 이 세계에서 벌어지는 모든 세세한 움직임들에 일일이 이름을 지어 붙이는 인간의 집요함이 새삼스러웠고, 또 조금은 쓸쓸했지요. 이제 나는 세계의 이름들을 서서히 잃어버리면서 이 세계 밖으로 떠내려가는 중인데, 그런데도 여전히 사람들은 수많은 이름들을 여유롭게 호명하며 이름으로 꽉 차 있는 이 세계를 살아갈 테니 말입니다.

네? 글쎄요……. 이제 겨우 마흔이 넘은 제가 왜 줄곧 치매를 품고 살아왔는지는 잘 모르겠습니다. 다만, 청년 시절부터 뭔가 중요한 것을 어딘가에 빠트릴 것만 같은 상실에 대한 느낌을 지니고 살아왔지요. 아니 사실은 그보다 훨씬 더 오래전부터, 아주 어린 시절의 행복했던 시간의 한복판에서도 늘 그 생각을 했습니다. 지금의 이 순간이 다시 반복되지 않을 것이고 나는 그것을 기억하지 못하리라는 생각 말이죠. 망각에 대한 그 두려움은 어린 시절 꼭 간직하고 싶은, 내 마음이 기쁨에 젖어 심장이 간질거리는 그런 순간일수록 더 강렬한 밀도로 날 엄습하곤 했습니다.

어렸을 때, 나는 아버지 서재에 들어가는 걸 무척이나 좋아했습니다. 아버지의 키를 훌쩍 넘기는 높은 책장마다 빼곡하게 차 있던 책을 따라 내 시선이 위로 향하면 마치 그 수 많은 책들이 내게로 쏟아질 것만 같이 어지러웠지요. 그 서재에서 특히 좋았던 건, 아버지가 갖고 있던 아주 오래된 책들에서 나오는 냄새였습니다. 아버지는 여러 외국 신학자들의 성경 주석의 번역 초판본을 거의 다 가지고 있었는데, 어떤 것들은 100년이 다 되어가는 것들도 있었어요. 그 책들이 꽂혀 있는 책장 앞에 서면 독특한 냄새가 났습니다. 촉촉하면서 고소한 그러면서도 시원한 냄새였는데, 마치 코가 아니라 피부로 감지할 수 있을 것만 같았지요. 나는 서재에 들어갈 때마다 그 책들에 얼굴을 파묻고 코로 숨을 깊게 들이마시곤 했습니다. 언젠가 엄마는 내게 그것이 곰팡이 냄새라고 말했지만 나는 여전히 그 냄새가 좋았습니다. 그래서 나는 오래되어 그 독특한 향을 많이 풍겼던 마틴 루터의『로마서 주석』같은 책을 몹시도 갖고 싶었습니다. 사실 그 서재의 모든 책들을 다 갖고 싶었지요. 무엇 때문인지는 몰라도 저는 어릴 때부터 내가 부모님에게 받을 수 있는 유산이 있다면 그 중에 가장 값진 것은 책 일거라고 생각했어요. 그래서 어린 시절 나는 아버지에게 말하곤 했지요.

아빠, 나중에 내가 크고 아빠는 할아버지가 되면 이 책들은 나에게 주세요.

하지만 아버지는 건성으로나 혹은 나를 달래기 위해서라도 그러마하고 대답한 적이 단 한 번도 없었습니다. 대신, 항상 이렇게 말했지요.

이 책은 모두 목사가 될 자녀에게 물려줄 거다. 너는 여자이니 목사가 될 수는 없고 그러니까, 이 책들은 결국 네 것은 아니다.

이상하게도 난 그 말을 들을 때마다 확실히 알 수 있었습니다, 아버지는 결국 그 서재의 책들을 아들들에게 물려줄 수 없으리란 것을요. 그래서 아버지가 그 대답을 할 때마다 서운하기보다 오히려 아버지가 안쓰럽고 처연하기까지 했습니다. 그리고 실제로 내가 이미 알고 있던 미래는 현실이 되었지요. 두 명의 남동생 중 한 명은 인테리어업자가 되고 한 명은 바리스타가 되면서, 아버지 서재의 그 수많은 책들은 지금 전원주택 창고에서 먼지를 뒤집어 쓴 채 누렇게 빛바래 가고 있습니다. 그나마 그 책들에 가장 가까운 삶을 살게 된 사람은 대학에서 교육철학을 강의하는 나였지만 아버지는 끝내 내게는 당신의 책을 줄 생각이 없었어요. 글쎄요? 아버지가 왜 그랬는지는 모르겠어요. 내가 당신이 바랐던 것과는 다르게, 명문대학의 정년직 교수 임용에 실패하고 오히려 있던 자리에서도 튀쳐나와 마흔이 넘도록 연구원이나 강사로 떠돌고 있기 때문일까요? 아니면 내가 '믿음의 가정을 이뤄 신앙을 계대하고 교회를 섬긴다'는 우리 집의 오래된 가훈에서 너무 멀어져 살아 그런지도 모르겠어요. 아무튼……. 아버지 은퇴 후 부모님이 전원주택으로 이삿짐을 정리하던 날, 아버지가 행여 쓸쓸할까 해서 내가 마음에도 없이 물었어요. '이 책들은 제가 가져갈까요?' 하지만 상자에 책을 정리해 넣던 아버지는 끝까지 아무 대답도 하지 않았습니다.

그러니, 아버지가 초등학교 입학 선물로 내게 당신의 서재에서 가장 갖고 싶은 책 한 권을 고르라고 했을 때, 그래서 내가 순간의 망설임도 없이 루터의 『로마서 주석』 최초 번역판을 지목했고 아버지 또한 잠시의 망설임도 없이 그 책을 조심스레 꺼내서 제게 내밀었을 때, 제 심장이 얼마나 큰 기쁨으로 일렁였겠어요? 1937년, 아버지가 건넨 그 책의 발행일입니다. 그 책은 누렇다 못해 온통 잘 익은 밤색이었고, 손에 잡히는 모든 페이지마다 서걱거렸어요. 책장을 넘기려면 손가락 마디마디에 정성을 쏟아 힘을 주어야만 했지요. 그렇게 밤색으로 서걱거리던 종이 묶음에서는 내가 좋아하던 그 냄새가 났습니다. 나는 『로마서 주석』을 받아들고는 책더미 한가운데를 펼쳐 얼굴에 가까이 대고 코로 숨을 깊게 들이마셨어요. 그렇게 내 폐의 깊은 구석구석을 그 냄새로 가득 채워 그 순간을 간직했지요.

열다섯 살에 맞은 첫사랑과의 시간 한가운데도 망각에 대한 두려움, 그 미래에 대한 기억이 있었습니다. M은 나보다 세 살이 위였는데, 그 시골에서는 드물게 공부를 아주 잘해, 광주에 있는 고등학교로 유학을 가서는 주말마다 귀가를 했어요. 그는 제가 어릴 때부터 따르던 동네의 교회 선배였는데, 교회 성탄절 행사에서 그의 시 낭독을 들은 열두 살 이후로 그는 줄곧 내 마음의 우상이었습니다. M이 읽고 이야기하는 소설을 나도 따라 읽었고 그가 부르는 노래를 나도 배워 불렀지요. 나는 그의 모든 것이 좋았지만 특히나 그의 성품만큼이나 반듯한 이마와 도톰한 입술, 유난히 빛이 나던 눈동자와 웃을 때마다 왼쪽 입가에 패이던 보조개가 미치도록 좋았습니다. 어느 날, 열여덟 살이 된 M은 교회의 뒤뜰로 나를 불러내더니 자신을 졸졸 따르던 내가 더 이상 동네 꼬맹이로 여겨지지 않는다며 말했지요.

오빠는 언젠가부터 네가 여자로 보여. 요새 내 주말이 얼마나 빨리 지나는지 모른다.

나는 너무 놀라 그저 큰 눈을 깜박이면서 꼼작도 하지 못하고 서 있었어요. 그는 그런 내 손을 잡고는 환하게 웃었고, 나는 그의 얼굴에 패인 보조개를 보느라 정신을 못차렸지요. 바로 그때 M이 내 이마에 입을 맞추었습니다. 아…… 도톰한 입술의 그 감촉이 얼마나 감미롭고 부드러우며 달콤했는지…… 나도 모르게 눈을 감았습니다. 그날 내 이마에 닿았던 그 입술의 달콤함이 아직도 생생하게 감각됩니다. 삼십여 년이 다 되어가는 일이지만, 그 이후 결혼 전까지 있었던 몇 번의 연애에서 했던 섹스들은 잘 떠올리지 못하지만, 열다섯 내 이마에 닿았던 열여덟 M의 입술만은 아직도 또렷이 기억하고 있습니다.

아버지의 임지가 바뀌어 서울로 이사를 가야 한다는 사실을 알게 된 날, 서로의 눈물로 범벅이 된 채 M과 나누던 생애 첫 입맞춤도 기억납니다. 이사하기 며칠 전, 그를 마지막으로 보았던 그 날의 모든 순간도 생생하게 떠오릅니다. 내가 M을 기다리며 논두렁에 앉아있던 것도, 혼자 노래를 몇 곡이나 부르고 날이 어둑어둑해지도록 그가 오지 않아 휘청대던 내 마음도, 그러다가 M이 탄 자전거가 그 길의 끝에서 모습을 보였을 때 벌떡 일어나서 그를 향해 천천히 걸어갔던 것도, 그런 나를 향해 한 손을 번쩍 들어 흔들며 활짝 웃던 그의 얼굴도, 자전거 페달을 힘차게 밟아 내게로 달려오던 그의 모습도, 그 모습을 보며 내 온몸으로 퍼져나갔던 뜨거움도 생생히 기억합니다. 그를 바라보던 내 손에 차오르던 땀의 감각, 그 순간 불어온 늦여름의 바람에 흔들리던 내 머리카락, 바람에 휘날렸던 M의 파란색 체크무늬 셔츠 자락, 그리고 바람에 실려 왔던 그의 아이보리 비누 내음까지…… 모두가 선명하게 떠올라요.

그리고 마침내 그의 자전거가 내 앞에서 멈추고 그가 내려와 나를 와

락 껴안았을 때, 논두렁 사방에서는 형언할 수 없는 달콤한 냄새가 올라와 나를 감쌌고, 어린 내 가슴에서는 쿵 소리가 났지요. 바로 그 순간에, 그렇게 가슴에서 쿵 소리가 나던 그때, 심장이 시큰거리며 아파오더니 이내 코끝이 빨개지고 눈물이 흘렀습니다. 그건 조만간 M과 헤어져 서울로 가야만 하는 탓에 온 슬픔도, 어쩌면 M과 영영 헤어질지도 모른다는 데서 비롯한 슬픔도 결코 아니었습니다. 그것은 그 순간이 다시는 반복될 수 없고 붙잡을 수도 없다는 절망에서 엄습하는 것이었어요. 그 경이로운 슬픔으로 온몸이 시려왔던 그 날의 모든 기억들이 아직도 내 몸 구석구석에 살아남아 나를 뜨겁게 합니다.

그래요, 선생님. 아무리 생각해봐도 그 기억은 빼앗기지 않을 것 같습니다. 전측두엽 치매라는 내 병명을 잊고, 랑거펠트와 반매넌, 그리고 하이데거와 가다머, 니체와 들뢰즈까지…… 강의 때마다 수도 없이 내뱉던 사랑하는 철학자들의 이름을 모두 잃어버리고, 심지어 단순한 주변 사물의 이름들마저 모두 망각한다 해도, 그래도 그날 아버지가 건넸던 루터의 『로마서 주석』에서 나던 그 냄새는 기억할 수 있을 겁니다. 열다섯 내 이마에 닿았던 M의 달콤한 입술과 자전거를 타고 오던 열여덟 M의 빛나던 눈빛도 기억할 겁니다. 비록 나중에는 M의 이름과 얼굴조차 떠올리지 못할지도…… 아니, 사실 저는 이미 오래전부터 M의 얼굴을 상기하는데 실패하고 있지만, 그럴지라도, 내 이마와 손끝과 심장이 감각했던 그의 입술과 그날의 바람과 시큰한 그 아픔은 내 몸에 새겨진 것이니 잊히지 않겠지요?

네 번째 면담

사람에게 표정이 있다는 건 참 비극적인 일입니다. 그 때문에 우리는 알 필요가 없거나 때로는 알고 싶지 않은 타인의 마음을 들여다보고 마주해야 하지요. 그래서 표정이 있는 타인의 얼굴을 대한다는 건 인간에게 어쩌면 일종의…… 폭력인지도 모릅니다.

지난주, 선생님을 만나고 돌아가서 저는 오랫동안 별렀던 일을 했습니다. 남편에게 협의 이혼장을 건넸어요. 아니에요, 그건 내 치매 때문에 내린 결정이 아니라 그냥 오래된 제 바람이었습니다. 아, 물론 치매라는 진단을 받았을 때, 주변 정리를 생각하며 가장 먼저 떠올린 것이 남편에 대한 기억이 사라지면 어쩌나 하는 공포이긴 했어요. 푸훗…… 하하하, 아니요. 우리가 애틋한 사이여서가 아니라 지난 15년간 남편과 살면서 겪은 남편의 어리석음과 우리를 통해 마주한 인간의 남루함을 내가 잊으면 어쩌나 하는 공포랄까요?

저는 그 사람의 어리석음이 늘 참을 수 없었습니다. 그의 어리석음은 항상 위선과 비겁함 사이를 위태위태하게 오갔지요. 제가 그의 어리석음을 모두 다 잊어버리고, 어느 날엔가는 아무런 회한도 욕망도 없이 평온한 얼굴로 남편을 바라보게 되리라는 생각을 하니, 도무지 견딜 수가 없었습니다. 내 병이 계속 깊어져 언젠가는 아무것도 남아있지 않은 텅 빈 눈으로 남편을 바라보는 모습을 떠올리니 더 이상 망설일 필요가 없었지요.

그러니 나는 오랫동안 가장 하고 싶었던 일을, 그저 계속해서 미뤄왔던 일을 한 것뿐입니다. 결혼 초에는 부모님과 온 가족이 그토록 반대했던 결혼을 했기에 염치가 없어서, 그리고 나서 몇 년 동안은 계속해서 사업에 실패하느라 수입이 없던 남편을 떠날 수는 없어서, 그러다가는 결혼한 지 10년 만에 아이가 생기니 좋은 부모가 되고 싶어서, 아이를 낳고는 그 아이가 다운증후군이란 걸 겪어내느라 여력이 없어서, 그러다

가는…… 끝내…… 그 아이를 잃고는 너무 아파 아무것도 할 수 없어서…… 그래서 이제까지 미뤄왔던 이혼입니다.

남편은 서글서글한 눈매를 가졌습니다. 주위의 모든 사람들에게 친절했고, 따르는 후배도 많았고, 친구들 사이에서 좋은 사람으로 통했지요. 남편은 타인에게 늘 좋은 사람이 되려고 필사적이었습니다. 다른 사람들의 부탁을 거절하는 법이 없었고, 타인의 마음을 상하게 할만한 말은 절대로 하지 않으려 했지요. 그래서 저는 그가 원하는 것이 무엇인지, 그의 의견은 무엇인지 늘 파악하지 못했고, 종내에는 그가 누구인지도 알 길이 없었습니다. 선량함을 향한 그의 필사적인 노력은 어디까지나 타인을 향한 것이라, 노력을 하면 할수록 그는 자신을 소진하게 되었고 가장 가까이 있는 사람에게 그 소진을 보상받으려 했습니다. 그게 바로 저였지요. 게다가 남편에게 나는 타인이 아니었기에 선량함을 향한 노력의 대상에서 저만은 예외였습니다. 스스로를 진정 선량한 사람으로 여겼던, 그리고 자신의 아내가 또 다른 자신이길 원했던 남편은 내가 자신과 같은 눈으로 세상을 보길 원했고, 내가 자신의 선량함을 끊임없이 찬미해주길 바랐습니다. 그 깊이를 알 수 없던 동일성에로의 강요가 날 숨막히게 했습니다. 돌이켜 보니 15년 동안의 제 결혼 생활은 나는 결코 그가 아니며 그가 될 수 없음을 보여주려는 시간들이었습니다. 나는 결혼 내내 그와 다른 나의 시선을 지키려고 안간힘을 썼고, 남편이라는 존재의 동일성으로 휘말리지 않으려고 했기에, 끝내 우리의 시선은 동일해지지 않았고 우리 존재의 차이는 계속해서 생기하고 있었지요.

남편은 그렇게 시선의 차이를 지키려는 나를, 그래서 자신의 선량함을 찬미하지 못했던 나를 용서하지 못했습니다. 그는 자신의 위선과 비겁을 드러내기를 점점 더 주저하지 않았습니다. 자신에 대한 작은 비평에도 온 에너지를 집중했고, 고함을 지르고, 물건을 던졌고, 말문을 닫았다가 미안해하고는 다시 고함을 지르는 일이 반복되었습니다. 그 와중에도 남편은 남들 앞에서는 여전히 더할 수 없이 친절하고 선량한 사람이라, 그 간극이 깊어갈수록 나는 그의 어리석음을 견디기가 힘들었습니다. 소리를 지르고 겁박함으로써 자신에 대한 찬미를 요구하는 그의 어리석음은 마치 그의 어머니가 자신의 아들이 얼마나 똑똑하며 착한 사람인지, 그래서 아들이 좋은 대학을 갔어도 자신은 늘 겸손하게 남들에게 자랑이라곤 않는다며 바로 그 대학을 함께 다녔던 며느리에게 끝없이 반복해 자랑하는 어리석음과 꼭 닮아있었습니다.

위선과 비겁 사이를 오갔던 남편의 그 어리석음은 결혼 10년 만에 태어난 아이가 다운증후군이란 진단을 받았을 때, 그리고 4살이 된 그 아이가 독감에 걸려 사경을 헤매고 있을 때, 그야말로 폭력처럼 내게 다가왔습니다. 아이가 중환자실에서 생과 사를 오갔던 그 날 밤, 병원에 앉아있던 내게 남편이 말했지요.

나는 이런 아이 낳고 싶지 않았어. 나는 분명 검사하자고 했다! 이 애는 네가 원해서 낳은 거야, 이 결혼도 마찬가지고.

그 말을 내뱉는 남편은 장애가 있는 아이를 외면하고픈 마음과 출산 전 정밀검사를 마다한 나에 대한 원망과 결혼 자체에 대한 후회를 조금도 감추지 못하고 자신의 표정에 낱낱이 드러낼 만큼이나 비루했습니다. 그리고 그 말을 듣던 그 순간, 나를 덮쳤던 강렬한 살의를 아직도 기억합니다.

내가 치매 진단을 받았다고 말했던 순간에도 남편은 감출 수 없는 낭패감을 자신의 온 얼굴로 말하고 있었지요. 그리고는 크크큽…… 제가 협의 이혼장을 내밀었을 때 남편의 얼굴을 스쳤던 그 환한 안도를 전 놓치지 않았습니다. 그래서 남편이 이런저런 걱정의 말을 건네며 앞으로 괜찮겠냐고 물었을 때 저는 하마터면 웃음을 터뜨릴 뻔했다니까요. 그가 나의 차이에 대한 갈망을 용서하지 못했던 것처럼 나는 그의 얼굴을, 인간이 표정을 가짐으로써 그 존재의 남루함을 어디까지 드러낼 수 있는지를 보여주는 그의 얼굴을 용서하기 어려웠습니다. 그렇게 아무리 하여도 남편의 어리석음을 견딜 수 없는 날이면, 내가 J에게 그토록 모질게 굴었던 시간이 나에게 되먹임되는 것인가 하는 생각마저 들었지요.

저는 결혼 몇 해 전까지, 꽤 오랫동안 J와 함께 대학 앞의 오피스텔에서 동거를 했습니다. 대학 동기였던 J와 나는 각자 전공을 바꿔서 대학원을 다니고 있었지요. 서로가 서로에게 첫 남자이고 첫 여자였던 우리는 대학원에 입학해 집에서 독립하면서부터 함께 지냈어요. J는 대부분 숨 막히도록 내게 다정했고, 가끔은 나를 한없이 외롭게 하기도 했습니다. J의 뒷모습이 기억나네요. 깡마른 J의 등과 어깨는 내가 채워줄 수 없는 허무와 외로움으로 가득했습니다. 내가 아무리 힘을 다해 꼭 안아주어도 그의 외로움은 멈춰지지 않는 것 같았어요. 그래서였을까요? 저는…… J와 함께 지냈던 그 오피스텔의 침대에서 다른 남자와 정사를 벌였습니다.

그날 유난히 추웠던 기억이 나네요. 낮이었는데도, 손이 다 시렸어요. 나는 J와 사랑을 나누던 그 침대 위에서 발가벗은 채 무릎을 굽혀 엎드려 있었고 그 남자는 뒤에서 두 손으로 내 가슴을 움켜쥐고는 격렬하게 몸을 움직이고 있었습니다. 그건 J가 가장 좋아하는 체위였습니다. 촤악촤악촤악…… 그 남자가 격렬히 움직일 때마다 그의 몸과 내 몸 사이에서 소리가 났고, 침대에서도 소리가 났어요. 소리가 방안에 가득 차고, 격렬히 움직이는 그 남자의 몸에서 땀이 흘러 내 등위로 떨어지는 동안에도 나는 손이 시렸습니다. 삐걱삐걱, 촤악촤악촥, 하악하악학…… 그

방이 온통 소리로 가득했던 그 순간에, 그때 방으로 J가 들어왔어요. 난 뒤돌아보지 않았지만 분명히 알 수 있었어요. 남자가 격렬히 움직이며 신음소리를 낼 때, 오피스텔 문이 열리는 희미한 소리를 들었지만 나는 멈추지 않았지요. 나는 느낄 수 있었어요, 짐승처럼 얽혀있던 나와 남자의 뒤에 얼음처럼 서 있던 J를. 삐걱삐걱, 촤악촤악촥, 하악하악학…… J가 다시 오피스텔을 조용히 나갈 때까지도 그 소리들은 멈추지 않았습니다. 그 남자요? 네, 맞아요, 남편이었어요.

남편과는 어떻게 해서 결혼하게 되었냐고요? 그게 최근에 저를 가장 괴롭히는 망각의 기억입니다. 분명히, 이 사람을 사랑했고 열열한 연애 끝에 결혼한 것 같은데, 아무리 떠올리려 해도 그 사랑의 시간에 대한 기억의 조각들이 하나도 남아 있지 않았습니다. 아버지 표현처럼, 제가 '신앙의 근본도 없는 사람'과 결혼하겠다고 나섰을 때, 수 대째 화목하게 신앙을 지켜온 것을 자랑으로 여겼던 제 온 집안이 들썩였던 것만은 분명히 기억합니다. 신랑감의 학력도 직업도 묻지 않았던 아버지는 그가 신앙이 있는지 없는지 모르겠다는 내 말을 듣더니 나를 마주하려고도 하지 않았고, 엄마는 연신 '오로지 네게 바란 것이 믿음의 가정 그거 하나뿐 있었는데'를 반복하며 눈물을 흘리더니 앓아누웠었지요. 고모들은 번갈아 가며 내게 전화를 해서는 제발 정신 좀 차리라고 호소했고, 팔순이 다 되어 가던 할아버지는 내 원룸에 찾아와서 파문을 당하고 싶은 거냐고 호통을 치셨어요. 내가 세상에서 제일 사랑했던 할머니가 그 옆에서 손 모아 울며 기도하던 모습이 아직도 생생합니다. 매사를 눈에 띄지 않게 조용히 처신해 왔던 저를 생각해보면, 그런 반대를 무릅쓰고 결혼할 만큼 그를 사랑했다는 것인데…… 그런데, 그 사랑에 대한 기억의 흔적조차 남지 않았다니 이 병이 일으킨 망각의 힘이 굉장하긴 합니다. 피식…… 선생님도 웃으시는군요. 네, 사실…… 저도 압니다. 이건 병과 상관없이 일어난 망각이라는 것을요.

아니, 아니에요. 생각해보니 J와 함께 지내던 오피스텔에서 저와 섹스를 했던 남자는 남편이 아니었는지도 몰라요. 남편이 아니라, 나와 J의 선배였던 K였던 거 같기도 합니다. 하지만 그가 누구였는지를 기억하지 못하는 것보다 더욱 답답한 것은 도대체 제가 왜 그랬는지를 잊었다는 겁니다. 도대체 저는 왜 그런 어리석은 짓을 한 걸까요? 내 젊음의 시간을 오랫동안 함께했고, 서로의 사유를 깊이 공유했고, 그리고 내 생의 첫 남자였던 J에게 왜 그렇게 잔인하게 굴었던 걸까요? 인문학도들의 불안한 미래로부터 필사적으로 도망치기 위해서? 아니면 숨이 막히도록 다정했으나 끝도 없이 나를 외롭게 해서 끝끝내 가질 수 없을 것 같았던 J를 폐허로 만들기 위해서? 그도 아니면 그런 J를 너무나 사랑했던 나 자신을 망가트리기 위해서? 도대체 무엇 때문이었을까요? 그리고 그날의 그 남자가 남편이 아니라면 도대체 제 인생 어디서 어떤 연쇄가 발생했길래 저는 남편과 결혼했던 걸까요?

선생님, 말하며 돌이켜 보니…… 어쩌면 저는 남편의 어리석음을 잊지 않길 바란 것이 아니라 저의 어리석음을 잊고 싶었던 것인지도 모르겠습니다.

일곱 번째 면담

선생님, 영화 〈공각기동대〉 보셨어요? 네, 그 원본 만화요. 거기서 인간의 신체 조직이 한 조각도 들어가지 않은 채 정보의 집합으로만 만들어진 '인형사'가 자신이 생명체임을 주장하며 그런 말을 하잖아요. "생명이란 정보의 흐름 속에 태어난 결절점 같은 것"이라고, "인간은 기억에 의해 개인으로 성립되며, 기억이 환상의 동의어라 할지라도 인간은 기억에 의해 살아가는 존재"라고. 그 말이 얼마나 충격이었던지, 그 장면을 처음 보았을 때 온몸이 소름이 돋아서는 나도 모르게 아! 감탄을 했었지요. 어제 그 영화를 다시 봤어요. 다시 보니, 그 말은 종이장에 베인 손가락처럼 저를 아프게 합니다. 인간이 기억에 의해 개인으로 성립되고 그 기억에 의해 살아가는 존재라면, 그렇다면 이제 기억도 환상도 정보도 무수히 잃어만 가고 있는 저는 어떻게 해야 인간으로 살아갈 수 있는 걸까요? 과연 내가, 인간의 신체를 가졌지만 더 이상 정보를 인출하지 못하고 결국에는 기억조차 모두 잃어버리게 될 내가, 비록 인간의 신체 조직은 하나도 없지만 정보와 기억으로 가득찬 인형사보다 더 인간이긴 한 걸까요? 겪어낸 시간들을 기억하지 못하고, 사랑했던 사람들을 다 잊고, 종국에는 내가 누구인지조차 망각하게 될 나는 이제 어떤 존재가 되는 것일까요? 나의 인간다움은 이제 어디서 찾아야 하는 걸까요?

아니에요, 괜찮아요. 눈물이요? 네, 선생님. 요사이는 이렇게 감정이 격앙되어서 저도 모르게 우는 일이 꽤 많아졌어요. 그래도 너무 걱정은 마세요. 약은 잘 먹고 있습니다. 지금으로선 그것이 제 인간다움을 유지하게 해줄 실낱같은 의지처 인걸요.

특별한 변화요? 최근 들어 내가 잘 모르는 사람들이 제게 반갑게 인사를 하는 경우가 종종 생겼습니다. 네, 선생님이 말씀하신 바로 그 상황에요. 그 사람은 나와 보낸 시간의 기억을 간직하며 나를 알고, 나는 그 시간을 다 잃어버렸기에 그가 누구인지 모르는 상황이죠. 어떨 때는 자연스럽게 대화하다가 그 사람이 누구인지 기억해 내기도 하지만 끝까지 기억이 나지 않을 때면 그냥 솔직히 제가 치매를 앓는 중이라고 말합니다. 그 사람들 반응이요? 어떤 이들은 놀라면서도 짐짓 별일 아니라는 듯 반응하느라 애쓰고, 어떤 이들은 자신이 놀랐음을 감추지 않고서 제게 이것저것 묻기도 하고, 또 아주 가끔은 눈물을 글썽이며 내 손을 꼭 잡는 사람도 있어요. 그런 사람들이 점점 더 많아지기 전에 어서 빨리 주변을 정리해야겠다는 생각이 들어요.

그래서…… 제가 말씀드렸던가요? 연구소에 사표를 냈다고. 네, 연구소에는 사표를 냈고 강의를 나가던 대학들에는 이번 학기까지만 하겠다고 했습니다. 저번 주에 종강을 했으니 이제 저는 그야말로 자유인이 됐어요. 하하하…… 아쉽기는요, 아니에요. 그나마 지금 있는 자리에서 정리할 수 있게 돼서 좋은 일이에요. 만약 전에 있던 곳에서 치매를 진단받았다면…… 아, 얼마나 많은 남루한 순간을 마주했어야 할지, 상상만으로도 끔찍합니다.

전의 직장은 제 전공과 조금 다른 학과였는데, 돌이켜보면 어떻게 견뎠나 싶은 온갖 모멸을 겪어냈어요. 지금 와 생각하면 그걸 다 견뎠다는 게 저의 가장 큰 잘못이라는 생각이 듭니다. 때로 그들이 패를 가르고 다시는 안 볼 것처럼 서로 열열하게 싸울 때면 어느 편도 아닌 내가 모두의 적이 되기도 하는 우스운 일들도 벌어졌지요. 무엇보다 남들과 밥 먹는 걸 몹시도 싫어하는 제게 학과 전원이 참석해야 하는 매일의 점심시간은 정말이지 큰 고역이었습니다. 식사 시간마다 가장 나이 많은 학과장 교수의 뒤를 따라 열 명의 교수들이 입사한 순으로 줄을 지어 오가는 모습은…… 선생님, 크크큭…… 아니, 진짜라니까요. 여하튼…… 그 모습은 꼭 어느 블랙 코미디의 한 장면 같았는데, 그 속에 내가 있었다는 게, 그래서 그 코미디를 보고도 웃을 수 없었다는 게 비극이었지요. 더 큰 비극은 말이죠, 제가 결혼 10년 만에 낳은 아이가 다운증후군이라는 이야기를 듣고서는 그 사람들이 마지못한 동정심이라도 가지길 기대했다는 거에요. 그런데 어느 날 그들 중 한 명이 제 어깨를 톡톡치며 말하더군요.

정상적인 애를 낳았어야죠. 정/상/적/인

그날로 결심을 했지요. 인간다움을 남루하게 만드는 사람들이 모여 '교육'을 운운하는 희비극에 참여하는 걸 그만둬야겠다고 말이지요. 정체를 알 수도 없는 '정상성'을 따라가느라 허덕대는 것도 힘들었구요. 여하튼 그 결정은 제가 그곳에서 했던 유일하게 좋은 결정이었어요. 그런데, 사표 처리를 위해 교무처장을 만나고 나오면서 제가 가장 먼저 했던 생각이 뭔 줄 아세요? 푸훗…… 이제는 청바지를 마음껏 입을 수 있겠다는 거였어요. 하하하…… 네, 전 그날로 찢어진 청바지를 몇 벌이나 사들였죠.

저는 어제도 찢어진 청바지를 입고는 동료들 몇 명과 함께 제 연구실을 정리했어요. 평소처럼 조곤조곤 이야기하다 간간이 웃기도 하면서 그렇게, 심상하게 대해주는 동료들이 고마울 뿐입니다. 그리고 아직 내가 하던 일들을 기억할 수 있을 때, 함께 연구했던 사람들과 내가 쓴 글을 아직은 알아볼 수 있는 지금, 정리할 수 있어 다행이에요. 사실…… 요사이는 도무지 책을 읽을 수도, 글을 쓸 수도 없습니다. 문장을 읽다 보면 한 문단을 넘기지 못하고 문장을 놓치기가 일수에요. 최근에는 급속도로 많은 이름씨를 잊고 있는 바람에, 이제 저의 문장들은 지나치게 짧고 단순해지고 있어요. 더욱 곤란한 것은 내가 쓴 문장과 완성된 문장이 서로 다르다는 것이에요. 신기하게도 문장을 쓸 때는 분명 주어와 술어가 상응되게 잘 맞춰 썼는데, 나중에 보면 주술 관계가 엉망이거나 심지어는 술어가 없는 문장도 수두룩해요. 강의할 때요? 그것도 마찬가지이에요. 한 문장을 다 맺지 못하고 다음 문장에서 다음 문장으로 마구 이어가는 식으로 말하곤 하죠. 하하하하…… 저는 평생을 공부하는 몸으로 살았는데 이제는 제대로 읽지도, 쓰지도, 이야기하지도 못하는 몸이 됐네요.

선생님, 밖에 눈이 와요. 첫눈이에요. 아, 그런가요? 그래도…… 기억이 없는 제겐 다시 첫눈이네요.

N번째 면담

선생님, 믿지 않으시겠지만, 저도 그 상황이 너무나 비현실적이어서 내가 이제 정말 중증이 되었나 싶어 몇 번이나 확인을 했지만, 정말로 그 사람이었습니다. 지난주에 상담하고 나가면서 병원 로비에서 제가 누구를 만났는지 아세요? 네, 선생님 M을 만났습니다. 그 옛날, 열여덟이었던 M과 헤어진 후로 처음이었죠. 나는 M의 얼굴을 잊었다고 생각했는데, 아니 잊은 것이 분명한데도, 그를 단번에 알아볼 수 있었습니다. 로비를 지나는데 어디선가 유주야 하는 소리가 들렸고 그가 내 쪽으로 걸어올 때, 가슴에서 쿵 소리가 났고 온몸이 얼어붙었으니 나보다 내 몸이 먼저 알아보았던 셈이죠.

우리는 같이 저녁을 먹고 차를 마시고 그 추운 날씨에 산책까지 했습니다. 마지막으로 만났던 들판에서의 그날이 마치 며칠 전이기나 한 것처럼, 우리는 일말의 어색함도 없이 살아온 이야기를 나눴습니다. 나는 M의 편지에 내 답장이 점점 뜸해졌던 것은 M의 편지를 엄마가 먼저 발견해서 나에게 돌려주지 않은 날들이 많아졌기 때문이라는 것, 하지만 헤어지자고 편지를 한 것은 나의 진심이었다는 것, 그때 M이 고3이었기에 두고두고 미안했다는 말을 했지요. M은 그 일을 겪고 많이 힘들어하다가 그해에 대입을 포기했었는 것, 그 뒤 재수를 해서 대학에 진학했다는 것, 그리고 졸업 후 지금까지 공무원으로 일하고 있다고 말했고 나는 알고 있었다고, 다행이라고, 좋아 보인다고 답했습니다. 하지만 나는 헤어질 때 M이 보낸 편지와 "사랑해"라는 세 글자를 피로 눌러쓴 그의 혈서를 내가 아직 간직하고 있다는 이야기는 하지 않았습니다. 대신 얼마 전

아버지가 돌아가셨다는 것과 내가 기억을 잃어가고 있다는 이야기를 했지요. 어쩐 일인지 M은 별로 놀라는 것 같지 않았습니다. 우리는 서로의 일 이야기며, 시골에서 함께 교회를 다녔던 사람들의 근황이며, 최근에 읽었던 책 이야기까지 나눴습니다.

그러다가 갑자기 M이 말했습니다.

미안하다, 오빠는 몇 년 전에 결혼했어.

아, 미안하다니요, 그것도 결혼을 해서? 저는 도저히 참을 수가 없어서, 정말이지 그러고 싶지 않았지만, 웃음을 터뜨리고 말았어요.

푸훕…… 키키킥 크크큽 히히히 깔깔깔…… 오빠, 나는 그보다 훨씬 더 전에 결혼하고 이제는 이혼까지 했는데…… 하하하하……

그렇게 웃다가, 하도 많이 웃다가 그 끝에 눈물이 질금 나왔을 때 M의 눈과 마주쳤어요. M도 웃고 있었지요. 아니, 울고 있는 듯도 했습니다. 결혼을 해서 미안하다고 말하는, 스물다섯도 서른다섯도 아닌 마흔다섯의 M이 눈앞에 있었습니다. 눈가의 주름에도 아랑곳없이, M의 눈은 마치 열여덟 살의 그때처럼 빛이 났고 그의 보조개는 여전히 사랑스러웠습니다. 그래서…… 눈이 시려왔고 눈물이 났지요. 시린 것은 눈인 것 같기도 또 가슴인 것 같기도 했습니다. 커다란 눈물방울이 자꾸 맺혀 뺨을 타고 흘러내렸습니다. 가만히 지켜보던 M이 손을 뻗어 내 뺨에 흐르는 눈물을 닦았습니다. 그 순간, 아…… 온몸이 떨려왔습니다. 한동안 어떤 일에도 무감했던 내 온몸과 마음이 다시 움트는 것만 같아서, 나도 모르게 뺨에 올려진 그의 손을 잡았어요. 그러자 수십 년 전, 들판에서의 그날처럼 가슴이 저릿해 오더니 어떤 뜨거움이 온몸으로 퍼져나갔습니다. 난 참을 수가 없었어요. 그를 만지고, 안고, 그의 몸 구석구석에 키스를 퍼붓고, 그와 하나가 되어 뒹굴고 싶어 참을 수가 없었습니다.

그 뒤로 우리가 어떻게 해서 거기까지 갔는지, 또 그곳이 어느 공원인지도 기억이 나지 않지만 우리는 한 숲속 공원을 찾아 가로등이 꺼진 주차장 구석에 차를 대고 사랑을 나눴습니다. 눈이 계속 내렸죠.

그의 긴 혀가 내 입속으로 힘차게 들어와서 내 혀를 삼키듯이 감쌌고 나는 그의 아랫입술을 잘근잘근 씹듯이 빨아들였습니다. 그의 한 손이 나의 목덜미와 가슴골을 지나 유두를 간질이더니 가슴을 콱 움켜쥡니다. 그의 또 한 손이 내 스커트를 들추고는 팬티 속으로 들어옵니다. 이미 온몸이 달떠서 촉촉해질 대로 젖은 그곳을 그의 두 손가락이 동그라미를 그리며 살살 쓰다듬자 이내 질척거리는 소리가 났고, 우리의 혀는 더 강하게 얽혀 몸부림쳤지요. 나는 두 손으로 더듬거리며 그의 바지 벨트를 풀고 그의 바지 속으로 손을 넣어 애무했습니다. 내 두 손안에 그의 힘차고 단단한 생명이 가득하게 차올랐어요. 하아 하아…… 우리 둘 모두에게서 깊은 신음소리가 흘러나왔고, 내가 그의 어깨를 살짝 밀자 M은 시트에 상체를 뉘어 누웠습니다. 나는 혀로 그의 힘차고 단단한 생명을 핥아내리다 곧이어 입안 가득히 넣고 빨아들였지요. 그의 신음소리가 내 귓가를 가득하게 채워 다른 아무것도 들리지 않았습니다. 차창은 온통 김이 서려 아무것도 보이지 않았고

이 세계에는 우리 둘밖에 무엇도 남지 않았습니다.

나는 그의 몸 위로 올라가고 그는 내 안으로 들어옵니다. 그가 움직이자 내 모든 근육과 세포 하나하나가 환하게 일어나고 내 몸의 모든 곳이 숨을 토해냅니다. 그가 움직일 때마다 내 몸에 닿는 그의 모든 것이 내 속으로 깊이 들어와 감각됩니다. 하아아아…… 우리의 움직임은 더 빨라지고 서로의 숨결이 뒤얽혀, 어디까지 나이고 어디서부터가 그인지 구분할 수 없습니다. 신음하는 그의 얼굴은 열여덟의 M이었다가, 외로운 J였다가, 어리석은 남편이었다가, 기억을 잃어가는 내가 됩니다. 그리고 드디

어 온몸의 세포가 강렬하게 응축한 그 순간, 우리의 뒤얽힌 몸속에서 나의 온 존재도 강밀도로 터져 나옵니다. 하아아아…… 참을 수 없는 간지러움이 온몸을 뒤덮고, 내 입에서는 작은 웃음소리가 새어 나왔습니다. 그 순간, 오래전 그날처럼 논두렁 사방에서 올라와 나를 감쌌던 그 달콤한 냄새가 났습니다. 아…… 하나가 된 우리의 몸속에서 열다섯 살의 그날이 반복되고 있습니다. 기억을 잃어가는 나는 잃어버렸던 시간을 되찾았습니다. 눈물이 땀과 함께 젖가슴을 타고 계속해서 흘러내립니다. 아아…… 제발…… 이 순간을 어떻게 해야 붙잡을 수 있을까요? 나는 이 순간을 내 영원 속으로 포획하기 위해 몸부림치며 손가락 하나하나에 간절함을 그러모아 그의 손을 마주 잡고는 그의 온몸에 미친 듯이 입맞춤을 하기 시작했습니다.

빨간 에나멜 구두

임혜영

외롭고 무서웠다.

열정 하나만으로 달려왔던 시간들이 어느 순간 낯설게 느껴지며 막연하게나마 간직하던 소중한 나의 꿈을 이룰 수 있을까? 라는 두려움이 밀려오기 시작했다.

코로나19와 함께 찾아온 무기력증은 어느새 나로 하여금 이젠 잡은 손을 놓으라고 달콤한 유혹을 하기 시작했다. 잠식되어 가는 유혹의 손길에서 벗어나고자 애쓰던 어느 날 공모를 떠올렸다. 그리고 해냈다. 내겐 너무나 과분하고 평생 잊지 못할 소중한 선물이다.

수상 소식을 접하고 잠 못 이루는 밤의 연속이다. 한껏 부풀 거라는 기대와는 달리 멍 때리는 시간들이 많아졌다. 평정심을 찾으려고, 마음을 가라앉히려고 무던히도 노력했건만 마음은 오락가락 갈피를 잡지 못한다. 최선을 다했음에도 더 많은 습작과 수련과정을 거쳤어야 했다는 후회와 아쉬움이 이유임을 인정하지 않을 수 없다. 세상을 따뜻한 시선으로 바라보며 일상의 사람 내음 물씬 풍기는 마음 따뜻한 글을 쓰고 싶다. 사람들이 살아 숨 쉬는 이야기, 우리들의 일상을 담은 이야기가 결국 소설임을 알기에…….

분명 지금보다 행복한 모습으로 서 있으리라…… 스스로에게 다짐해 본다.

사랑하는 나의 가족들, 그리고 어릴 때부터 늦되고 겁이 많아 소심하기만 한 내게 끊임없이 용기와 자신감을 불어 넣어주신 선생님께 감사드린다. 이 순간에도 창작의 매력에 빠져 헤어 나오지 못하고 글과 사투를 벌이고 있는 또 다른 나에게 감히 말씀드리고 싶다. 버티는 게 재능이라고……. 꿈은 이루어진다.

이젠 수상의 기쁨을 마음 한 편에 고이 간직한 채, 문밖에 벌 세워둔 나의 창작 욕구를 다시 불러들여야 할 때이다. 역시 난 수다쟁이다.

빨간 에나멜 구두

임혜영

온 세상이 꽃향기로 가득하고 꽃의 향연에 어디론가 뛰쳐나가야만 될 것 같은 날들의 연속이다. 나는 늦은 저녁 집안에만 틀어 박혀있는 드라를 뒤로한 채 집 앞 공원으로 향하는 중이다. 나에겐 유일한 공간인 공원 벤치는 내가 힘들 때마다 찾는 곳이다. 때로는 운동을 핑계 삼아 나올 때도 있지만 대부분은 캔맥주 두어 개를 사서 마음을 달래는 장소이다. 사실 드라는 나에겐 첫사랑이다. 20대 초반 철모르는 나이에 만나 사랑을 했고 이른 결혼을 했다. 달콤하기만 한 결혼 생활을 꿈꿨던 건 아니지만 신혼 초부터 드라와 나는 늘 삐거덕거렸다. 마치 발에 맞지 않은 구두를 신은 것처럼 결혼 생활은 나의 발목을 잡았다. 세상을 철없게만 바라보는 드라는 아직도 피터 팬의 세계에서 벗어나지 못한 듯 보인다. 대출을 받아 시작한 소규모 비디오 제작 유통사업이 바닥을 치기 시작한 건 모두가 밀레니엄을 맞은 그 시기였다. 변해가는 흐름을 제대로 읽지 못한 무지함 때문인지도 모른다. 밀레니엄을 앞둔 시점에서 비디오 시장은 사양세에 접어들었고 미처 그걸 깨닫지 못한 드라의 사업이 잘될 리는 만무했다. 어느 날 우리는 부도를 맞았다. 남의 일처럼 느껴지던 부도란 단어가 현실로 다가왔다. 그 생각만 하면 지금도 가슴속이 답답하다. 그 뒤 드라는 직장을 그만두는 일을 밥 먹듯이 반복하고 있다. 그럴 때마다 나는 드라만 가정에 충실하면 아무 문제도 없을 거라고 생각하지만, 드라는 나의 생각대로 움직여 주지 않는다. 드라는 아직도 집에서만 생활하고 있다. 아니 이젠 아예 가사를 도맡아 하고 있다. 무언가 할 일을 찾아야 되지 않느냐는 내 물음에 드라는 녹음기를 틀어놓은 사람처럼 같은 말만을 반복한다. 기다려달라고. 곧 할 일을 찾겠다고, 이제 곧 다시 직장을 잡고 성실하고 열심히 살겠노라고 말한다. 마치 세상의 진실은 자신의 눈에 다 담은 사람처럼 그런 말을 읊조릴 때의 드라의 눈빛은 진지하고 선하기만 하다. 답답한 마음을 달래며 캔맥주를 따려는 순간 주머니에서 전화벨이 울린다. 이 시간에 울리는 전화는 그다지 달갑지 않다.

엄마일 거야, 나는 지레짐작하며 전화기 화면을 물끄러미 바라본다. 엄마는 매번 저녁 시간이면 내게 전화를 해 잠이 오지 않는다, 만신이 쑤시고 아프다며 투정을 부리곤 한다.

엄마가 챙겨 드시는 약이 몇 개인데, 어지간한 건 아파도 참아야지. 엄마 나이를 생각해 봐, 여기저기 안 아플 나이인가~ 병원에서 특별한 이상이 없다는데 자꾸 어디가 아프다고 그래? 라며 나는 짜증을 부리곤 한다. 그러나 나의 예상과는 달리 전화를 해 온건 오빠였다.

"이 시간에 웬일이야? 무슨 일 있어?"

"이수야……."

귓가에 평소와 다른 긴장한 듯 싸늘한 오빠의 목소리가 들려왔다. 평소에 전화를 잘 하지 않는 오빠의 성격을 알기에 오빠의 전화가 심상치 않게 느껴졌다. 오빠는 숨을 고르는 듯 한숨을 두어 번 내쉬더니 지나치게 차분해 보이는 목소리로 나지막이 말한다.

"엄마가 수면제를 드셨다. 소량의 수면제 복용이라 별 이상은 없다는데 그래도 너한테 알려야 할 거 같아서…… 한양병원으로 와."

순간 머리 뒤편이 쭈뼛해지면서 상상조차 하기 싫은 생각이 물밀 듯 밀려왔다.

나는 가늘게 떨리는 목소리로 오빠가 했던 말을 반복하며 나지막하게 비명을 내질렀다.

'엄마가 약을 드셨다고??'

어슴푸레 저편에 가냘픈 듯 가녀려 보이는 한 여자의 실루엣이 보인다. 그녀다. 나는 잠시 멈춰 가빠진 숨을 고르고 천천히 그녀 앞으로 다가갔다. 시간은 그녀를 피해 가는 걸까? 시간의 흐름의 역행을 몸소 보여주듯 그녀는 여전히 가녀리고 눈에 띄게 화사했다.

"고모 괜찮으셔. 많이 걱정했지, 언니. 걱정 마."

그녀를 쳐다보는 내 눈빛이 강렬했던 탓일까. 정화는 나를 보자마자 안부 인사도 없이 엄마의 안위부터 내게 알려왔다.

"어떻게 알고 왔어?"

나도 모르게 조금은 격양된 목소리가 입 밖으로 흘러나왔다.

"고모한테 안부 전화 드렸었는데 전화를 안 받으시더라고. 오빠한테 전화했다가 알게 됐어."

순간 짜증이, 아니 짜증보다는 허탈감이 밀려왔다. 그랬구나! 정화는 어릴 때부터 줄곧 엄마를 자신의 엄마인양 친자식인 나보다 더욱 믿고 따랐다. 나는 엄마의 무사함을 안도하면서도 한편으로는 내 눈앞에 화려한 모습으로 서 있는 정화의 모습이 신경 쓰였다. 수면제를 먹은 노인네의 소식을 듣고 한밤중에 달려온 옷차림이라고 하기엔 정화의 모습은 지나치게 화려하고 예뻤다. 그랬다. 정화는 늘 그랬다. 내가 그녀를 처음

보았던 오래전 그 어느 날부터 그녀는 화사한 모습으로 줄곧 내 앞에 서 있었다.

내가 정화를 처음 보게 된 건 아빠의 생일이었던 거 같다. 평소 엄마는 밖에 나가지 않을 때에도 곱게 화장을 하고 언제나 밝고 화사한 옷들을 입었다. 어린 내 눈에도 엄마는 다른 엄마들과 비교가 되지 않을 정도로 예뻤다. 엄마는 그날도 여지없이 화려한 옷차림을 하고 손님들을 맞이하고 있었다. 그때 누군가의 손에 이끌려 총총히 걸어오는 아이가 있었다. 새하얀 원피스에 반짝이는 빨간색의 에나멜 구두를 신고 누군가 정성스레 빗어준 듯 까만 긴 머리를 길게 늘어뜨린 모습은 어린 내 눈에도 천사 같았다.

"어머 이게 누구니? 얘가 정화니?"

엄마는 어린 정화를 냉큼 안아 들며 볼에 입맞춤을 하였다. 그때의 엄마의 표정을 나는 아직도 잊을 수가 없다. 어찌나 환하고 밝은 웃음이던지…… 그러고 보니 엄마는 내게 그런 표정이나 미소를 지어본 적이 없었던 거 같다. 단 한 번도…… 평소에 확인할 수 없었던 엄마의 밝고 조금은 과장되어 보이는 모습들이 연출 되었다. 그날 난 주목받지 못했다. 친척 누구에게도 아니, 그보다 가장 사랑받아야 할 엄마의 시선에서 멀어져만 갔다. 엄마는 딸인 내게는 눈길조차 주지 않고 정화를 챙겼다. 어린 마음에 나도 정화처럼 저런 새하얀 원피스를 입고 싶다는 생각을 했던 것 같다. 서운함이 차곡차곡 쌓여만 갔다. 가족사진을 찍자는 누군가의 요청에 모두 어색한 포즈를 지으며 자리했다. 그때 갑자기 엄마가 외삼촌 손을 잡고 서 있는 정화를 끌어당겨 냉큼 안고는 내 옆으로 다가왔다. 찰칵거리는 카메라 셔터 소리에 맞춰 나는 울음을 터트렸다.

소량의 수면제를 드셔서 건강에는 별문제가 없다는 정화의 말을 뒤로 한 채 응급실로 향했다.

"엄마 괜찮으시다. 너무 걱정하지 마."

오빠의 말투에 한껏 노여움이 배여 있다. 늘 바빠 이리저리 쫓기면서 사는 오빠가 안쓰럽다. 오늘따라 오빠의 양 볼이 푹 패여 보이는 게 광대뼈가 더 도드라져 보인다. 오빠의 말에도 엄마는 허공만을 바라본 채 아무 말도 하지 않는다. 아니 엄마는 눈을 똑바로 뜬 채 초점 없는 눈으로 허공을 응시하고 있다. 나는 엄마의 눈에 시선을 맞추려고 했다. 그러나 엄마는 그런 나를 외면한 채 아무 말도 하지 않는다. 순간적으로 섬뜩한 전율이 일었다. 혹시 엄마 심장이 멈춰 버린 건 아닐까? 그 순간 다급해진 나는 엄마의 가슴에 머리를 갖다 댔다. 심장의 고동 소리를 듣고서야 안도감과 함께 화가 치밀어 올랐다. 어느 순간 엄마의 몸이 멈칫거리며 나를 향해 시선을 내리꽂는다. 먹고사느라 힘든 자식들 앞에서 때아닌 어리광을 부리는 거 같아 엄마가 한없이 미워진 나는 고래고래 소리를 지르기 시작했다.

"엄마는 어쩜 그런 끔찍한 생각을 할 수가 있어!! 엄마만 살기 싫어? 나도 살기 싫어!!! 나도 힘들어서 죽을 지경이야, 그 수면제 남았음 나도 줘 다 먹고 죽어버리게!!!"

나의 모진 말에도 엄마는 흔들림 없는 표정으로 나의 차림새를 지긋한 시선으로 바라본다.

"아니 아직 젊은 애가 그게 뭐니?"

역시 엄마다!! 엄마의 첫마디는 내 예상을 크게 빗나가지 않았다. 엄마는 한밤중에 수면제 소동을 벌여 헐레벌떡 달려온 딸 걱정보다 남들 눈에 비춰진 엄마의 체면이 먼저였다. 나는 믿겨지지 않을 만큼 너무도 쌩쌩한 엄마의 목소리에 황당했고 놀라웠으며 엄마에게 화가 나서 견딜 수가 없었다. 이 순간에도 다른 사람을 의식해 나의 옷차림을 지적하는, 아니 그보다는 한 치의 어긋남도 없이 내 예상이 맞아 들어감에 '역시 엄마다'를 속으로 외치고 또 외쳤다.

"엄만 지금 그런 말이 나와?? 한밤중에 사람 놀래키고선??"

"안 죽어 걱정하지 마~ 잠도 안 오고 해서 수면제를 좀 많이 먹어서 그래. 그나저나 넌 아직 젊은 애가 꼴이 왜 그러니? 예쁘게 좀 하고 다녀. 엄마가 뭐라 했어? 아침에 제일 먼저 해야 할 일은 밥이 아니라 네 얼굴 꾸미는 거라고! 정화 봐라~ 아직도 처녀 같고 얼마나 예쁘니?"

다시 시작이다. 엄마의 정화 사랑은 아직도 진행 중이다. 시간이 흐르고 내가 어떠한 노력을 해서 예뻐진다고 해도 엄마는 정화와의 비교를 멈추지 않을 것이다. 심장이 요동치기 시작했다. 내 마음속에 못된 생각들이 나의 이성을 짓밟고 깨어나기 시작했다. 가빠 오르는 숨을 고를 때에는 이미 결코 내뱉어서는 안 되는 말들을 마구 쏟아 내고 있었다.

"아 또 비교야?? 난 나고 정화는 정화라니까 엄마 왜 자꾸 그래??? 하긴 엄마 딸은 내가 아니고 정화지!!!"

해서는 안 되는 말들…… 우리 사이에 암묵적으로 금지된 단어들…… 뒤를 돌아보았다. 얼어붙은 듯, 아니 이제는 모든 걸 내려놓은 듯한 공허한 표정으로 그녀가 서 있다.

친척들 앞에서 내가 한껏 울음을 터트린 이후 정화는 우리 집에서 함께 지내게 되었다. 처음엔 외삼촌이 일이 생겨 잠시 머무는 거라고 엄마는 말했으나 외삼촌은 그 후로도 오랫동안 오지 않았다. 그런 정화를 엄마는 살뜰히도 챙겼다. 정화의 긴 머리를 빗어 곱게 묶어줬으며 예쁜 원피스를 입혀주며 엉덩이를 토닥거렸다. 나보다 정화를 챙기며 미소 짓는 엄마의 표정을 바라보며 한없이 마음이 아팠다. 어린 내 머릿속에 깜박깜박 빨간불이 켜졌다. 이대로 영원히 엄마를 정화에게 뺏길지도 모른다는 생각이 물밀 듯 밀려오며 무서워졌다. 혹시 정화가 엄마 딸이고 나는 주워온 아이가 아닌가라는 착각이 들 정도로 어린 내 눈에 비친 엄마의 정화 사랑은 끔찍했다. 엄마를 정화에게 빼앗겼단 생각이 머릿속에서 지워지지 않았다. 아니 그보다 사촌 동생이라는 미명아래 언젠가부터 당당하게 우리 집에 무단 잠입해 오롯이 내가 받아야 할 엄마 아빠의 사랑과 오빠의 애정까지 모두 뺏어간 정화가 죽도록 미웠다. 온갖 잡생각들이 떠올랐다. 내가 상고머리라서?? 내가 엄마 말을 잘 듣지 않는 아이라서? 내가 정화보다 눈이 작고 뚱뚱해서? 내겐 예쁜 원피스가 없어서?? 도무지 정답이 떠오르지 않았다. 그러던 어느 날 드디어 내 가슴은 폭발하기 시작했다. 정화의 머리를 곱게 빗질하며 환하게 웃는 엄마에게 왜 정화만 예뻐하냐고 대놓고 떼를 쓰며 소리쳤다. 엄마는 울상을 지으며 볼멘소리로 같은 질문만을 반복하는 내게 이렇게 말했다.

"정화는 너보다 어리잖니? 그리고 얼마나 예쁘니? 인형같이 생겼다. 얘!! 너도 엄마처럼 동생 좀 예뻐해 줘!"

엄마의 폭언에 가까운 말에 얼굴이 화끈거리고 몸에 열이 올랐다가 사라질 때 즈음 나는 나만의 엉뚱한 생각 속으로 한없이 빠져들었다. 내가 사내아이 같아서 엄마는 싫은 거구나! 나도 정화처럼 다소곳하고 예뻐지면 엄마의 사랑을 독차지할 수 있겠구나! 생각은 걷잡을 수 없을 만큼 확장되어갔다. 그 당시 내 또래 다른 여자아이들이 고무줄놀이와 인형놀이에 빠져있을 때 나는 늘 상고머리에 바지만을 걸치고 동네 사내아이들과 딱지치기와 구슬치기에 흥미를 갖던 그런 아이였다. 엄마는 그런 나를 늘 못마땅해하며 여자가 다소곳하지 못하다고 핀잔주기 일쑤였다. 한번 그렇게 든 생각은 그 생각이 정답인양 굳어져만 갔다. 그때부터 난 엄마를 정화에게 뺏기지 않기 위해 필사적으로 노력했다. 머리를 자르지 않겠다고 우겨댔다. 나도 정화처럼 공주 같은 원피스에 예쁜 에나멜 구두를 사달라고 조르고 또 졸라댔다. 그럴 때마다 그런 나를 보면서 엄마는 피식 웃을 뿐 아무런 대답이 없었다. 순간 나는 어쩌면 엄마가 내 엄마가 아닌 정화 엄마일지도 모른다는 생각을 했다.

정화는 언제나 그랬다. 묵묵하듯 조용하게, 내가 뭐라고 성질을 부리던 아무 말 없이 자기 속내를 드러내지 않은 채 늘 거기 그 자리에 있었다. 그런 정화의 무반응에 나의 심술은 날로 심해져만 갔다. 심술이 극에 달한 어느 날 나는 텔레비전 앞에 앉아 만화를 보고 있는 정화 앞을 가로막고 앉았다. 아무래도 정화와 육탄전을 벌여서라도 정화를 이기고 내 엄마를 찾아와야겠다는 생각을 했던 거 같다. 마침 티브이 속에는 괴로워도 슬퍼도 나는 안 울어~ 라는 들장미 소녀 캔디의 로고송이 흘러나오고 있었다. 으쓱으쓱 어깨를 들썩이며 노래를 따라 부르고 정화 따위는 한껏 무시해 버리듯 짜릿한 기분을 만끽할 사이도 없이 등에 싸늘한 아픔이 느껴졌다. 그랬다. 엄마는 마당에서 빨래를 하다가 정화 앞에 심술궂게 앉아있는 내 등짝을 사정없이 후려쳤던 것이다.

"네가 내 맘을 다 알아?? 나쁜 계집애, 정화는 요즘도 매일같이 전화해. 매일 바쁘다는 핑계만 대고 딸년이란 게 전화해도 냉랭하기만 하고……."

엄마의 말들이 저 멀리 메아리처럼 들려온다. 패배다. 처절한 패배. 난 늘 정화 앞에서 패배자다. 순간 열패감이 강하게 밀려온다. 마음을 들키지 않으려고 나는 울컥하는 마음을 다 잡아본다. 자존심만은 누구 못지않게 강한 나이기에…… 엄마는 승부를 위한 게임을 하려면 준비나 시키고 하지. 하필 이런 순간에 또 비교나 당하고…….

엄마의 사랑이 딸인 나보다 정화에게 향할 때마다 정화를 미워하는 나의 마음은 빠른 속도로 쑥쑥 자라나고 있었다. 그러던 어느 날 아침 하나뿐인 오빠의 물감을 두고 정화와 쟁탈전을 벌였다. 사실 난 그날 미술수업이 없었고 오빠가 자신의 물감을 정화에게 건네주는 것을 심술궂게 바라보다가 내가 가져가겠다고 떼를 쓰고 있었다. 그런 상황을 모를 리 없는 오빠는 내 손에서 물감을 빼앗아 정화에게 다시 건네주었다.

"이수 왜 그래? 너 오늘 미술수업 없잖아?"

"오빠가 어떻게 알아? 미술수업 있어!!"

오빠는 피식 웃으며 내 얼굴을 바라보았다. 마치 거짓말을 하는 내 표정을 다 읽었다는 듯이.

"시간표 다시 봐 봐. 없는데 뭘."

나는 오빠에게 향했던 시선을 거두어 정화를 바라보았다. 내색하지 않으려 해도 정화를 쳐다보는 내 눈빛은 사나웠다. 마치 사냥감을 앞에 둔 맹수처럼 금방이라도 물어뜯을 거 같은 표정으로 정화를 노려보았다. 점점 달아오르는 얼굴을 들키지 않으려고 황급히 도망치듯 밖으로 나왔다. 패배자가 된 듯 무거운 마음을 안고 학교로 향했다. 학교로 향하는 내내 나는 어떻게 하면 정화를 이길 수 있을까만을 생각했다. 내게 있어 정화는 늘 경계하고 공격해야 하는 대상이었다. 정화가 정말이지 미워서 견딜 수가 없었다. 그러다 드디어 나는 정화를 골려줄 비책을 찾아냈다. 그날 밤 식구들 모두가 잠들기를 기다린 나는 엄마에게 조르고 또 졸라도 사주지 않는 반짝거리는 정화의 빨간색 에나멜 구두를 들고 마당으로 향했다. 모두가 곤하게 잠든 고요한 밤, 마치 정화를 패대기친다는 통쾌한 기분을 안고서 정화의 빨간 에나멜 구두를 매리가 살고 있는 개집 속으로 무참히 던져 버렸다. 어차피 내가 갖지 못할 거면 정화도 신지 말아야 한다고 했던 말들을 수없이 반복해서 중얼거리면서…….

'매리야 제발 너의 강한 힘을 보여주렴~ 너의 튼튼한 앞니로 반짝거리는 구두를 잘근잘근 씹어주지 않으련??'

다음 날 아침 불안한 마음에 잠을 설친 나는 집안의 눈치를 살피기 시작했다. 밤사이 매리가 사정없이 물어뜯어 놨을 구두를 생각하며 정화는 어떤 표정을 지을까 상상해 보았다. 집안 이곳저곳을 어슬렁거리며 머릿속으로 내가 해야 할 거짓말들을 생각해 냈다. '혹시라도 엄마가 물어보면 매리가 물어 가는 걸 봤다고 말해야지. 아니 아예 모른다고 시치미를 뗄까?' 온갖 공상을 하며 은근슬쩍 마당으로 내려가 매리 집을 살펴보기로 했다. 하지만 그런 생각도 잠시 마당 한쪽에 가지런히 놓여있는 빨간 에나멜 구두를 보며 나는 화들짝 놀랐다. 밤사이 매리가 물어뜯어 주길 바란 에나멜 구두는 화사한 햇볕을 받아 더욱 반짝반짝 빛나는 자태를 뽐내고 있었다. 나는 도무지 알 수가 없었다. 매리 집에 있어야 할 구두가 어째서 마당 한 편에 놓여있는지. 밤사이 누가 매리 집에서 구두를 꺼내 마당에 가져다 놓기라도 한 걸까? 그러나 어느 누구도 구두에 대하여 말이 없었다. 마치 절대 입 밖으로 꺼내서는 안 되는 비밀을 서로 공유하는 것처럼…… 그날 아침 분위기는 어색하고 스산했다.

그 일이 있은 뒤 나는 말이 없는 아이로 변해갔다. 된통 엄마에게 야단맞을 거라고 지레 겁을 먹었던 일이 마치 아무 일도 일어나지 않은 듯 지나가 버리니 내 마음은 더욱 답답해져만 갔다. 속 시원하게 엄마에게 털어놓고 야단이라도 맞았더라면 이렇듯 불안하지는 않을 것만 같았다. 그러나 엄마는 어쩐 일인지 빨간 에나멜 구두에 대해서 내게 캐묻지 않았다. 엄마 눈치를 보며 허탈감에 빠져 혼자 공상하는 시간들이 많아졌다.

심드렁한 표정으로 햇살이 부서지는 마당에 우두커니 앉아있던 어느 날 평소 말수가 없으신 아빠가 나를 데리고 극장에 갔다. 마침 그때 엄마랑 정화는 동네 목욕탕에 가고 없었다. 정화는 나보다 한 살이 어렸지만 그 당시 나보다 키도 크고 마른체형인 반면 나는 작고 뚱뚱했다. 벌거벗은 모습까지 정화와 비교당하고 싶지 않았던 나는 목욕탕에 같이 데려가려는 엄마에게 가지 않겠다고 버텅겼다. 정화가 우리 집에 오기 전에는 늘 아빠는 엄마와 나를 데리고 극장에 가곤 했다. 나는 영화보다 돌아오는 길에 내 품에 안겨주는 갖가지 선물들을 가질 욕심에 아빠를 따라 극장에 가는 걸 좋아했다. 그날 아빠는 영화도 보여주고 만두도 사주면서 내게 말했다.

"예쁜 딸 요즘 얼굴이 핼쑥해졌네. 많이 먹어~ 만두 제일 좋아하잖아."

순간 나는 눈물이 핑 돌며 잔뜩 볼멘 목소리로 말했다.

"아빠. 내가 정화보다 안 예쁘지? 그래서 엄마가 날 미워하는 거지??"

아빠는 눈물이 그렁그렁한 내 눈을 지그시 바라보며 말했다.

"이수야! 요즘 엄마가 밉지? 아빠도 엄마가 밉단다. 세상에서 제일 예쁜 내 딸을 누가 마음 아프게 해~ 아빠가 빨간 구두 사줄게. 아빠는 세상에서 이수가 제일 예쁘단다."

빨간 구두란 말이 아빠의 입에서 나오자 나는 가슴이 철렁 내려앉으며 두려움에 휩싸였다. 잘근잘근 입술을 깨물며 아빠를 바라보았다. 아빠는 마치 내가 저지른 일들을 모두 알고 있는 듯 어둡고 차가워진 표정을 지으며 나를 바라보는 듯했다. 가슴이 쿵하고 무너져 내리며 심장이 심하게 요동치기 시작했다. 나도 모르게 고개를 숙였다. 얼마나 시간이 흐른 걸까 다시 고개를 들어 아빠랑 시선이 마주쳤을 때는 나는 이미 울음보를 터트린 후였다. 아빠는 그런 내 얼굴을 손등으로 연신 닦아주며 머리를 어루만져주었다. 아빠 손의 따스한 감촉이 느껴질수록 내 안에 내재되어 있던 많은 앙금들을 모두 씻어버릴 것만 같은 눈물이 하염없이 내 볼을 타고 흘러내렸다. 아빠는 그날 내게 아무것도 묻지 않았다. 아빠는 내가 그토록 탐내왔던 빨간 에나멜 구두를 사주었다. 너무

희어서 저절로 내게 환한 웃음을 짓게 만드는 하얀색의 원피스와 타이즈까지 여러 켤레 내게 안겨주었다.

아빠와의 비밀 데이트 이후 또 다른 예쁜 구두를 선물 받을 욕심에, 아니 그보다는 엄마에게 예쁜 딸이라는 말을 듣기 위해 노력했다. 나는 엄마의 마음을 되찾기 위해서 외모에 신경을 쓰기 시작했다. 정화에게 향해 있는 엄마의 사랑을 받기 위한 나의 노력은 과히 필사적이었다. 단지 그랬다. 이유는 한가지였다. 어린 내 눈에도 나보다 정화는 정확히도 예뻤기 때문에 엄마의 사랑을 독차지한다고 생각했다. 편식도 하지 않고 말 잘 듣는 고분고분한 아이가 되어갔다. 밥을 잘 먹는 연습을 하기 시작했는데 그때부터인 거 같다. 작게만 느껴지던 키가 쑥쑥 커지면서 자신감도 생기고 주위에서 예뻐졌다는 말을 듣게 된 무렵에는 외모에 대한 자신감이 회복되었다.

그러나 어릴 때의 상처는 계속 남아있었던지 외모에 대한 집착이 날로 심해져만 갔다. 늘 주위의 시선에 신경을 쓰고 외모 가꾸기에 심혈을 기울였다. 심지어 누군가를 만날 때에도 인성보다는 외모에 치중해 사람을 평가했다. 지금의 남편과 결혼하는데 결정적인 역할을 하게 된 것도 단지 그의 외모였다.

교내 축제에서 만난 그는 단연 돋보였다. 만화에 나오는 주인공과 흡사한 외형을 가지고 있다고 표현하는 게 맞는 표현일까? 그랬다. 그는 내 마음속에 내재되어 있는, 아니 어쩌면 그 이후로 성장 과정에서 함께 자라버린 외모에 대한 콤플렉스를 말끔히 해소시켜줄 외모의 소유자였으며 내 자존심이 될 수도 있다고 생각했다. 내가 가지고 있지 못한 출중한 외모의 소유자였고 그때 나는 그런 그의 외모에 한없이 빠져들었다.

"언니 그거 알아?"

실내의 탁한 공기에 답답함을 느낀 나는 병원 밖으로 나와 서성이고 있었다. 멀리서 들어도 한 번에 알 수 있는 내겐 공포에 가까운 나지막하고 익숙한 목소리에 또다시 나는 몸이 경직되기 시작했다. 도무지 알 수 없다. 나는 왜 정화 앞에만 서면 이토록 작고 초라해지는지…….

조금은 낯선 얼굴로 그녀는 서서히 내 옆으로 다가왔다.

"……"

"난 늘 언니가 부러웠어. 언니의 열정적인 모습도, 외향적인 성격도. 특히나 부러웠던 건 고모가 언니를 바라보는 눈빛이었지."

평소 그녀답지 않다.

"무슨 말이야?"

심드렁한 표정을 지으며 되물었다.

"고모 겉으로는 윽박지르며 언니한테 화내는 거 같아도 언니를 바라보는 눈빛이 얼마나 따뜻한지 언니 그거 모르지?"

"넌 엄마가 너한테 얼마나 잘하는데 그런 말을 하니?"

또다시 몸 안에 신경질이 스멀스멀 기어 나오기 시작했다. 핀잔주듯 건네는 말에 정화는 평소와 다른 격양된 목소리로 말했다.

"언니는 엄마잖아. 그게 얼마나 소중한 건지 언니는 모르잖아. 단 한 번만이라도 나도 엄마라는 존재가 있어서 언니랑 고모처럼 티격태격해 보고 싶다는 생각을 늘 해."

수은등 불빛 때문이었을까? 오늘따라 정화의 표정이 유독 창백해 보인다.

'여자는 데이트할 때 수은등 아래 서서 남자를 보면 안 돼. 나트륨등이 예뻐 보이거든. 나트륨등이 있는 곳 아래에서 데이트하렴.' 언젠가 엄마가 내게 들려준 말이 생각났다.

그래 수은등이어서일 거야. 지금 그녀가 창백해 보이는 건…….

"나 처음 고모네 집에 왔을 때 언니 내 빨간 에나멜 구두 갖고 싶어 했잖아. 나 사실 그거 언니 주고 싶었어."

"무슨 소리를 하는 거니? 너 구두가 내 발에 맞았겠니?"

"그냥 주고 싶었다고. 언니가 그 구두 너무 갖고 싶어 하는 거 같아서. 근데 그 구두 아빠가 고모 집 오는 날 사주고 간 마지막 선물이야."

그녀의 얘기를 듣는 순간 덜컹 가슴이 내려앉았다. 그녀는 처음부터 알고 있었구나. 그녀의 아빠가 데리러 오지 않을 거라는 것을.

그동안 미워만 했던 그녀에 대한 마음이 부끄러워졌다. 갑자기 나는 나 때문에 그녀의 아빠가 오지 못하기라도 한 것 같은 죄의식에 휩싸였다. 가능하다면 이 순간 벌룬이라도 타고 하늘을 날아 구름 속으로 숨고 싶었다. 아무 말도 하지 못한 채 옆에 서 있는 정화를 바라보았다. 불빛 아래 유독 창백해 보였던 정화의 표정이 빛나기 시작했다. 갑자기 수은등이 나트륨등으로 바뀌기라도 한 걸까. 그녀는 다시 자신만의 화려한 자태를 뽐내며 반짝이고 있었다.

어둠이 깔린 집안에 들어섰다. 순간 밀려드는 피로감을 뒤로 한 채 목욕탕으로 향했다. 샤워 꼭지 앞에 서서 흘러나오는 뜨거운 물을 맞으며 살포시 눈을 감았다. 조금씩 더 수도꼭지를 뜨거운 쪽으로 돌리며 그 뜨겁고 차가움의 조절조차 언제나 내가 마음먹은 대로 되는 건 아니란 걸 다시금 깨닫는다. 목욕 타월로 몸을 감싸며 젖은 발을 깔판에 문지르며 발바닥에 전해오는 야릇한 간지러움에 살며시 몸을 떨었다. 현관 앞으로 다가가 신발장 문을 열었다. 드라의 신발 옆에 가지런히 진열되어 있는 나의 구두들을 바라보며 마음속으로 하나 둘 셋 구두의 켤레를 세어본다. 그러다 마치 새삼스레 처음 발견이라도 한 것처럼 구두 절반 이상이 빨간 구두라는 사실에 놀란다. 넉넉하지 않은 살림에도 유독 욕심을 낸 건 빨간 구두였다.

'내 눈에는 다 똑같아 보이는데 빨간 구두를 왜 이리 많이 산 거야?'

신발장을 열 때마다 드라가 하던 말들이 귓가를 맴돈다.

요즘 들어 시도 때도 없이 눈물이 난다. 사는 게 무의미하고 모든 것이 부질없어 보인다. 그동안 나의 자존심을 지키기 위한 노력이라는 미명아래 남들에게 행복해 보이고 예뻐 보이려고 부단히도 노력했던 처절한 모습 또한 모두 부질없는 연극 같다는 생각이 들었다. 나는 가까운 친구에게조차 남편의 무직을 숨겼으며 심지어 동네 슈퍼를 들락거릴 때도 동네 사람들을 의식해 옷차림과 화장에 신경을 썼다. 남들보다 예뻐 보이고 싶었으며 늘 자식 자랑을 일삼는 친구들과 당당하게 맞서고 싶었다. 아니 나의 내면에는 항상 엄마에게 인정받는 엄마의 딸이고 싶었는지도 모른다. 늘 정화와 비교하는 엄마에게 난 예쁜 엄마 딸이라고 당당하게 외치고 싶었다. 내 안에는 그런 마음이 늘 존재하고 있었는지도…….

어릴 적 부스스한 눈을 비비고 일어나보면 엄마는 늘 곱게 단장을 하고 부엌에서 밥을 짓고 계셨다. 그런 예쁜 엄마가 우리 엄마라는 사실이 너무 좋았고 어느 날 갑자기 그런 엄마와 나와의 사이를 비집고 들어온 정화가 너무너무 미워서 견딜 수가 없었다. 엄마를 독차지 하고 싶었다. 내 엄마라고 소리치고 싶었다. 나만의 예쁜 엄마라고 으쓱대고 싶었다. 외모에 집착하는 엄마가 좋기도 밉기도 했거니와 당당하게 엄마에게 인정받는 예쁜 딸로서 언제나 우뚝 서 있고 싶었다. 문득 이대로 모든 걸 벗어던지고 홀가분하게 어디론가 떠나고 싶다는 생각을 했다. 엄마와 함께 다정한 친구처럼. 연인처럼. 그렇다면 밤새 소나기 퍼부은 뒤 비 갠 맑은 어느 날 아침처럼 답답한 마음이 말끔하게 사라져 버릴 것만 같았다. 갑자기 나는 충동적인 생각에 휩싸여 울컥거리는 감정을 움켜잡으며 핸드폰을 집어 들었다.

“여보세요?”

나지막이 전해져오는 엄마의 음성에 나는 살짝 목이 멘다.

“……?”

“미안해 엄마. 늘 사는데 지쳐서 엄마 마음을 몰라 준거 같아.”

볼을 타고 뜨거운 눈물이 흐른다.

“네가 엄마 마음을 알기나 해? 일찍부터 사랑타령만 하다가 결혼하더니 아직까지도 가장 노릇을 하고 있는 널 보면 엄마가 얼마나 마음이 아픈지 알아?”

“……”

“가끔씩 전화라도 하면 뭐가 그리 바쁜지 매번 얘기가 끝나기도 전에 전화를 끊어버리는 네가 야속했다. 네가 엄마 마음을 알아??”

“정화가 매일 같이 전화한다면서? 엄마 정화 좋아하잖아.”

순간 심술궂은 생각에 휩싸여 엄마에게 쏘아붙였다.

“정화만 예뻐한다고 투정 부리지만 이수야 엄마 마음을 그렇게도 모르겠니? 정화는 엄마 얼굴도 모르는 불쌍한 애잖니? 언니인 네가 보듬어 줘야지 얼마나 외롭고 힘들겠니?”

“……”

엄마는 그동안 나에게 쌓여 있던 앙금을 모두 쏟아 내려는 듯 쉴 새 없이 했던 말들을 반복했다. 마치 고해성사를 들어주는 신부처럼 나는 묵묵히 엄마의 이야기 속으로 스며들어 갔다. 엄마의 말을 묵묵히 듣고만 있던 내게 엄마는 갑자기 사뭇 밝아진 목소리로 말했다.

“근데 이수야~ 정화는 어떻게 관리했기에 아직도 처녀 같고 그리 예쁘다니?”

순간 나는 투정 부리던 어릴 때처럼 볼멘 목소리로 울먹이며 말했다.

"나도 외모에 신경 쓰고 살아. 엄마 눈엔 그저 정화, 정화밖에 안 보이지?"

그런 나를 향해 엄마의 격양된 목소리가 전화기 너머로 흘러나온다.

"그러게 너도 정화처럼 예쁘게 태어나지 그랬니? 넌 왜 날 안 닮고 네 아빠를 닮았나 몰라. 너 아빠는 눈도 작은데. 아직 안 늦었어. 쌍꺼풀만 해~ 그래도 좀 낫겠다. 얘!"

역시 내 엄마다. 내 엄마는 다른 엄마와는 비교가 되지 않을 만큼 개성 넘치는 귀여운 엄마다. 엄마의 외모 사랑은 아마도 영원히 계속될 듯하다. 나는 계속되는 엄마의 수다에 간간히 추임새를 넣어가며 생각했다. 엄마는 정말 외로웠던 거구나 누군가와 대화를 하고 싶은 거였구나…….

그러다 문득 나는 어릴 적 빨간 에나멜 구두를 누가 마당에 도로 갖다 놓았는지 궁금해졌다.

나는 용기를 내어 엄마에게 물었다.

"엄마 예전에 정화 구두 내가 매리 집에 패대기친 거 알아? 그거 엄마가 도로 마당에 갖다 놓은 거지?"

엄마는 나의 물음에 한껏 높아진 괴성에 가까운 큰 목소리로 말했다.

"시끄러워!"

베란다 창밖으로 내다뵈는 흐드러지게 핀 밤의 벚꽃이 너무나 아름다운 밤이다.

고리 만들기

김선희

새벽마다 모니터 앞에 앉아 소설을 썼다. 곁을 내주지 않는 야속함에 돌아서고 싶었지만, 뜻대로 되지 않았다. 말로만 듣던 당선 연락을 받았다. 고된 시간을 버틴 것에 대한 보상 같아 기뻤다. 오랜 시간 소설을 놓지 못한 것은 누군가에게 인정받고 싶다는 바람이 어떤 욕구보다 강했기 때문이다.

내게 열린 문 안으로 발 하나를 끼워 넣었다. 이제는 주춤거리지 않고 앞으로 나아가고 싶다. 우직하게 소설을 쓰며 기다린 내 자신에게 감사하다.

부족한 작품을 뽑아주신 심사위원분들께 진심으로 감사드린다. 단점보다는 장점을 보아주신 조동선 선생님께 감사드리고 문우들에게도 고맙다는 인사를 하고 싶다. 마음으로 응원해준 서연이와 승환이에게도 고마운 마음뿐이다.

고리 만들기

김선희

목욕이 끝난 욕실은 난장판이었다. 장 씨가 한시도 가만히 있지 않는 통에 목욕 봉사 나온 장정 두 명이 데친 시금치가 되어 돌아갔다. 점순은 바닥과 욕조에 물기를 닦았다. 치매를 앓던 어머니도 다라이통에 앉히기가 쉽지 않았다. 똥칠갑을 하고도 물속에 들어가려 하지 않고 버티다 갑자기 맥을 놓아버리기 일쑤였다. 밤마다 한자를 쓰고 아침마다 화투 점을 보는 것도 모자라 되도 않는 영어를 주절거리는 것은 정신줄을 붙들어 매두려는 안간힘이었다. 내 손이 내 딸이라는 말처럼 자신의 손으로 깔끔하게 마지막을 처리하고 가는 게 점순의 남은 바람이었다.

"눈보라가 휘날리는 바람 찬 흥남부두에 목을 놓아 불러봤다. 찾아를 봤다." 거실에서 노랫소리가 들렸다. 턱이 빠질 듯 부르던 원조 가수와 달리 읊조리는 목소리가 서글펐다. 장 씨는 정신이 오락가락하는 와중에도 가사를 틀리는 법이 없다. 가사가 머리가 아닌 몸에 알알이 박힌 듯했다. 장 씨가 피난을 내려올 때는 십 대 소년이었을 것이다. 같이 내려온 식구들이 모두 살아남았는지 알 수는 없다. 물어도 대답하지 못할 것이고 며느리라는 여자도 묻는 점순을 이상하게 볼 거였다. 점순이 어머니 등에 업혀 무너진 대동강 철교를 넘은 것은 돌을 막 넘긴 즈음이었다. 어머니는 그때 일을 자주 떠올렸다. 폭격 맞은 다리 위에 사람들이 개미마냥 바글바글 거렸어야. 다리는 후들거리디, 여기저기 나자빠짐서 비명들을 질러대디. 춥기는 얼마나 춥던지…… 얼굴이랑 손이 쩍쩍 갈라졌더랬어. 느 아바지는 어데 있는지 보이지도 않아…… 니는 용케 끽소리 안 허고 등에 착 달라붙드라. 어리디어린 게 살라고 그랬는지. 생각은 무슨. 떨어지지 않으려고 손에 힘주고 다리도 힘주고 숨도 참아감서 건넜지. 줄타기하는 기분이었어야. 가족들은 치매에 걸린 어머니를 점순에게 떠넘겼다. 목숨을 빚진 사람의 도리라는 언니 오빠의 말을 수긍할 수밖에 없었다.

점순은 소파에 등을 기대고 앉았다. 어깨와 허리가 뻐근하게 저려왔다.

–영감님 기분 좋으신가 보네.

–자꾸 옛날 생각이 나서. 아주머니는 그때 일 기억나요?

–너무 어려서 몰라요. 어른들이 얘기해준 거나 듣고 자랐는걸요.

장 씨의 초점 없는 눈이 허공을 향했다. 눈보라가 휘날리는 바람찬…… 장 씨 목소리 사이로 간드러진 여자의 목소리가 끼어들었다. 장 씨 눈이 휘둥그레 커졌다. 점순은 식탁 위에 올려놓은 휴대폰 통화 버튼을 눌렀다. 장 씨에게 하던 노래를 마저 하라고 말하고 휴대폰을 귀에 가져갔다.

–여보세요.

익숙한 목소리에 번호를 확인했다. 모르는 번호였다.

–누구세요?

–저 창미에요.

점순은 말문이 막혔다. 생사조차 모르고 지내던 창미가 아직도 자신의 번호를 알고 있다는 사실에 놀랐다. 장 씨가 갑자기 물을 달라고 소리를 질렀다. 점순은 급하게 전화를 끊었다. 물 한 컵을 쉬지 않고 마신

장 씨가 의자에서 몸을 일으켰다. 긴장이 풀린 몸이 나른하게 풀리는 모양이었다. 점순은 장 씨를 부축해 방에 누이고 뚝배기에 감자를 깔아 밥을 안쳤다. 된장을 풀어 감자장도 끓였다. 홍 영감의 장례가 끝나자마자 뒤도 돌아보지 않고 등을 돌린 아이였다. 일방적으로 남남을 선언하고 소식조차 없던 아이가 점순을 찾아오겠다고 했다. 버스 좌석에 앉아서도 엉덩이가 들썩였다. 점순을 상대로 어거지를 부리던 창미의 얼굴이 언뜻 스쳤다. 점순은 버스 창에 얼굴을 이리저리 살폈다. 그새 너무 늙어 창미가 알아보지 못하면 어떻게 하나 슬쩍 걱정이 앞섰다.

골목 초입에 커피숍은 처음이었다. 밤새 가슴이 벌렁거렸던 기억에 점순은 커피를 마시지 않는다. 젊은 사람들만 바글대는 곳에 늙은이는 점순이 유일했다. 창미가 먼저 알아보고 자리에서 일어섰다. 창미의 얼굴은 말이 아니었다. 칙칙하게 기미가 내려앉은 얼굴은 신산한 생활이 고스란히 배어있었다. 주문한 커피를 반 이상 마시도록 창미는 말을 꺼내지 않았다. 점순은 고사 지내듯 눈으로만 커피를 훑었다.

–내가 번호를 바꾸지 않은 게 다행인가 모르겠다. 그 덕에 니 얼굴을 다 본다.

창미는 고개를 숙인 채 말이 없었다. 서로 얼굴을 알아보던 순간을 제외하고 창미는 내내 정수리만 보여주고 앉아 있다.

–얼굴이 많이 상했다.

–하던 사업이 잘 안 됐어요.

–무슨 사업을 얼마나 벌였길래 망했다니?

아버지에게 받은 유산도 말아먹은 거냐고 물으려다 말았다.

–경기가 워낙 안 좋으니까요.

창미도 똑똑했지만 창미의 남편도 유명한 대학을 나왔고 수완이 좋은 사람이었다. 막힘없이 고속도로를 달릴 거라 여겼던 두 아이가 빈털터리가 될 줄이야. 점순은 믿기지 않았다. 창미는 남편과 이혼을 하고 아이와 산다고 말했다. 백일이 갓 지나 마지막으로 봤던 아이가 2학년이 되었다고 했다.

–아이를 봐줄 사람이 없어요. 지금까지는 파트타임으로 그럭저럭 이어갔는데 이젠 제대로 일을 해야 할 거 같아서요. 뻔뻔하다는 거 알아요. 그런데 제가 가릴 처지가 못 돼요.

–나보고 아이를 봐달라는 겨? 그렇게 비빌 데가 없냐?

창미가 처음으로 점순과 눈을 맞췄다. 처분만 바라는 사람처럼 다소곳한 눈빛이 점순은 너무 낯설었다.

–애 아빠 쪽은 빚이 아직 남아있어서 말도 꺼내지 못해요. 오빠는…… 안 보고 산지 좀 됐구요…… 얼마 전에 사거리 건너 주공아파트로 이사왔어요. 옛날 살던 집을 갔다가 지나가시는 걸 봤어요. 여태 여기 사시길래 번호도 그대로일 거 같아 전화 드린 거구요.

–어떻게 봐달라는 거냐?

–저희 집으로 출퇴근해주실 수 있을까요? 아이가 방과 후 수업이 끝나면 3시에 와요. 이틀은 5시에 오구요. 그 시간부터 제가 퇴근할 시간까지만 부탁드려요.

–니 처지가 딱하긴 하지만 나도 먹고사는 일이 있을 거 아니냐. 어린 아이를 본 적도 없고. 내가 안 된다고 하면 어쩔 셈이여?

창미는 눈을 내리깔고 입술을 앙물었다.

–너도 어려운 걸음 했겠지만 다른 사람 알아봐야 쓰겄다.

점순은 다 식은 커피잔을 바라보며 말했다. 서둘러 목도리를 감고 장갑을 든 채 커피숍을 나왔다. 외투도 걸치지 않은 창미가 오돌오돌 떨며 문밖까지 따라 나왔다.

–그래도 한 번 더 생각해주세요. 부탁드려요.

뻣뻣하기만 했던 창미가 점순에게 머리를 조아렸다. 오래 살고 볼 일이라더니 옛말을 실감하기는 처음이었다. 점순은 성큼성큼 창미를 지나쳐 골목 안으로 들어섰다. 후련한 마음 한편으로 불편한 감정이 스며들었다. 홍 영감이 봤다면 가슴 한쪽이 미어졌을 거였다.

우유 대리점과 우리유통을 지나 고깃집과 대폿집에 사람들이 듬성듬성 앉아 있다. 점순은 대진종합공사와 현대세탁소와 철물점을 지나 경사진 골목을 올라갔다. 삼거리에서 걸음을 멈췄다. 점순의 집으로 연결된 골목은 다세대주택이고 맞은편 골목은 홍 영감과 살던 고층아파트다. 가끔 하릴없이 아파트 안을 돌아다녔다. 한 걸음 한 걸음 천천히 걷노라면 홍 영감이 곁에 있는 듯한 착각이 들었다. 너도 아버지가 그리웠던 겨. 여길 왔던 걸 보면. 점순은 혼자 중얼거리며 아파트를 등지고 골목으로 들어섰다.

담요를 덮어 놓은 덕에 요에는 미적지근한 온기가 남아 있다. 점순은 담요를 걷어내고 전기장판부터 켰다. 외투를 벗어던지고 이불 속으로 들어갔다. 바닥이 금세 따뜻해졌다. 몇 모금 마신 커피 탓인지 속이 쓰리고 밥맛이 없다. 드라마에서는 출생의 비밀이 밝혀진 여자 주인공이 친엄마를 향해 악을 써댔지만, 점순의 귀에는 들어오지 않았다.

홍 영감을 만난 건 주민자치센터였다. 노인을 대상으로 한 무료 컴퓨터 강좌에서 점순은 홍 영감과 자연스레 친해졌다. 교장을 하다 은퇴를 한 홍 영감은 겸소하고 배려심이 많은 사람이었다. 오래 전 부인과 사별하고 홀로 키운 남매가 내로라하는 직장에 번듯하게 취직해 부러울 것이 없는 그였다. 홍 영감이 점순에게 함께 살자고 했을 때 농담으로 여겼다. 떡 벌어진 어깨와 각진 얼굴과 무뚝뚝한 말투에 호감을 가지는 남자는 없었다. 홍 영감은 소박하고 솔직한데다 상황 대처가 빠른 점순을 좋아했다. 외모와 상관없이 있는 그대로의 모습을 좋아해 주는 남자는 홍 영감뿐이었다. 늘그막에 꽃길을 만난 듯 들떠 있던 점순은 극심한 반대에 부딪쳤다. 배운 것 없는 요양보호사인 점순을 교장까지 지낸 아버지의 짝으로 인정할 수 없었던 남매는 대놓고 점순을 무시했다. 호적상 부부가 될 수 없던 것도 창미의 반대가 상상외로 거센 탓이었다. 점순은 동거인의 신분도 상관없었다. 홍 영감과 함께할 수 있다면 다른 조건들은 문제가 되지 않았다.

임자 너무 서운해 마시게. 저 애가 오랫동안 엄마 없이 자라서 지내는 법을 모르는 거야. 나이만 먹었지 애야. 틱틱거리는 것도 아빠 관심을 빼앗긴 것 같아 그러는 거니 임자가 좀 봐줘. 창미가 점순의 속을 뒤집어 놓을 때마다 홍 영감은 점순의 등을 쓸어주며 위로했다. 홍 영감은 점순과 10년의 세월을 살고 떠났다. 아버지가 죽고 남매는 아버지의 집을 처분해 나누어 가졌다. 아무런 권한이 없는 점순은 자기 짐만 챙겨 나와 근처 빌라로 옮겼다. 점순은 홍 영감과의 추억이 남은 동네를 떠나기 싫었다. 홍 영감과 점순은 경사가 완만한 둘레 길을 걸으며 하루를 시작했고 주말이면 맛집을 찾아 데이트를 즐겼다. 동네 골목골목마다 점순과 홍 영감의 발자취가 남아있었다. 항상 손을 잡고 다녀 금실 좋다는 부러움을 사기도 했다. 고층아파트에 살던 사모님이 하루아침에 허접한 다세대 빌라로 거처를 옮기자 여자들의 입방아에 날개가 달렸다. 온갖 소문이 점순의 심기를 건드렸지만 일생 중 가장 행복하고 사랑받았던 시간들을 되새기며 버텨냈다. 냄비 같이 끓어오르던 관심은 곧 시들었고 더 이상 점순에 대해 이야기하는 사람도 없었다.

점순은 텔레비전을 끄고 벽 쪽으로 돌아누웠다. 홍 영감과의 의리를 생각해도 안 될 일이었다. 오랜 세월이 지났어도 상처는 아물지 않는 법이다. 어딘가로 스민지도 몰랐던, 형체마저 일그러져 불분명한 기운들이 새 살을 얻은 것마냥 선명하게 점순의 감정을 뒤흔들었다. 점순은 장판의 온도를 높이고 눈을 질끈 감았다. 몸이 열기에 누그러져 노곤해지듯 머릿속을 가득 채운 상념과 화가 흩어지기만 바랐다.

간밤도 설치고 말았다. 창미를 만나고 온 후부터 꿈자리가 뒤숭숭하다. 얕은 잠에서 허우적거리다 깨면 개운치 않은 불쾌감이 뒤따랐다. 점순은 자리를 정리하고 집을 나섰다. 외진 둘레길에는 사람들이 간간히 눈에 띄었다. 젊은 사람들은 한적한 곳을 꺼리지만 죽을 날이 살아온 날보다 가까운 점순은 오히려 호젓함을 제대로 느낄 수 있어 부러 찾는 곳이었다. 방정맞은 뽕짝 소리에 뒤를 돌아보았다. 머리에 수건을 질끈 동여맨 할아버지가 주춤거리고 서 있는 점순을 힐끗거리더니 앞질러 걸어갔다. 할아버지의 허리춤에서 흘러나온 소음이 잠이 덜 깬 어린 새들과 숨죽인 이파리들을 들쑤셔댔다. 많은 이들이 다니는 산길에서 내 집처럼 멋대로 행동하는 노인들을 보면 점순은 같은 노인이라는 사실이 민망했다.

정상에 가까울수록 나무 사이로 보이는 하늘빛이 청량했다. 발에 밟히는 바짝 마른 나뭇잎의 소리도 자연의 소리를 닮아 유순하다. 내리막길과 오르막길을 지나 작은 쉼터에 도착했다. 간단한 운동기구와 벤치가 있어 오다가다 쉬기 좋은 장소다. 점순은 벤치에 앉았다. 노인 등산객 두 명이 바를 잡고 허리를 돌리고 있었다. 노인들은 누군가에게 짐이 되지 않으려 제 몸을 아낀다. 젊은 사람들은 건강에 집착하는 노인을 탐욕스럽다 욕하지만 자식의 짐을 덜어주고 싶은 속내는 알려고도 하지 않는다. 내 몸을 끝까지 끌고 가는 건 나 자신뿐이라는 사실을 나이가 들수록 뼈에 사무치게 되새긴다. 어머니의 최후는 다시 생각하고 싶지도 않다. 언니와 오빠는 어머니를 찾지 않았다. 어머니가 죽고 나서도 그들은 서로를 향한 미움만을 기억했다.

점순은 왼쪽 무릎을 살살 문질렀다. 가뜩이나 약한 무릎이 요새 들어 삐걱이며 아우성을 쳐댔다. 붕대를 깜박 잊은 채 산에 오는 게 아니었다.

붕대 챙기기. 방문에 붙인 메모지 개수가 하나 더 늘게 생겼다. 메모지가 방문을 가득 채우기 전에 홍 영감을 따라가고 싶지만 사람 목숨이라는 게 마음대로 되지 않는 것이 걱정이었다. 맞은편 벤치에 노부부가 앉았다. 할머니가 가방에서 주섬주섬 보온병을 꺼내더니 따뜻한 차를 컵에 따라 할아버지에게 건넸다. 할머니가 장갑을 빼는 할아버지를 나무라며 어린애 다루듯 장갑을 다시 끼워주었다. 홍 영감이 있었다면 점순이 벗어놓은 목도리를 보고 한소리 해댔을 것이다. 유독 목도리와 장갑을 갑갑해 하는 점순이었다. 홍 영감은 귀찮다고 쏘아대는 점순에게 화 한 번 내지 않고 살뜰하게 장갑을 챙겼다. 사람은 목이 따뜻해야 한다며 철철이 스카프를 사가지고 오던 그였다. 점순은 주머니에서 휴대폰을 꺼냈다. 새로 입력한 창미의 번호를 들여다보았다. 창미를 모른 척하면 죽어서도 홍 영감을 볼 낯이 없다. 생판 모르는 남도 돕는 세상에 부모와 자식이라는 인연으로 만나 십여 년을 살아온 사이다. 창미가 인정하지 않는다 해도 점순의 머리에서는 떠나지 않는 세월이었다. 창미의 간절한 눈빛이 잊히지 않는다. 오죽했으면. 이리저리 쳐내 봐도 결론은 한가지로 모인다. 다잡고 모른 척 굴 자신이 없다면 받아들이는 수밖에.

센터에 전화를 걸었다. 오전 근무만 할 수 있는지 알아봤다. 센터장이 난처해 했다. 점순은 장 씨 며느리에게 직접 전화를 걸었다. 장 씨가 복지회관을 가지 않는 삼일을 오전에만 근무하겠다고 말했다. 젊은 며느리는 화부터 냈다. 다른 요양보호사를 알아보겠다며 전화를 끊었다. 홍 영감이 죽고 다시 일을 시작하기는 쉽지 않았지만 점순은 손이 재고 여물었다. 노인 뒤치다꺼리에는 도가 텄다. 장 씨 일도 센터장이 부탁해 맡았던 일이었다. 이북에서의 기억에 얽매여 있는 노인의 비위를 맞추는 일이 얼마나 인내심을 요구하는 일인지 사람들은 알지 못한다. 빨래며 집안일까지 알아서 거들었던 노력은 쉽게 잊히기 마련이다. 점순은 장 씨 며느리에게 드는 노여움을 애써 눌렀다. 일을 접으면서까지 창미의 아들을 돌보는 것이 현명한 것인지 확신이 서지 않는다. 맞은편 벤치에 노부부가 자리에서 일어섰다. 돌아서는 할아버지의 엉덩이를 할머니가 털어댔다. 할아버지는 으레 있는 일인 듯 무심하게 몸을 맡겼다. 멀어지는 노부부를 바라보다 점순도 자리에서 일어났다. 벗어놓은 장갑을 끼고 목도리를 둘렀다. 이제 나도 꼼꼼하게 챙긴다우. 창미도 모른 척하지 않을 테니 걱정 말아요. 점순은 홍 영감이 듣고 있기라도 한 것처럼 중얼거렸다. 산을 내려오며 창미에게 전화를 걸었다. 창미에게 고맙다는 말을 듣기는 처음이었다.

창미의 아들은 낯가림이 심해 점순이 벨을 누르면 문을 열어주고 후다닥 제 방으로 도망가 나오지 않았다. 창미는 아이가 혼자 있으면서 게임에 빠지지 않도록 주의를 주고 아이가 안도감을 가질 수 있게 해달라고 부탁했다. 맺고 끊는 분명한 성격답게 창미는 일당을 계산해 주마다 지급했다. 게다가 아이 밥을 차려주는 일 외에는 어떤 집안일에도 손을 대지 말라고 당부했다. 아이의 이름은 혜찬이었다. 오목조목 잘생긴 얼굴과 말간 표정에 잘 어울리는 이름이었다. 점순은 혜찬이가 숙제를 다 한 후에 맡아 두고 있던 스마트 폰을 돌려주고 저녁을 차려 아이와 함께 먹었다. 가끔 장을 봐오거나 냉장고를 뒤져 반찬을 하다 창미에게 구박을 들어야 했다. 짜고 매운 음식은 쓰레기통으로 직행했다. 아이의 고자질로 손도 안 댄 음식이 버려진 걸 보고도 점순은 화가 나지 않았다. 어쩌다 아버지를 보러 집에 오면 창미는 부엌에서 따로 음식을 해 먹거나 점순이 싸준 음식을 현관 앞에 두고 가기도 했다.

창미는 금요일마다 야근을 하고 토요일에도 늦게 끝나는 날이 많았다. 점순은 종일 혼자 있을 아이를 생각해 금요일마다 혜찬이를 집으로 데려갔다. 가방 가득 장난감을 가져온 아이는 작은 방에서 혼자 놀았다. 아이는 짠지며 오이지를 먹지 않았다. 계란후라이에 케첩을 발라 주면 김과 겨우 밥을 먹었다. 아이는 혼잣말을 해가며 울긋불긋한 로봇들을 이리저리 움직이며 놀았다. 밤이 되면 아이는 어쩔 줄 몰라 했다. 늘 엄마랑 자던 습관이 있어 혼자 잠들기를 두려워했다. 점순은 아이를 안방으로 데려와 전기장판 위에 뉘였다. 텔레비전에서는 백수 아들이 엄마에게 행패를 부리는 장면이 나왔다.

–아빠도 저랬는데.

아이는 어느새 드라마에 빠졌다. 점순은 넌지시 아이에게 물었다.

–아빠도 소리지르고 그런 겨?

아이가 갑자기 입을 다물었다. 점순은 아차 싶었다. 말없이 아이를 지켜봤어야 했는데 성급했다. 드라마 속 아들이 살림을 때려 부수다 말리는 엄마를 밀쳤다. 아이가 힘없이 고개를 떨구었다. 아이는 시무룩한 표정이었다. 사업을 말아먹은 놈이 더 승질을 부렸을 테지. 싸움은 잦았을 거고 아이는 부모의 모습을 고스란히 가슴에 담아두었을 거였다. 망할 놈. 점순의 욕설에 아이가 점순을 돌아보았다. 저그 테레비에 나온 놈 말여. 점순은 텔레비전을 끄고 아이에게 자장가를 불러주었다. 아이는 어린 애가 아니라며 듣기 싫다고 칭얼댔다. 그러거나 말거나 점순은 자장가를 불렀다. 가사가 기억나지 않아 마음대로 가사를 붙였다. 똘똘한 혜찬이는 할매 말도 자알 듣고, 김치도 잘 먹고, 계란도 잘 먹고, 공부도 잘하고, 똥도 잘 싸대고. 무슨 노래가 그래? 아이가 잠이 깨는 이상한 노래라고 불평했다. 그려? 그럼 다르게 부를겨. 우리 우리 혜찬이는 너무 너무 잘생겼고 엄마 말도 잘 듣고. 점순은 더 이상 할 말이 없어 같은 가사를 되풀이해댔다. 혜찬이는 기가 막힌 표정을 짓더니 점순에게 등을 보이며 입을 다물었다. 타령 같은 자장가의 효과였는지 아이는 금세 잠이 들었다. 아이를 찬찬히 살폈다. 아이는 눈매와 콧날이 아빠를 닮았고 입매가 창미를 빼다 박았다. 살며시 아이를 안았다. 품 안에 아이가 현실 같지 않았다. 작은 어깨와 말랑말랑한 팔뚝과 부드러운 머리털의 감촉이 좋아 점순은 자는 아이를 만지작거렸다. 창미가 봤더라면 눈에 쌍심지를 켜고 달려들었겠지만 창미도 잠든 아이도 알 길이 없다. 점순은 팔 안에 감도는 온기를 느끼며 편하게 잠이 들었다.

–야가 누구라고? 쟈는? 왜 싸우는 겨?

–할머니 몇 번 말해줘야 해. 엔더맨이라고. 쟈가 아니라 스켈레톤.

–이름들이 왜 다 그 모냥인 겨?

–얘들은 몬스터야.

–갸는 또 누군디?

–몰라. 할머니 땜에 놓쳤잖아.

점순은 핀잔을 듣고서야 입을 다물고 아이의 손놀림을 지켜보았다. 스마트폰 위에서 아이의 손가락은 집게벌레보다도 빠르게 움직였다.

–너 할머니한테 승질 부리면 엄마 몰래 게임했다고 이를 겨.

아이가 동작을 멈추고 입을 비쭉거렸다. 점순은 이따금 창미 몰래 게임을 하도록 허락했다. 혜찬과 점순 사이 비밀거래였다. 게임을 하는 동안에는 점순의 질문에 답을 하는 것이 조건이었다.

–주말에 뭐 혔는디.

–엄마랑 마트 갔다가 집에 있었어.

점순은 아빠를 만난 적이 있냐고 묻고 싶었지만 말을 아껴야 했다. 방바닥에 놓인 휴대폰이 덜덜거렸다.

–엄마 얼추 왔댜. 게임 끝내고 책 펴놔.

창미는 집에 거의 왔을 즈음에 점순에게 문자를 보냈다. 집에 돌아갈 준비를 하라는 말을 돌려하는 거였다. 점순은 벗어놓은 양말을 다시 신고 혜찬이는 책상 앞에 앉아 연필을 쥐고 못한 학습지 숙제를 마저 했다.

–덕분에 혜찬이가 많이 안정됐어요. 친구들하고 사이도 좋아졌구요.

창미가 가방에서 봉투를 꺼내 점순에게 건넸다.

–무슨 일을 하는디 허구헌 날 손목에 파스가 떠나질 않는 겨?

말을 하고 뜨끔했다. 엄마처럼 구는 걸 무척이나 거슬려하는 아이였다.

–가구 디자인하고 직접 만들기도 해요.

–망치로 치고 톱으로 자르고 그러는 겨?

–그런 셈이죠.

창미는 얼굴에 화장기가 없었다. 눈 아래 기미도 전보다 짙어진 것 같았다.

–일이 힘든 겨? 피부가 많이 거칠다니께.

–제가 알아서 해요.

이내 쌀쌀맞은 답이 돌아왔다. 점순은 아무 대꾸도 못하고 창미의 집을 나왔다.

사거리를 지나는 차들이 빠르게 달렸다. 먹고 살기 바빠 허덕이던 시간이 점순의 눈앞으로 스쳐갔다. 남편의 매질에 집을 뛰쳐나와 친정에 갔을 때 어머니는 점순을 외면했다. 입주 가정부로 일하며 겨우 전세를 얻었을 때 어머니를 떠안아야 했다. 여자 혼자 아이를 키우는 것은 버거운 일이다. 아이를 데리고 도망 나오지 못한 이유도 아이를 데려오지 못한 이유도 사는 것이 두려웠기 때문이었다. 치매를 앓던 어머니 핑계를 댔지만 점순 스스로가 아이와 살아갈 용기가 없었다. 그에 비해 창미는 아이를 도맡아 잘 키우고 있다. 아이 아빠의 도움을 받지 못하고 어느 누구의 도움도 없이 혼자서 꿋꿋하게 말이다.

점순이 두고 온 아이도 가정을 꾸렸을 터였다. 창미가 가슴을 후벼 팔 때마다 점순은 두고 온 아들을 떠올렸다. 제 배 아파 낳은 아이를 버린 여자가 남의 자식에게서 사랑을 바라는 것은 욕심이라며 쓰린 속을 달랬다. 점순의 수첩에는 동사무소 직원에게 받은 아들의 연락처가 있다. 홍 영감이 죽고 살길이 막막해 동사무소를 찾았을 때다. 컴퓨터로 점순의 신원을 조회하던 직원이 아들이 있어 최저생계비를 받을 수 없다고 말했다. 세 살 때 헤어져 연락도 없이 지내는 아들은 낳아준 엄마가 있다는 것도 모르고 지낼 것이다. 직원은 서류상 존재하는 부양의무자가 있으면 혜택을 받을 수 없다며 법이 그렇다고 설명했다. 점순은 수급권을 포기하는 조건으로 아들에게 연락을 하지 말아달라고 부탁했다. 직원은 아들에게 연락을 해보라며 점순을 설득하려 들었지만 점순은 아들의 주소와 연락처만 받아 나왔다. 기억에도 없는 사람이 나타나 남은 생을 책임지라고 하면 누구라도 혼란스러울 것이다. 남편과 시어머니의 서슬이 무서워 동네 언저리까지 갔다가 돌아온 적이 여러 번이었다. 아이가 학교에 다닐 무렵에는 새엄마와 사는 아이에게 해가 될까봐 아예 찾지 않았다. 사람이 낯짝이 있지. 어미 노릇도 하지 않은 주제에 염치는 있어야지. 점순은 굶어 죽는 일이 있다 해도 아들을 찾지 않을 거라 다짐했다. 점순의 수첩에는 아직도 아들의 연락처가 적혀 있다. 한 번도 전화를 걸어본 적 없지만 마치 아들과 함께 있는 것처럼 든든했다.

마트 점장은 나이가 많다는 이유로 점순을 거절했다. 요양보호사 일에 이골이 나서 물건 옮기는 일쯤은 유도 아니라고 들이댔지만 헛수고였다. 면접을 본 마트마다 상황은 같았다. 전화상으로는 호감을 보이던 이들이 마주 보고 앉으면 똑같은 태도를 취했다. 기댈 곳 없는 점순으로서는 몸이 조금이라도 성할 때 벌어야 했다. 파트타임으로 벌 수 있는 돈은 적었지만 혜찬이를 돌보는 일을 그만둘 수는 없었다. 야무진 말투와 입을 삐죽거리는 버릇과 달착지근한 체취에 점순은 길들여졌다. 혜찬이를 안으면 모질었던 세상이 다정하게 말을 건네는 것만 같다. 학교 앞에서 기다리다 아이의 손을 잡고 걸어오는 시간은 하루의 절정이었다. 손안 가득 찬 온기는 전기장판의 뜨거운 열기와 다르게 온화했다. 혜찬이가 친구에게 점순을 우리 할머니라고 소개할 때는 주책없이 눈물이 삐져나오려 했다.

우리유통 건물에 청소 알바 전단지가 붙었다. 청소 일은 피해보려 했지만 가릴 처지가 아니었다. 그나마 다행스러운 것은 3층 건물이라 늦장을 부려도 12시면 끝낼 수 있다는 점이었다. 다부진 골격 덕에 점순은 다음 날 바로 일을 시작했다. 계단을 오르내려 무릎이 시큰거렸지만 일 자체가 어려운 것은 아니었다. 당구장이 있는 3층 복도와 화장실이 그중 가장 손이 많이 가는 공간이다. 불이 꺼진 담배꽁초는 미관상 보기 흉할 뿐 아니라 냄새도 역해서 숨을 참아가며 치워야 한다.

우리유통 사장이 반갑게 인사를 건넸다. 노래방 화장실에 오물을 치우느라 평소보다 시간이 지체되었다. 마대를 빨아 너는 사이 주머니에 휴대폰이 울렸다. 요양소 센터장이었다. 장 씨가 새벽에 이승 줄을 놓았다며 점순에게는 알려야 할 것 같다고 말했다. 점순은 장례식장 주소를 받아 적었다. 장례식장에 가야 할 의무는 없었지만 삼 년 넘게 수발을 들던 노인이었다. 십 년 넘는 세월을 장 씨는 유년 시절에 갇혀 고향을 그리워했다. 고향땅을 밟아야 눈을 감을 것 같던 이가 몇 달 사이 목숨줄을 놓은 것이 남의 일 같지 않았다. 빈소는 분주했다. 장 씨 며느리가 점순의 팔을 부여잡고 서럽게 울었다. 장 씨의 아들이 점순에게 꾸벅 절을 했다. 영정사진 속 장 씨는 해맑은 표정으로 웃고 있다. 거실 소파에 앉아 노래를 흥얼거리던 표정이 어제처럼 생생했다.

돌아오는 버스 안은 한적했다. 대낮의 버스 좌석을 채운 이들은 희끗희끗한 머리를 한 이들이 대부분이었다. 할머니 한 분이 힘겹게 계단을 올라 앞자리에 앉았다. 앙상한 가지처럼 껍데기만 남은 이들이 버스의 속도에 맞춰 흔들거렸다. 점순은 버스 창밖으로 보이는 구름을 보며 장 씨를 생각했다. 점순은 어머니가 입버릇처럼 풀어놓은 고향 이야기를 장 씨에게 들려주곤 했다. 장 씨는 귀에 딱지가 앉을 법한 이야기를 질려 하지 않았다. 그의 눈은 출구를 지나 기억 어딘가를 헤매는 듯했다. 좋은 데 가시오. 구름이 천천히 흘러간다. 떠나가는 이들이 늘어날수록 점순은 죽음이 가까워졌음을 실감한다. 밤이 지나면 아침이 오듯 살고 죽는 일은 자연스럽다. 누구에게나 예외 없이 찾아온다는 점에서 죽음만큼 공평한 것도 없다. 비명횡사를 한들 억울할 나이도 지났고 생에 대해 미련을 가질 만큼 열정이 남아있지도 않았다.

집에서 옷을 갈아입고 내려오다 바구니 가득 귤이 눈에 들어왔다. 작고 동글동글한 것이 혜찬이 입에 쏙 들어갈 크기였다.

–성님 오랜만이네요. 대낮에 성님 보기는 또 처음이네.

동네 토박이인 순옥이 아는 척을 했다.

–요새도 일 잘 다니는 겨? 어떻게 늙지를 않어.

–저야 제품 꾸준히 먹고 바르니까, 그런 소리 좀 들어요. 늙어도 여자는 가꿔야 해요. 성님도 또 알우? 홍 영감님 같은 분이 나타날지.

–쓸데없는 소리.

–홍 영감 계실 때는 좋은 크림도 많이 바르시더니.

–그거야 시절 좋을 때 얘그고.

–그래도 본 김에 이건 받아가셔요. 새로 나온 카다로그에요.

–이런 건 살 사람한테나 줘야지. 나 같은 늙은이가 바른다고 달라지남.

순옥은 기어이 점순의 손에 카다로그를 쥐여주고 자리를 떠났다.

혜찬이 학습지 선생과 수업을 하는 사이 찬찬히 카다로그를 살폈다. 돈을 처바르네 처발라. 용기도 제각각인 화장품 가격에 혀를 내두르다 한 단어에 눈이 고정되었다. 기미 치유 크림. 창미의 얼굴을 칙칙하게 만드는 것은 까맣게 내려앉은 기미다. 젊은 시절 점순은 돈 버는 것 외에 한눈 한번 팔지 않았다. 길거리에서 떨이로 파는 화장품이나 샘플만 써 오다 홍 영감이 사준 미백 크림을 처음 바르고 울컥했었다. 아무도 챙겨 주지 않는 사이 창미 얼굴은 세월의 풍파를 고스란히 겪어야 한다. 한참 예쁠 나이인데. 친정엄마라면 딸아이의 상한 얼굴을 외면하지 못할 것이다. 점순은 순옥에게 전화를 걸어 화장품을 주문했다. 순옥은 기대하지 않던 실적을 올려줘 고맙다며 할인을 해주었다. 점순은 눈치 빠른 순옥이 더 캐물을까 봐 서둘러 전화를 끊었다. 비싼 화장품값을 치르는 일보다 해주고도 욕을 먹을 일이 더 두려웠지만 모른 척할 수가 없었다.

화장품 상자는 놓아둔 자리에 그대로 있었다. 상자를 두고 간 지 이틀이 지났지만 케이스를 열어 본 흔적은 보이지 않았다.

–할머니가 준 거라고 말했어.

–할머니가 엄마 꼭 쓰라고 줬다고 하고 엄마가 워츠케 하나 잘 봐둬.

혜찬이에게 당부를 하고 간 다음날 화장품은 식탁 위로 옮겨졌다. 창미의 눈치를 살피다 신발을 신고 있을 때였다. 눈앞으로 상자 하나가 불쑥 다가왔다.

–왜 쓸데없는 일을 하세요.

–요새 젊은 여자들이 많이 쓰는 거라더만. 으붓 애미가 주는 게 아니고 같은 여자가 준다 생각혀. 한참 고울 나이잖여…… 옛날 내 생각나서 그려. 워디 딴 뜻이 있어 그랬가니? 아부지가 봤으면 얼마나 마음 아파했을 겨.

마지막 말은 하지 말았어야 했다. 홍 영감 이야기가 나오자 창미 눈에 노기가 서렸다.

–아버지는 왜 갑자기 들먹이세요.

–신세 지는 법도 알아야 베풀 줄도 아는 겨. 나는 줬으니까 처리는 니

가 알아서 혀.

점순은 더 뱉고 싶은 말을 주워 담으며 현관을 나섰다. 따지고 보면 점순의 마음이 편하자고 한 일이었다. 창미와의 묵은 감정을 잊고 지낸 건 혜찬 때문이다. 할머니와 딸과 손자의 구도는 한때 가졌던 가족을 꿈꾸게 했다. 욕심이 화를 부른 셈이다. 화장품이 쓰레기통에 처박힌들 어쩔 수 없다. 이미 점순의 손을 떠난 일이었다.

밑반찬을 챙겨 집을 나서는데 전화가 왔다. 생판 모르는 남자가 창미의 전화로 창미가 일을 하다 사고를 당해 병원에 있다고 말해주었다. 곧 혜찬이가 돌아올 시간이지만 앞뒤 가릴 겨를이 없었다. 창미는 팔과 다리를 심하게 다쳤다. 쏟아지는 목재를 막으려다 일이 커진 것 같았다. 창미는 고통으로 힘겨워했다. 수술을 하려면 가족의 동의서가 필요하다고 했다. 간호사가 점순에게 창미와의 관계를 물었다. 직계가족만 된다는 말에 점순은 엄마라고 적어냈다. 서류상으로는 완전한 남남이지만 가족이라는 이름으로 살아온 시간을 무시할 수 없다고 점순은 생각했다. 간호사는 의심 없이 서류를 챙겨갔고 창미는 아무런 반박도 하지 않았다. 수술실에 불이 들어오고 점순은 의자에 우두커니 앉아 있었다.

–할머니 왜 안 와?

–할머니가 급한 일이 생겨서 좀 늦을 건디 혼자 괜찮지?

점순은 혜찬이에게 엄마가 수술 중이라는 말을 곧이곧대로 할 수 없었다.

–언제 오는데?

–숙제하면서 기다리고 있어.

점순은 전화를 끊고 수술실 앞을 서성거렸다. 창미가 수술실에 들어간 지 두 시간이 지났다. 혼자 있을 아이 걱정까지 더해 점순은 의자에 엉덩이를 붙이고 앉아 있을 수 없었다. 혜찬이가 또 전화를 하더니 보챘다. 연락할 사람이 없다는 게 막막했다. 휴대폰이 울렸다. 순옥이었다. 순옥은 기미 크림이 세일에 들어간다고 말했다. 점순은 급한 김에 순옥에게 혜찬이를 데리고 병원으로 와달라고 부탁했다.

–조막만한 녀석이 얼마나 버팅기는지. 진이 다 빠지네.

순옥이 점순 옆에 앉으며 씩씩거렸다. 점순이 미리 전화를 걸어 설명을 했지만 낯선 이에 대한 경계를 풀지 않는 혜찬이 때문에 순옥의 속이 터진 모양이었다.

팔과 다리에 붕대를 동여맨 창미는 창백해진 얼굴로 침대에 실려 나왔다. 혜찬이는 침대에 붙어 서서 서럽게 울었다. 점순은 요양보호소 센터장에게 전화를 걸어 재바르고 말수가 없는 간병인을 보내달라고 부탁했다.

–크림 가져왔어요. 형님 맘 변할까 봐 얼른 챙겨왔지.

집을 나서려던 길에 순옥이 찾아왔다.

–전에 그 크림…… 창미 준 거에요? 그냥 궁금해서 물은 거에요. 혹시라도 도울 일 있으면 말해요.

순옥의 말이 고마웠다.

–신세질 일이 없겄어? 필요하면 얘기할게.

순옥과 집을 나와 혜찬이를 데리러 갔다. 순옥은 말이 나온 김에 돕겠다더니 혜찬이와 점순을 병원까지 태워다 주었다. 창미는 혜찬이를 병원에 데려왔다며 볼멘소리를 했다.

–어린 것이 엄마 걱정이 얼마나 되겄어. 이렇게 얼굴 봐야 안심 되지.

–나 집에 있기 싫어. 엄마 많이 아파?

혜찬이가 깁스한 다리를 쓰다듬으며 말했다. 창미 얼굴에 웃음이 번졌다.

한참 놀던 혜찬이가 점순의 무릎을 베고 잠이 들었다. 창으로 들어온 햇살에 점순도 나른해졌다. 모로 누워 혜찬이를 안았다. 보조 침대에서 밀려나지 않으려 품안에 혜찬이를 꼭 끌어안았다.

–뜨겁지 않으세요?

창미 목소리가 꿈결처럼 아득했다.

–고맙다.

–……

–…… 지금이 참 고마워.

노곤한 기운 속에 마음이 말랑말랑해졌다. 얼굴을 간질이던 햇살이 걷혔다. 간병인이 블라인드를 내리고 있었다.

–따님이 엄마 얼굴 탈까 봐 걱정이 많으시네.

점순의 입가가 슬며시 올라갔다. 창미 목소리가 뽀송뽀송 마른 이불처럼 산뜻했다. 점순은 혜찬이의 머리에 코를 박고 어느새 까무룩 잠이 들었다.

삶의 향기가
문학이 됩니다

금상 | 얼룩말 나비와 아버지 최경심

은상 | 젠가 김응혜

은상 | 하늘로 빛을 쏘아 올린 연어 조미선

동상 | 두 섬 강지원

동상 | 걷지 않는 나무들 박성숙

동상 | 물의 그림자를 지우며 간다 손은주

시
부문
수상작

얼룩말 나비와 아버지

최경심

풍암중학교 도서관에는 "오늘 나를 있게 해준 것은 우리 마을 작은 도서관이었다"라는 빌 게이츠의 글이 걸려있었습니다. 오늘 제가 있게 된 것은 풍암중 도서관이었다고 말하고 싶습니다. 14년 전 어머니 독서회로 인연이 시작됐습니다. 아들이 학교를 졸업한 후에도 도서관을 드나들 수 있도록 배려해준 사서님들 덕분에 마음껏 책을 읽을 수 있었습니다. '그 독서량을 바탕으로 글을 써 보라'는 조수일 시인 사서님의 적극적인 권유가 없었다면 저는 지금도 읽는 즐거움에만 빠져있었을 것입니다.

서구문화원 앞을 지나가다가 걸려있는 현수막을 보고 주저 없이 문을 두드렸습니다. 그곳 문예창작반에서 재능 기부를 하고 있는 강만 시인, 김종 시인, 김정희 시인님을 만나는 행운을 얻었습니다. 세 분의 선생님께 3년 동안 많은 가르침을 받았습니다.

문학을 좋아했던 독자 시절부터 삶의향기 동서문학상을 부러운 눈으로 바라봤습니다. 그래서 글쓰기 시작부터 여기에 마음을 두고 한 번도 다른 곳을 기웃거리지 않았습니다. 이런 제 마음이 닿았는지 동서문학상으로 등단의 꿈이 현실로 이루어졌습니다. 늦깎이 시 지망생에게 발 딛을 곳을 마련해주신 동서식품에 감사드립니다. 삶의 향기로 이어지는 기업의 향기를 오래도록 기억하겠습니다. 빛나는 동서문학상의 이면에 깃들어있는 운영위원회의 노고가 참 따뜻하게 다가왔습니다.

아직 다 여물지 못한 제 시를 선정해준 심사위원님들께 허리 숙여 감사드립니다.

오래 묵힌 씨앗의 발아를 도와주신 모든 분들에게 보답하는 마음으로 열심히 시 농사를 지어보겠습니다.

평생을 자식들에 헌신하며 무릎이 휘셨던 아버지. 굳건한 자존감이 한순간에 허물어지던 요양병원에서도 '나는 괜찮다'라며 오히려 자식들 마음을 살폈습니다. 그 마지막 시간까지 불효한 딸에게 글감으로 남겨주고 가신. 아버지께 감사와 존경을 담아 이 상을 바칩니다.

얼룩말 나비와 아버지

최경심

봄볕 환한 길위에 나비가 엎드려 누워있다
꽃향기에 취해서도 비틀거리지 않고
잠을 자면서도 날개를 부리지 않았던 나비
곁으로 바짝 다가가도 꼼짝하지 않는다
느릿하게 흔들리는 긴 더듬이에 실린
가냘픈 숨결에서
힘겹게 건너는 시간의 끝자락이 보인다

등위에 짊어진 인연 차마 버리지 못해
바로 눕지도 못하고 죽어간다
맥 놓은 날개위에 망연히 앉아있는
흑백 물결무늬 선명한 얼룩말
내리뜬 순한 눈에 고여 있는 석별 적요하다

아버지의 임종을 지키던 저 너머 시간이
애잔하게 다가온다
자식들 편하라고 요양병원으로 자리를 옮긴 후
무너져 내리던 아버지의 날들은

불효의 긴 그림자로 남겨져
나는 지금도 가슴이 캄캄하다

나비 같은 호흡으로 밤을 새우고
동틀 무렵 기척도 없이 야윈 어깨를 내리시던
아버지도
등에 업힌 자식들 내려놓지 못하고 가셨으리라

아버지의 운구차가 지나가던 길에
활짝 핀 벚꽃은 세월이 흘러도 이울지 않는데
그 꽃잎 흩어져 밟히는 한길에서
죽어가는 나비가 눈에 밟히지만
그냥 돌아서고 만다.

젠가

김응혜

인생의 전환점을 찍으며 이전과는 좀 다른 색깔의 옷이 입고 싶었습니다. 늦게 디딘 발이 아직은 낯설고 내 옷이 아닌 듯 어색하기도 하지만 서두르지 않고 즐기며 오래 걷고 싶은 길입니다.

시를 쓸 수 있는 건강과 지혜와 감성을 주신 하나님께 감사드립니다.

"젠가"를 발견해주시므로 제 걸음을 재촉해주신 심사위원님들과

"젠가"를 호평해주시고 격려의 말씀을 주신 신달자 선생님께 머리 숙여 감사드립니다.

오래 기억되는 시를 쓰도록 길을 다지며 걷겠습니다.

귀한 기회를 허락하신 삶의향기 동서문학상에도 감사의 마음을 전합니다.

묵묵히 지켜보며 응원해준 가족에게 늘 고맙고 사랑한다고 말하고 싶습니다.

살아생전 자식 사랑이 극진하셨고, 지금도 힘이 되어주시는 그리운 아버지
육신이 하나씩 기울어가므로 힘들어하시는 엄마
넘치는 사랑으로 제 인생의 롤모델이 되시는 어머니
세 분께 “젠가”를 바칩니다.

젠가*

김응혜

가슴에 품은 별 하나씩 꺼내어 집을 지어요
우주에 걸쳐둔 한 가닥 줄이 구심력을 키우면
우린 맴맴 돌며 소실점을 찾아 가죠

긴장의 날 세우느라 하루가 무거워지면
눈물 발라가며 삭은 틈새 메우고
약 한 줌 툭, 털어 넣고 기우뚱한 생각을 불러들여요

세파의 경계에 가려움증 파고들어 출렁이면
뻑뻑 긁어 초토화된 울 엄니 초라한 집이 보여요
고인 힘 쥐어짜느라 굽은 등 위로
텅 비어가는 늑골 하나 빼서 계단을 만들면
버팀의 내공 한 겹 두터워지고
팽팽한 우주처럼 붉게 번져가는 눈자위 가늘게 떨려요

* '짓다'라는 의미의 스와힐리어로 같은 크기의 직육면체 조각을 쌓아 만든 탑에서 무너지지 않도록 한 조각씩 빼어, 맨 위로 다시 쌓아 올리는 게임.

빈 가슴 졸이며 가둔 날숨
우주의 기울기 가늠하며
지나온 세월의 고팽이 풀어 구석구석 살피는데

잠시 수평을 놓친 허술함에
우당탕탕탕 탕탕탕
감마선 폭발같이 요란하게 허공을 찌르는 소리
들려요 짧은 조문과 함께

다시 처음으로 돌아가는 정형화 의식 시작되면
계단은 슬며시 날개를 펴고

하늘로 빛을 쏘아 올린 연어

조미선

Le Premier Pas ~ Muchas gracias!
먼저 손해일 시인님, 신달자 시인님, 김홍신 작가님께 감사드립니다.

1989년 10월, 3도 경계 강원도 원주 부론의 동쪽 암석 절경엔 아스라이 매달린 단풍도, 남한강 건너편 충청북도 중원의 남한강변 아래 은빛 갈대숲도, 뒤로 줄지어 떨리던 미루나무 잎새들도, 병풍을 두른 고향 산도, 서녘 노을에 단풍빛깔로 수채화를 토하던 너른 하늘도, 그리고 물빛, 모두 한 몸으로 눈이 부셔 사그락이는 싱싱한 파동이 아름다운 가을날에 서 있었다.

아마도 허균과 허난설헌이 한양에서 찾아와 스승인 손곡 이달 선생의 유배지이기도 했던 이 곳에서 그들이 바라보던 흥원창과 절경을, 그 시절 나도 똑같이 이달 선생처럼 느끼고 감탄하며 즐기곤 하였다. 쉬는 시간이면 시를 썼고, 문예반과 학교 대표로 수채화와 한국화를 병행하던 10대 시절, 동서문학상에 도전하고 싶었다. 31년을 돌고 돌아 2020년에

도착해서야 첫 인연이 닿아 막상 15회 삶의향기 동서문학상 수상소감을 적으려 하니 – Spanish Guitara의 / Le premier Pas(첫 발자국) – 어떤 말보다 이 음악으로…… 심정을 전하고 싶다. 시집을 들고 숲속 산책을 하다 보면 떨어진 단풍 잎새에 길을 멈추고 바라본다.

'이 단풍 잎새들은 어느 세월을 윤회하고 내 앞에 인연으로 돌아온 것일까!'

'꿈도…… 그러하다'

2020년 전 세계 사람들의 목숨과 생계, 경제를 위협하는 COVID-19 바이러스와 팽팽히 대치하며, 마스크 하나에 생을 걸고, 오늘도 꿈과 희망이라는 과제를 비타민제 삼아 매일 삼키며 문을 열고, 내일로 걸어 나간다. 사랑하는 나의 가족, 지구별의 모든 이웃, 잘 버텨주어 감사하다. 이제는 더 아프지 말고, 희망을 향해 천천히 나아가길 기도한다.

「하늘로 빛을 쏘아 올린 연어」는 2020년 봄날, 엉클어진 머릿결로 투명비닐관 속의 최후를 맞이하신 어느 분의 자제분 심정으로, 멀리서나마 아빠의 머릿결이라도 가지런히 빗겨 드리고 싶었다는 안타까운 인터뷰를 접하며 같은 마음으로…… 별자리 실타래로 비늘을 엮어 다시 시어로라도 온전히 살려드리고 싶었다. 보이지 않는 Virus에 파란 지구별 속의 인류가 너무나도 크게 무너져 내리는 상황에서, 나약하고 아픈 인간이지만 희망을 품은 연어로 표현했다.

끝으로 저에게 늘 시제를 툭툭 던져 시와 노래 작사를 완성하도록 하신 성바오로수도회 미디어 대표 심재영 예로니모 수사 시인님, 감탄의 세계적일 철학 시의 현재와 미래인 정어린 시인님, 작고 나지막한 울림이 있는 철학적 시를 가르치시는 경희사이버대학 미디어 문예창작학과의 홍용희 교수님, 새울음나무 문학동아리 김기택 교수님, 재치 만땅 천재 족집게 노희준 교수님, 김용희 교수님, 영상 같은 시를 담고 싶게 만드신 영화감독 이공희 교수님, 조동범 교수님, 원유순 교수님, 이철 교수님, 어려웠던 작곡 수업 실용 음악학과 팔방미남 조규찬 교수님, 사회복지학과의 꽃무릇을 전국에 나눔 하시는 이용교 교수님, 저에겐 신선한 토종꿀 벌통인 경희사이버대학의 미디어 문예창작학과와 사회복지학과에 감사함을 전합니다.

신흥보건대학(현 신한대학교) 안경광학과 천체관측동아리 1대 회장 시절, 혜성이 지구 가까이 올 때마다 어두운 산속을 찾아 하늘을 바라보며 떨어지는 별빛을 망원경 안에 잡아넣도록 차를 몰아 길이 없어도 길이 되는, 낭만 – 진지 다크호스 차정원 교수님,

그러나 백세시대! – 천천히 걸어가겠습니다. 모두 늘 감사합니다. Le Premier Pas ~

하늘로 빛을 쏘아 올린 연어

조미선

아직 살아있는 너의 존재를 토해내어
별자리 실타래로 비늘을 엮어, 너른 바다로 풀어줄게
알래스카 별빛들은 하얗게 애태우다 빙하로 빠져 달아났다
사파이어 빛 오로라 커튼의 계절이 파동으로 숨죽여
너는 벗은 온몸을 꼬아, 미지의 내일을 파득일 것이다
날개짓도 따스한 너의 단풍 비늘은 기다림에 지쳐 하나, 둘
거친 숨을 털어내며 소리 없는 교성으로 멍이 들것이다
“ 157 — A 번 — 확진자 발생, 동선 ”
“ 홈페이지 추후 공개 — 비대면 거리두기 2.5단계 ”
머물 수 없었던 축축한 공기의 뜨거웠던 비릿한 향기들
쪽빛 하늘 연못은 너의 눈동자 안에서 껌뻑일 것이다

너도 언제였을지 모를 푸른 바다의 뜨거웠던 포옹의 새벽을 지나
아침 물안개 위를 함께 날았을 때를 기억하고
떠나 있음을, 나도 알고
너도 알고 있다

누군가 쳐놓은 유리 어항들 속에서 미끼를 받아먹곤 잠들어 줄게
이대로 당신 곁에 머물러 유혹의 몸짓을 견뎌내야 하지
하나 둘 — 열하나 열둘 아흔아홉 — 또 백팔 고뇌를 삼켜
당신은 혀를 깨물어
비늘을 부딪치는 나의 입술을 열었다
새벽 별빛은 어느새 하얀 속살을 느끼며 나를 안아버렸지
빙하를 녹이던 너의 심장이 나에게 전해진 비늘의 파동들
고개 들어 바라본다 너의 하늘이 담긴, 진한 눈동자여

" 고객님, 마스크를 껴주세요. "
다시는 오지 않을 시간의 촉각들이 온몸으로 부딪치며
무지개빛으로 멍들어도 너는 지느러미들을 물고
찰나의 눈부신 다면체 빙하를 통과하여
석양을 가르고 — 빛을 쏘아
날아오르리

두 섬

강지원

어렸을 적에 음악을 들을 때나 혼자 있을 때 왠지 모르게 외로운 느낌이 들었습니다. 그냥 서글퍼지고 어딘가에서 누군가가 나를 기다리고 있을 것만 같은 그런 설렘에 눈시울을 붉힌 적도 있습니다. 그 느낌이 어른이 되어서도 여러 번 저를 찾아왔는데, 그때는 잘 몰랐습니다. 몸은 이곳에 있어도 어딘가를 가거나 찾아가면 나를 기다리는 그 무언가가 서서 나를 반겨줄 것만 같았고, 왜 이제야 왔냐는 푸념 대신에 그저 따스하게 웃어줄 것만 같았습니다. 그런 생각으로 매일을 고민을 하고 어딘가를 조용히 바라보는 습관이 그날 이후로 생겼습니다.

저는 일기를 고등학교 1학년 때부터 썼습니다. 국어 선생님께서 수업시간에 가지고 들어오신 까만 양장 일기장을 보고 아~ 나도 다시 일기를 써야겠구나 싶었죠.(선생님의 이름을 아직도 기억하고 있습니다^^)그 후로 일기를 계속 썼고 나만의 방식으로 쓰고 싶은 느낌을 그때그때 찾아가며 매일 매일 제 생각과 그날에 있었던 일을 적어나갔습니다. 그 날 이후로 일기장은 5권, 6권 점점 늘어갔고 소녀의 꿈은 점점 커져만 갔습니다. 그 당시 좋아하던 연예인이 TV에 나오면 처음부터 끝까지 그 말들 행동을 다 적어나갔고 어느새 지면 위에는 소녀의 꿈에서 어른의 꿈을 채워가는 하나의 매개체가 되었습니다. 그러다가 어느 날 찾아온 스트레스와 함께 일기를 그만 쓰게 되었죠.

그렇게 매일을 외로움과 설렘을 간직한 채 어느 날 삶의향기 동서문학상 시 부문에 동상을 수상하게 되었습니다. 그러다 문득 깨닫게 되었죠. 나를 이제까지 기다리고 있었던 것이 무엇이었나를요. 그건 바로 글이었습니다. 내 가까운 곳에 있으면서도 알아보지 못했던 것, 그러면서도 나를 무어라 재촉하지도 않고 묵묵히 기다려주었던 것. 그게 바로 글이었습니다. 항상 잘하는 게 무엇인지 몰라 고민하고 고민하며 20살 초반까지 너무 고민에 빠져 울었던 것과도 관련 있던 아이. 물론 지금도 잘 쓰지 못하지만 왠지 모르게 정감이 가는 그 사람. 저에겐 그리운 이와 같던 이. 이제야 깨닫게 된 것에 미안하고 지금도 내 앞에 서 있다는 것을 알게 되었습니다. 몇십 년을 기다려준 너에게 "이제까지 기다려준 나를 용서하고, 고마워." 그리고 다시 예전처럼 일기를 써야겠습니다. 눈물이 납니다.

두 섬

강지원

오늘도 서로를 마주보며 우뚝
서 있는 두 섬은 말없이
서로의 체온을 느끼며
언젠가부터 자신들의
몸을 내어주며 키워낸 나무뿌리의
힘을 받아낸다

누가 더 그 나무를 하늘에
맞닿게 이끌어냈는지에 대해
이야기하며 지나가던
바람의 행선지를 자신들의
곁에 머물게 한다

두 섬 앞의 넓은 바다는
하루의 일과처럼 그 끝 어딘가에서
해를 서서히 토해내며 그 특유의
쌉싸름한 향기로 해를 제 속에
담아내는 고통을 쉼없이 그들에게

다가가며 털어낸다

어둠이 찾아오고 해가 잠이 드는 시간
모든 것들에게 안식이 찾아오면
두 섬위로 흐르는 강물 소리 따라
그들도 조용히 눈을 감는다

오늘도 두 섬은 서로의 체온을 느끼며
그곳에 우뚝 서 있다

걷지 않는 나무들

박성숙

가을바람과 함께 날아온 기쁜 소식이
너무 오랫동안 바란 바램이었기에 정말 기뻤습니다.
여가를 거의 글 쓰고 읽는 것으로 버텼기에 기쁨 또한 더한 것이지요.
열심히 읽고 쓰렵니다. 그러면 또 더한 기쁨이 다가올런지요?
미흡한 작품 뽑아주신 심사위원님께 감사드립니다.
책과 글이 주는 기쁨 마음껏 누리고 살렵니다.
이 세상에 책보다 더한 가르침은 없다고 생각하고 있습니다.
미지와 상상의 세계로 훨훨 날 수 있는 시간
혼자의 시간이 좋은 이 나이에 기쁨 또한 실컷 누리고 싶습니다.
다시 한번 감사드립니다.

가을 창가에서 박성숙

걷지 않는 나무들

박성숙

제자리에서 묵묵히 서 있는 아버지의 존재는
가끔 땅을 짚고, 허리를 구부려 자식의 뿌리를 살폈다.
그늘진 산모퉁이 수십 년 뒤 영롱해질 단풍과
은행나무의 꿈들 서너 개 호두나무도 곁들었다.

누런 늙은 개가 서너 번 나무 밑을 돌고
회색 짙은 고양이 숨어 뒤따르면
밤새 영롱해진 가지들의 손짓에 흐뭇해진 아버지는
뿌리마다 주변 흙을 돋우었다.

타향 생활에 지친 자식들이 탄탄한 뿌리의 근본도 잊고
기죽어 병약한 모습 보일 때
걷지도 않고 가만히 서서
그들을 손짓하는 묵묵한 바람이 가지마다 숨어 있었다.
계절마다 색이 바뀌는 그의 바램이
때로는 무채색도 되었다가
너무도 화려함에 당황 되기까지
그 자리에서 자고 일어나기까지

뿌리 속에 평생 덕담을 쌓다가
손자의 잠 오는 눈도 보다가
지루함에 슬쩍 나무 밑으로 자리를 뜨는
자식들까지 묵묵함이 주는 그런 안정과 고요가
대문 앞 어디든 서면
등 뒤엔 가림막 같은 아버지의 나무가 거기 서 있었다

그늘 없는 품속이 그리운 밤
좁아진 어깨너머, 탁탁 가지를 쳐 내리는
아버지의 뒷모습이 떠오른다.

물의 그림자를 지우며 간다

손은주

신데렐라의 한쪽 구두를 찾은 느낌이랄까요.
저만의 세상이 뒤집혔어요.
발가락이 꼼지락거렸죠.

저는 우물이 있고 두레박이 있는 한 편의 그림 같은 곳에서 산골 소녀로 태어나고 자랐어요. 유년 시절부터 은유의 놀이터에서 뛰어노는 것이 좋았어요. 시를 쓰는 일은 제 안에 있는 또 다른 자아를 찾아 다스리며 위로하는 일이었거든요.

병원에서 하늘 위 포근히 날리는 문장을 선물 받았어요. 환하게 미소 짓는 가을 어깨에 기대어 삶의향기 동서문학상 당선 소식을 듣게 되어 너무 행복하고요 감사드려요. 앞으로도 바다의 가슴을 만지며 바람의 속삭임을 들으며 모난 돌처럼 시를 쓰고 싶어요.

그동안 시를 쓰면서 내가 바라본 곳이 하늘이었다면 이제는 그 하늘에 담긴 바다를 그릴 수 있어야 한다는 생각이 들어요.

그러려면 잘 견디고 잘 버텨야 하죠.

어릴 적 처마 끝 거미줄이 싫어 동생과 함께 작대기로 거미줄을 모두 제거한 적 있었는데 그 후로 종종 꿈에서 거미줄에 매달린 채 복수를 당하곤 했어요.

어른이 된 지금도 얽히고설킨 시의 줄에 매달려 끙끙 앓는 저에게 동서문학상은 햇살이 되어 다가왔어요. 또 새로운 꿈을 향해 전진할 수 있도록 탄탄한 줄로 묶어 줄 것만 같아요. 은유의 놀이터에서 놀다 보면요, 활짝 웃으며 기지개를 펴고 내게로 걸어와 안길 거라 믿어요. 제게 전부인 詩가요.

물의 그림자를 지우며 간다

손은주

별의 커다란 가시가 목구멍에 걸려 밤새, 피가 흘러나왔다

그녀의 요리를 맛본 눈에서 눈가루가 날리면
당신은 안타까운 표정으로 빙하를 짓고
짜고 가벼운 맛은 깊이가 없어서 붉게 난도질을 당했다

집중호우가 쏟아져 창문을 닫아도 잠을 잘 수가 없다
온몸에 냉기가 스며들었다
어젯밤 얼어 죽은 사람은 어디로 갔을까
빙하 속으로 가라앉고 있는 그녀의 목덜미를 살짝 안아본다
그녀를 읽는 것이다

네루다가 손짓하는 그곳은 유토피아 달빛이 흐르고 있나요
어마한 빙하가 쌓이면 밤사이 휩쓸려간 눈물이 태양을 벗어 주겠죠
허기진 꿈을 돌아 삐걱거리는 당신의 겨울은 차가운 손으로 또 빙하를
짓고 있겠죠

침묵이 가져다 놓은 문장을 덮자
그녀는 아무 일 없다는 듯 또 뒤척이며 낯선 요리를 한다
좁은 골목길을 빠져나온 화창한 햇살로 스파게티를 만들어 볼 참이다
죽어버린 별들이 재료로 들어갔고 녹지 못해 얼어붙은 심장으로 간을
하자
눈 깜짝할 사이 요리가 완성 된다

침이 푹푹 빠져들어 갈 맛이라 기뻐하는 사이 얼음이 차오른다
거센 폭우는 디저트가 되어 녹을지도 모를 일,
그 여자의 목에서 춤추는 겨울을 지우고 여름이 빠져나온다

새벽 제설차가 그녀를 태우고 가면
아스팔트 위 염화칼슘은 물의 그림자를 지우며 간다

금상 | 항아리의 힘 조현숙

은상 | 할머니의 숲 이경화

은상 | 무게 오미향

동상 | 밑줄 많은 인생 신혜경

동상 | 물을 건너는 법 강남이

동상 | 우리 동네 이야기 정옥희

수필
부문
수상작

항아리의 힘

조현숙

근무를 마치면 종종 비어있는 교정을 혼자 걷곤 합니다. 온몸으로 사계절을 알리는 아름드리 느티나무를 지나, 맨드라미, 금잔화가 줄지어 피어있는 살피꽃밭을 지나, 아이들의 환한 웃음이 남아있는 운동장을 돌면 바람이, 햇살이 따라 돕니다. 항아리를 찾아 절 마당을 헤맸던 지난여름의 그 따갑던 빛살은 이제 따사로운 손으로 가을을 무르익게 합니다. 이목소에 불어오던 한줄기 솔바람은 여기 무릎 아래서 흔들리는 꽃들의 향기를 전해줍니다.

한참을 돌다가 그만 픽, 웃었습니다. 나도 모르게 '항아리의 힘'을 중얼거리고 있었거든요. 어찌나 많이 소리 내어 읽고 지우고 쓰고 고쳤는지 절로 다 외워버렸네요. 어떤 이들은 응모해놓고 잊었다거나, 기대도 안 했다고 합니다. 꽃자리 좁은 저는 절대 잊지도 못하고 안달복달 발표 날을 기다립니다.

저만치서 아이가 부릅니다. 시를 다 외웠나 봅니다. 수업시간에 해찰이 심해서 잡아 와 이유를 물었지요. 선생님, 아무리 가만히 있으려 해도 안 돼요. 자꾸만 속에서 뭐가 꿈틀거려요. 나도 모르게 하하, 또 웃고 말았답니다. 늘 그렇듯 벌은 시 외우기입니다. 차라리 벌점을 달라고 엄살떠는 녀석에게 안 된다고, 처진 눈을 엄하게 부릅뜹니다. 네 번의 퇴짜 끝에 드디어 성공한 아이가 의기양양하게 학교를 떠납니다. 아이의 꿈틀거림이 밝은 에너지가 되면 참 좋겠습니다.

저도 그렇습니다. 공모에 떨어질 때마다 그냥 성실한 독자로 남겠다고 쓰린 마음을 다독이지만 또 시간이 지나면 쓰라고, 쓰라고 자꾸만 마음이 꿈틀댑니다. 그래서 여태 문학의 언저리를 떠나지 못한 모양입니다.

저는 한 편의 글을 완성해 나가는 과정이 정말 오래 걸리고 어렵습니다. 하지만 쉽게 읽히는 글을 쓰고 싶습니다. 누가 읽어도 금방 따뜻해지는 글을 쓰고 싶습니다.

오래전, 글을 향해 떠났던 제 에움길에 해사한 꽃 한 송이 던져주신 심사위원님들 그리고 삶의향기 동서문학상 운영위원회에 고개 숙여 감사의 마음을 전합니다. 제 글에 온기를 더해주는 가족들, 모두 모두 고맙습니다.

항아리의 힘

조현숙

무람없는 발걸음이 햇발 가득한 절 마당의 고요를 깨뜨린다. 넌출진 능소화가 고목의 우듬지를 타고 오르며 날 굽어보는데도 기어이 불이문을 넘고 만다. 몇 시간째 경내 구석구석, 도린곁까지 맴돌았지만 '구리항아리'를 찾지 못했다. 그래서 더 보고 싶은 걸까? 스님들의 수행공간까지 헤집고 다니자 한 여인이 종무소 문을 열고 내다본다. 말 없는 꾸지람이리라. 그래도 염치없는 객은 모른 척, 항아리의 행방부터 묻고 본다.

"동호라니, 그게 뭡니까?"

여인의 되물음에 그만 힘이 쑥 빠져버린다. 대웅보전을 청소하던 스님도, 작압전 앞을 지나던 스님도 동호의 행방을 물었을 때 꼭 이렇게 되물었다. 나는 '보물 208호 구리항아리'라고, 벌써 몇 바퀴째 경내를 돌고 있지만 보지 못했다고 지지지지 거린다. 역시나 본 적도 없고 운문사에 그런 보물이 있다는 것도 금시초문이란다.

"운문사에 있는 거 맞아요. 아님 제가 어떻게 알고 여기까지 왔겠어요. 운문사 동호라고 검색하면 나오는 걸 다들 모른다고만 하시면 전 어떡해요? 정말 보고 싶은데, 태풍 때문에 못 올까 봐 걱정은 또 얼마나 했는데요."

횡설수설, 스스로도 한심하다. 그게 딱했던지 안에서 한 스님이 나오더니, 보물은 있지만 공개를 하지 않는다고 말해준다. 동호의 존재를 아는 스님을 만나서 반갑다는 게 또 생떼를 쓴다. 뭣보다 스님의 순한 눈주름에 힘입었다고나 할까. 왜 공개를 안 하냐, 약야계(若耶溪) 근처에서 동호를 파낸 게 맞느냐, 한 번만 볼 수 없겠느냐, 부전스럽게 묻는다. 나와 달리 스님은 야젓한 목소리로 답한다.

"제가 알기론 이목소에서 건졌습니다만."

"이목소라니, 못인가요? 그럼 거긴 어디죠? 항아리를 보여줄 수 없으면 그걸 건진 못이라도 보여주세요."

"그 못은 가운데로 갈수록 점점 깊어져 실 한 타래를 던져도 끝없이 들어가는 곳입니다. 금지구역이고 이미 금지구역에 서 계십니다."

"그렇게 깊은데 어떻게 들어가서 항아리를 건진 거죠? 그저 전설인가요? 그니까 한 번만, 한 번만 보여주세요. 제 눈으로 직접 봐야겠어요. 네?"

새퉁스럽게 조르는 아낙네가 어지간했던지 스님이 설핏 싱그레하더니 금세 또 정색을 하면서 처진 눈에 힘을 준다.

"사실입니다. 그 보물이 여기 있으니까요. 저는 이곳에 26년 동안 있으면서 두 번밖에 보지 못한 보물을 어째서 오늘 처음 온 분이 자꾸 보겠다고 보채십니까?"

그러더니 손을 들어 우거진 노송 사이로 보이는 나지막한 돌담 쪽을 가리켰다.

"저깁니다. 못으로 내려가는 건 안 됩니다."

돌담 아래로 내려다보이는 이목소는 아담한 크기지만 갈 수 없어서 깊다. 풍덩풍덩 뛰어드는 빛살이 물살을 흔들어 댈 때마다 수면은 윤슬로 찰랑인다. 어느 순간 내가 못을 내려다보는 게 아니라 못이 나를 빤히

올려다보는 느낌이 드는 건 왜일까? 소나무 가장이에서 놀던 바람까지 가세해 물밑에서 뒤척이는 돌멩이들의 깊은 잠을 깨웠을까? 그들이 품고 있던 옛이야기, 구리항아리를 왈강왈강 들려준다.

우리나라 최초의 가전체 소설인 '국순전'과 '공방전'을 쓴 '임춘'은 고려 중기 문단을 대표하는 문인이다. 고려 건국 공신의 자손으로 귀족사회에서 문명을 날렸지만 스무 살에 무신란을 겪으며 모든 기득권을 빼앗기고 30대 후반 죽을 때까지 절대빈곤 속에서 비통한 삶을 살았다. 그가 죽은 후, 지기였던 이인로가 그의 시문을 모아 '서하집'을 엮었는데 고려시대 대부분의 문헌들이 그랬던 것처럼 세월의 무정함과 전쟁의 참상으로 점점 사라지게 되었다. 이를 안타깝게 여긴 당시 운문사의 '담인 스님'이 소장하고 있던 서하집을 구리항아리에 넣고 이 항아리를 다시 구리탑에 넣어 약야계에 묻었다. 세월이 흘러 조선후기에 운문사에 있던 '인담 스님'의 꿈에 도사가 나타나 그의 도움으로 동탑을 발견하게 되었는데 그 안에 서하집을 담은 항아리가 있었다고 한다. 임춘의 글은 그렇게 세상으로 나오게 되었다.

나는 이 항아리가 왜 그리 보고 싶은 걸까? 처음엔 단순했다. 수업시간에 가전체 소설을 가르치다 보니 작가와 관련된 자료를 찾게 되었고 꼬리에 꼬리를 물고 알게 된 게 서하집이며 구리항아리였다. 그러다 어느 순간 서하집을 담았던 항아리에 마음을 뺏겨버렸다. 누군들 까슬까슬하고 환한 생을 살고 싶지 않겠는가. 그렇게 살고 싶었지만 눅눅한 삶의 비애를 안아야 했던 한 인간이 어떻게 글을 붙잡고 안추르며 견뎌냈는지, 그 시간들을 품었던 항아리가 참으로 궁금했다. 삶은 '다시'가 없는 혹독함이다. 실의와 고뇌에 찬 질곡의 시간을 글 꽃으로 피워낸 한 사람! 그리고 그를 안전하게 담았다가 기어이 세상에 내어준 항아리!

엄마의 항아리도 우리에게 그랬을 것이다. 그렇다. 이 알 수 없는 미련의 발단은 아마도 엄마의 항아리일 것이다. 실 한 타래가 들어갈 만큼 깊은 못에 잠겨서 오랜 세월을 견뎌내며 한 생을 살려놓은 구리항아리처럼, 엄마도 끝 모를 슬픔과 두려움의 심연에서 어떻게든 자식들을 길어올려 밝은 세상에 다잡아두어야 했던 것이다.

연꽃문양항아리는 한동안 우리 집의 보물이었다. 엄마가 철없는 자식들을 이고 지고 아버지의 집을 떠난 후 우리 앞에 놓인 시간은 시드럭부드럭 마른풀처럼 근천스러운 나날이었다. 아버지의 집에서 벌어지던 숱한 전쟁을 피해서 떠났지만, 우리의 피난처가 너무 지지부레해서 차라리 그 전쟁터로 돌아가고 싶은 적도 많았다.

어느 날 외갓집에 다녀온 엄마가 우리에게 호기롭게 말했다.

"이 보물이 얼마나 값나가는 건지 아나? 이 도자기는 외갓집 대대로 내려오는 가보야. 이것만 팔면 아무 문제없어. 그러니까 너희들은 딴생각 말고 공부만 열심히 하면 돼."

우리는 학교에서 돌아오면 그 보물이 팔려나간 자리에 돈이 그득하리라 믿었다. 항아리가 그대로 있으면 한숨을 내쉬기도 했지만 언젠가 발휘할 그의 힘을 의심치 않았다. 엄마는 고미술품을 감정해주는 방송국 프로그램에 나갈 거라고도 말했다. 좁은 방에 다 같이 누워서 우리가 상상할 수 있는 감정가를 앞다퉈 말하며 얼마나 신났었는지. 우리가 던지는 감정가마다 맞장구치면서, 그러니 너희들은 공부만 열심히 하면 된다던 엄마의 큰소리는 얼마나 안심이 되었던지. 밤마다 항아리의 값어치를 매기느라 뒹굴며 나누던 시간들은 얼마나 따사로웠는지, 그렇게 우리는 항아리가 팔려나가길 기다리며 키가 컸고 마음이 컸다.

꿈이란 무채색의 삶에 해사한 꽃 하나 던지는 일일까? 활짝 벌어진 아가리와 단단하게 부풀려진 몸체에는 연꽃송이가 가득하다. 엄마가 이조자기라고 우겼던 채색항아리는 아직 팔리지 않은 채 딸들의 편지, 어버이날 카네이션, 손자들의 용돈 봉투를 담고 오래된 집에서 여전하다. 엄마가 항아리에 넣은 것은 밥이고 꿈이고 위로였다. 흥부의 박이었다. 언제고 슬근슬근 박을 타는 순간 우리 앞에 쏟아질 찬란한 복을 품으며 사는 일은 언 발을 녹이는 한줌 햇살처럼 감질나지만 예쁜 소망이었다. 엄마의 항아리는 철없던 우리를 벋나지 않게 해줬고 철든 우리를 하하, 웃게 만든다.

구리항아리는 보지 못했지만 이제 그의 힘으로 살아남은 글을 읽으리라. 그러면 나도 누군가에게 힘이 되어주는 항아리 마음보 하나쯤 품을 수 있지 않을까? 이목소 잔물결이 돌아서는 내 옷깃을 자꾸 잡아끌며 오늘을 억겁의 세월에 더하고 있다.

할머니의 숲

이경화

뒤를 돌아보면 불혹의 나이에 접어들 때까지 그리 행복했던 시간들이 많지 않았다는 생각이 듭니다. 지독스럽게 제 어깨를 누르는 삶의 무게와 고통들로 인해 허리가 휘어질 대로 휘어져 버린 기분입니다. 다시는 허리를 펼 수 없을 거라 여겨질 정도로 힘들었습니다.

외로울 때면 글을 읽었고, 괴로울 때면 글을 썼습니다. 글을 읽고 글을 쓸 때면 소리 없이 제게 찾아드는 편안함이 매번 좋았습니다. 그런 와중에 조금씩 글솜씨가 늘어가는 걸 느낄 때면 만족감과 성취감을 느끼곤 했습니다.

삶의향기 동서문학상 수상 소식은 그동안 억눌려 있던 감정들이 일순 솟구쳐 오르는 계기가 되었습니다. 그래서인지 눈시울까지 붉어지고 눈물이 흘러내리기까지 했습니다. 흘러내리는 눈물을 닦아내는 제 모습이 아름다워 보였습니다.

고맙습니다. 감사합니다. 부족한 제게 이런 큰 행운과 행복을 안겨주셔서 너무너무 고맙고 감사드립니다. 앞으로 더욱 정진하겠습니다. 더 많이 글을 읽고, 좀 더 깊은 글을 쓰도록 노력하겠습니다. 그러다 보면 언젠간 더 큰 행복이 찾아오겠죠? 그날을 고대하며 한 걸음 한 걸음 발을 내딛겠습니다.

감사합니다. 그리고 또 감사드립니다.

할머니의 숲

이경화

흔히 어린 시절의 기억을 떠올려 보라 하면 아름다운 추억들이 새록새록 떠오르기 마련이지만, 내게 있어 어린 시절의 기억은 총천연색의 화사한 추억이 아닌 아프고 고통스러운 추억들이 떠오르곤 한다. 아프고 고통스러운 기억들 뒤로 어김없이 떠오르는 얼굴이 하나 있는데, 바로 할머니의 얼굴이다. 할머니를 생각하면 눈물이 앞을 가린다. 후천적인 요인에 의해 척추장애를 얻고 꼽추가 되어 할아버지로부터 버림받고 고통받다가 산지기가 되어 평생을 산속에서 살다 떠난 할머니는 내게 처음으로 그리움이라는 따뜻한 감정을 느끼게 해주신 분이다.

오전 내내 지짐거리던 비가 그치고 따사로운 가을 햇살이 할머니가 잠들어 계신 숲을 포근하게 감싼다. 할머니의 기일을 맞아 찾은 숲의 모습은 조금씩 가을빛으로 물들고 있다. 할머니가 잠들어 계신 숲속을 거닐며 할머니와 함께했던 소싯적 기억들 속으로 여행을 떠난다. 비록 할머니가 세상을 떠나신 지 20년의 세월이 흘렀지만, 할머니와 함께했던 기억은 여전히 내 기억 속 편린처럼 남아있다. 할머니를 생각하면 할수록 그리움은 부풀어 오르고 그 그리움은 내 감정을 자극하여 눈물을 흘리게 만든다. 그렇기 때문에 난 여전히 할머니를 그리워하는지도 모른다.

"선, 선생님! 지금 뭐라 하셨나요? 재생 불량성 빈혈이라고요?"

의사 선생님의 말을 듣던 중 엄마가 상기된 표정으로 나와 선생님의 얼굴을 갈마보았다. 어린 시절부터 몸이 약해 각종 병을 달고 살았던 나로서는 재생 불량성 빈혈이 별 대수롭지 않는 병쯤으로 생각되었다. 하지만 의사 선생님과 엄마가 나누는 대화를 듣고 있으니 단순한 병이 아닌 아주 심각한 병임을 어린 나이에도 직감할 수 있었다.

평소 학교생활에 지장이 있을 정도로 피로감, 두통, 코피, 잇몸 출혈 등을 겪었지만 가정 형편이 녹록지 않아 병원을 찾지 못했다가 나날이 병세가 악화되자 빚을 내어 대학병원을 찾아 검사를 받고 재생 불량성 빈혈 진단을 받게 된 것이었다. 그러나 문제는 치료비용이었다. 가정 형편이 녹록지 않아 거액의 병원비를 감당할 수 없었다. 결국 엄마는 아빠와 상의 후 치료를 포기하기로 결정했다. 부모로서 자식이 병들어 언제 죽게 될지 모른 상황에서 병원비 때문에 치료를 포기해야 하는 심정이 어떠했겠는가. 하지만 자식 하나를 살리고자 다른 자식을 죽게 할 수는 없는 노릇이었을 것이다.

"경화야! 아빠가 미안하다. 아무래도 널 살릴 수가 없을 것 같구나. 아빠가 못나 우리 예쁜 막내딸을 죽게 하는구나. 아빠를 용서해다오. 흐흐흐."

아빠는 술에 취해 돌아오신 날에는 어김없이 오랫동안 날 끌어안고 눈물을 훔치곤 하셨다. 당시 어린 나이에도 얼마나 아빠의 눈물이 슬프게 느껴졌는지 모른다. 결국 치료를 중단하는 바람에 내 병세는 극도로 악화가 되었고 거동조차 쉽지 않은 상태에까지 다다르게 되었다. 병원에서도 도저히 회복할 수 없는 상태에까지 다다랐으니 마음의 준비를 하라는 통보를 받았다.

“대체 아이가 이 지경이 되도록 어미가 되어 뭐했단 말이냐!”

단 한 번도 보지 못했던 웬 할머니가 집에 찾아와 엄마를 향해 지청구를 늘여놓았다. 엄마를 통해 찾아온 할머니가 외할머니라는 사실을 알게 되었다. 할머니의 입성은 너무 볼품이 없었다. 무엇보다 등에 뭔가를 넣고 다니기라도 하듯 볼록 솟아올라 늘 구부정한 모습으로 거동하는 모습이 괴기스럽게 느껴지기까지 했다.

“내가 경화를 데려가마. 치료해봐야 소용없다면 내가 데려가 돌봐주며 편히 눈을 감을 수 있도록 해 주마. 그러니 그리 알거라.”

할머니의 말에 엄마는 날 끌어안고 오열하며 고개를 주억거렸다. 엄마의 눈물이 어린 나이에도 얼마나 뜨겁게 느껴지던지 내 눈자위도 파르르 떨리더니 곧 눈물이 주르륵 흘러내렸다.

그렇게 가족의 품을 떠나 할머니의 품에 안겨 할머니가 평생을 살아온 산속을 찾아 생활하게 되었다. 할머니는 인적이 드문 산속에서 홀로 생활하고 있었다. 개간한 산전에 각종 농작물을 심어 키우고 약초들을 캐 읍내에 내다 팔아 생활하고 있었다. 사실 산속에서 생활하는 동안 향수병에 걸려 한동안 가족들을 향한 그리움에 힘들었었다. 그러나 어린 나이에도 내 몹쓸 병으로 인해 더 이상 가족들을 힘들게 해서는 아니 된다는 생각에서 내색하지 않고 묵묵히 하루하루를 견뎌냈다.

“자, 일어나 밥 묵자.”

할머니가 정성껏 차린 저녁 밥상 앞에 앉았다. 할머니가 차린 저녁 밥상은 투박했지만, 정성이 묻어났다. 할머니가 직접 재배한 농작물과 산 곳곳을 누비며 캔 약초들로 차린 저녁 밥상엔 어린 손녀딸을 살리려는 할머니의 간절함 같은 것이 묻어났다. 난 입안이 헐고 피가 나 제대로 씹지 못했지만, 할머니의 정성을 생각해 밥 한 공기를 어렵사리 먹어 치웠다. 밥 한 공기를 비워내자 할머니는 내 머리칼을 쓰다듬으며 이렇게 말씀하셨다.

"살 수 있어. 살 수 있으니 걱정하지 마. 이 할미가 어떻게든 널 살릴 거야. 그러니 이 할미만 믿어."

할머니의 말에 눈물이 핑 돌았다. 할머니 말마따나 살고 싶었다. 정말 살고 싶었다. 할머니의 말을 듣다 보니 정말 살 수 있다는 강한 의지 같은 것이 가슴 속에서 솟구치는 기분이었다. 비록 쾌쾌하고 비릿한 땀 냄새가 묻어났지만, 할머니의 품에 안겨 눈물을 흘렸다. 그때 처음으로 알았다. 할머니의 품이 얼마나 따뜻하고 보드라운지를…….

할머니와 산 속에서 지낸 지 두어 달 정도 지나자 그토록 쉽지 않던 거동이 조금씩 자유로워지는 기분이었다. 피로감과 두통이 잦아든 기분이었고, 무엇보다 코피나 잇몸 출혈이 멈추었던 것이었다.

"너 아무래도 살 수 있을 모양이다. 이리 몸이 회복되는 걸 보면."

조금씩 몸이 회복되는 걸 옆에서 지켜본 할머니도 일말의 기대감을 갖기 시작했다. 나는 하루에도 수십 번, 아니 수백 번 살고 싶다는 말을 되뇌었다.

몸이 회복되어 스스로 거동할 수 있게 되자 할머니를 따라나섰다. 아침 식사를 마치면 할머니는 오전 내내 산전을 찾아 농작물을 가꾸었다. 난 그런 할머니의 모습을 밭이랑에 앉아 지켜보곤 했다. 하늘 높게 솟은 나무들 사이로 내리 쬐이는 햇살이 얼마나 찬란하게 느껴지던지, 어디서 불어오는지 모를 산바람이 얼마나 시원하게 느껴지던지, 숲속 곳곳에 이름을 알 수 없는 기화요초들이 얼마나 아름답게 느껴지던지, 가끔 다람쥐나 청설모, 두더지, 고라니 같은 동물들을 만나면 살아있다는 것이 얼마나 감사하던지, 숲속에서 보고 느끼고 만날 수 있는 모든 것들이 내 몸을 회복시키는 치료약처럼 느껴졌다. 무엇보다 할머니가 온 산을 누비며 찾아 캐온 가진 약초들을 달여 마실 때면 더더욱 그런 감정들이 팽배해지곤 했다.

세월은 유수와 같이 흘러 할머니를 따라 산중으로 들어온 지 2년의 세월이 흘렀다. 할머니의 지극정성과 숲이 시시때때 내어준 소중한 것들에 의해 내 건강은 정상에 가깝도록 회복되었다. 그러나 문제는 내가 건강을 회복하면 할수록 그만큼 할머니의 건강이 악화되기 시작한 것이었다. 나날이 노환으로 건강이 악화되는 할머니의 모습을 지켜보는 것 또한 내겐 고통이었다.

"이젠 경화를 데려가거라. 건강 회복됐으니 이젠 내 손길이 필요 없게 됐어."

찾아온 엄마에게 할머니가 나직이 말했다. 하지만 난 엄마를 따라갈 수 없었다. 이젠 병든 할머니를 위해 내가 할머니를 돌봐줄 차례라 여겨졌다. 할머니는 엄마를 따라가라 했지만, 난 엄마를 따라가지 않고 할머니가 돌아가시는 순간까지 옆을 지켰다. 결국 할머니는 노환으로 명운을 달리하셨고, 유지대로 화장이 되어 평생을 살아온 숲속에 뿌려지셨다. 할머니가 숲속에 뿌려지는 순간, 이상한 체험을 했다. 하늘에서 숲속으로 따뜻한 햇살이 광선처럼 할머니의 유골이 뿌려졌던 그 공간에 오랫동안 내리비치는 체험이었다. 난 할머니의 유골이 뿌려졌던 그 공간을 오랫동안 떠나지 못하고 눈물을 훔쳤다. 그리고 마음으로 할머니를 향한 고마움을 노래하고 또 노래했다.

가끔은 할머니와 함께했던 시간들이 무척 그리워질 때가 있다. 그럴 때면 할머니가 계시는 숲을 찾는다. 숲에서 할머니와의 추억을 생각하며 시간을 보내다 보면 시간 가는 줄 모르게 된다. 만약 할머니를 따라 숲에 안기지 않았더라면 난 이미 저세상 사람이 되었을지도 모른다. 할머니를 따라 숲에 안겼기 때문에 다시 살게 되었다는 사실을 결코 잊지 않으려 한다. 무엇보다 날 숲에 안길 수 있도록 인도해준 할머니를 향한 고마움을 어찌 잊겠는가.

숲에는 분명 죽어가는 사람도 살릴 수 있는 힘이 있다. 세상 의학처럼 강력한 힘은 아니지만, 아주 천천히 사람의 몸과 마음을 살리는 힘이 있는 것이다. 그 힘은 숲을 통해 건강을 회복한 사람만이 느낄 수 있는 신의 축복인 것이다. 숲은 조물주가 인간에게 허락한 가장 위대한 선물 중 하나인 것이다.

할머니의 숲에도 어둠이 찾아들기 시작한다. 집으로 돌아가려고 몸을 돌리는 순간 어디서 불어오는지 모를 바람과 함께 할머니의 음성이 들려온다.

'경화야! 할미한테 또 오렴!'

순간 내 두 눈에서 할머니를 향한 그리움이 뜨거운 눈물이 되어 흘러내린다.

무게

오미향

아침에 눈을 뜨면 무엇부터 해야 하나 망설였습니다. 매일 떠오르는 태양은 내게 더 이상 희망을 주지 못했고 일상적으로 반복되는 습관은 변화가 없었습니다. 몸에 군살이 붙듯 더덕더덕 늘어만 가는 나태와 매너리즘의 숲에서 허우적거렸습니다. 우연히 들른 집 근처 도서관에서 글짓기 교실이 있는 것을 알고 등록을 했습니다.

여고 시절의 문학소녀가 내 안에서 걸어 나왔습니다. 한참을 잊고 살았던 학창시절의 뜨거웠던 기억들을 이제야 펼쳐놓을 수 있었습니다. 내 안에 쟁여 놓은 순수와 아름다움이 봇물 터지듯 흘렀습니다. 주워 담아 정제하는 작업이 쉽지는 않았으나 아직도 할 말이 많고 써야 할 일이 많음이, 내가 살아있음이 증명되었습니다.

혼자서도 잘할 수 있다고 애써 위로하던 나날이었는데 함께 나눌 수 있는 시간이 돼서 좋았습니다. 누군가에게 위로가 될 수 있는 따듯한 글을 쓰겠습니다.

'바람이 분다. 다시 살아봐야겠다.'

(Le vent se lève! Il faut tenter de vivre!)

– 폴 발레리(Paul Valéry)

무게

오미향

어버이날을 며칠 앞두고서였다. 또 한 번 급작스런 전화에 마지막이라는 생각으로 울음을 삼키며 서둘러 공항으로 향했다. 공항은 가족 단위 여행객들로 붐볐다. 코로나로 인한 사회적 거리두기가 어느 정도 풀려가고 황금연휴가 겹치자 봇물이 터지듯 사람들이 밀려들고 있었다. 어린아이들을 대동한 젊은 아빠 엄마들이 많이 보였다. 탑승수속을 위해 기다리고 있었는데 내 옆에 앉은 아기엄마가 기저귀를 갈아야 한다며 난감해했다. 아이는 계속 보채다가 큰 소리로 울어댔다. 괜찮다고, 아기가 편해야 하지 않느냐고, 나는 괜찮으니 어서 갈아 주라고 했다. 아이의 똥이 얼마나 예쁘고 냄새도 고소한지 키워봐서 안다고. 아기가 잘 싸 주는 게 엄마에게 큰 기쁨이라고 말해 주자 아기엄마의 얼굴에 화색이 돌았다. 민폐를 안 끼치려는 듯 빠른 손놀림으로 움직이는 새댁의 모습에서 스치듯 나의 지난날이 떠올랐다. 늦게 얻은 아들의 똥 기저귀를 갈아 주면서 얼마나 행복했던가. 아들한테 바라는 게 하나도 없었던, 그저 잘 먹고 건강하게 자라주는 것만이 최상의 기쁨이었다.

어머니는 병실에 덩그러니 누워 계셨다. 양팔을 벌려 세상의 균형을 오롯이 당신의 몫으로 들고 있어야 했던 어머니는 이제 흥건히 젖은 기저귀로 남았다. 혼자 남겨진 외로움 위에 여태껏 풀어야 했던 삶의 버거운 숙제를 내려놓고 텅 빈 저울 위에 달랑 빈 몸뚱이로 누워있었다. 그런데, 예상보다 무거웠다. 바람 불면 바로 꺾일 것 같았던 한줌 어머니의 몸이 이렇듯 묵직하게 다가올 줄은 생각도 못 했다. 뼈대만 남은 빈 등이 이렇게 버팅기고 있을 줄은. 곧추세워야 죽이라도 떠먹일 텐데 한사코 당신의 머리와 고개는 옆으로 쓰러지면서 바닥으로 눕고자 했다. 가눌 수 없다는 것은 땅을 향해 들어가고 싶다는 것일까. 당신 혼자 힘으로 할 수 있는 건 코로 숨을 미약하게 들이마시고 바짝 타들어 간 입으로 곡기를 받아 넘기는 것. 그리고 배설하는 것. 생의 한 가닥 끈을 놓지 않으려는 마지막 의지가 이런 몸부림이었을까.

가끔씩 내가 글을 쓰면서 인용해왔던 삶의 무게란 표현은 다 거짓이었다. 껍데기뿐인 낭만이었다. 백 년 가까이 지탱해 오느라 까맣게 타들어가, 텅 비어버린 음침한 동굴 같은 당신의 음부. 그곳을 감싸고 있었던 솜 뭉텅이 기저귀가, 오줌으로 축 늘어진 무게가 이렇게 무거울 줄 몰랐다. 시원(始原)의 골짜기 같은 그 동굴을 통해 내가 태어났고 삶이 일어섰으며 가치관과 생각이 자라났음을. 원시림의 수풀을 통해 영양을 공급받아 내가 커갔고 양육되었음을 부정할 수 없었다. 에너지가 넘치던 한낮의 태양과도 같았던 그곳이, 이제는 버림받아도 좋을 만큼 황폐해졌다고 감히 누가 말하는가. 성인의 요 냄새가 몇 날 며칠을 손을 씻고 닦아도 없어지기 힘들다는 것을 이제야 알게 되었다. 병든 노모를 요양원에 보내놓고 효도란 겉옷을 걸쳤다고 자위하며 가끔씩 들여다보는 것으로 할 도리를 다했다고 여겨왔다.

집을 방문하는 손님을 위해 스스로 차린 따끈한 밥상이 아니라 바쁘고 힘들다는 핑계로

"아줌마, 여기 차 한 잔요."

하며 내다 주길 바라는 사모님처럼 우리 오남매 모두는 그렇게 어머니를 마주 대했다. 마지막 가시는 길 너희들도 이 어미의 잔재와 부스러기 한 줌이라도 만져보고 맡아보라고, 어머니는 그렇게 전화 한 통으로 당신의 부재를 알렸다. 이렇게 마음과 몸이 향하던 어머니에 대한 연민과 사랑은 이삼일 간호로 밤을 지새우고 나니 시큰둥해졌다. 나 역시 속물 중의 속물이었음을 알아버렸다. 쓰임새가 다한 물건처럼 닳고 헤지듯이 모습이 변형돼 가며 어머니의 모든 기능이 마비되었다. 담당 의사와 병원은 감정 따윈 아랑곳없이 본분에만 충실했다. 조금씩 간호에 지쳐갈 무렵 날름날름 음식만큼은 거부하지 않는 어머니의 내장기관을 탓하고 아이마냥 갈아대야 했던 어른의 기저귀는 힘에 부쳐갔다. 혼자서 일으켜 세워서 밥을 먹이고 옷을 갈아입혔다. 번갈아 몸을 돌려가며 기저귀를 갈아야 하는 일은 솔직히 버거웠다. 여자병실이라는 이유로 두 오빠는 밤샘 간호를 안 했고 큰 올케는 직장 걱정을, 작은 올케는 허리가 아파 간호를 못 하겠다고 했다. 나를 포함한 서울 사는 세 딸만 이삼일씩 왔다 갈 뿐 뾰족한 대안이 없었다.

눈을 감고 있어도 어머니는 다 보고 있었으리라. 내가 너희들 키울 때 제사는 한 달에 한 번 주기로 지냈어. 아버지는 가끔씩 외박을 했으며 시어머니는 맨날 타박을 했어. 너희들 기저귀 갈아대면서 앞날 따윈 생각하지 않았지. 근데 하나도 아닌 다섯이 이 어미 하나 감당 못 하겠다고? 결혼해서 식구가 배로 늘어났으면 성인 10명인데. 다 자란 손녀 손자까지 하면 20명이잖니? 그 무게를 합쳐서 이 어미 하나 들어 올릴 힘이

없다고? 쯧쯧. 인생 헛살았어. 마치 이렇게 허공을 향해 맥없이 반쯤 떠 있는 눈이 말하는 것만 같았다.

나만은 그렇게 안 하리라 생각했다. 적어도 그렇게 생각했었다. 서울서 대학교 다니다 방학에 내려가면 사랑스런 막내딸의 귀향에 극진 대접을 받았기에. 어머니의 가슴 한편에 박힌 못 배운 한을 풀어준 딸을 자랑스러워하는 자부심을 고스란히 전해 받았기에. 막내라 마지막까지 어머니의 치맛자락을 붙들고 자랐기에. 그런데 몇 번 갈아 본 기저귀 앞에서 이처럼 무너질 줄이야.

어느 해인가 요양원에 계신 어머니가 사라졌다는 전화를 받았다. 그때만 하더라도 부축하지 않아도 조금씩은 움직일 수도 있었고 대화가 가능했던 때였다. 요양원에서 주는 밍밍한 환자식 식단에 질렸을까, 단체생활에 염증이 났었을지도 몰라. 사방천지에 아픈 사람들만 보고 있어서 벗어나고 싶었을 거야. 집으로 가시고 싶으셨는지 입소 시에 들고 갔던 빈 트렁크를 끌고 요양원 문을 밀치고 나와 버렸다.

"막둥이 기저귀 갈아줘야 해. 종일 얼마나 꿉꿉하겠어. 집으로 가려면 몇 번 버스를 탔더라. 전화번호 쪽지를 어딘가에 잘 뒀는데……."

이렇게 중얼거리면서 하루 종일 버스 정류장 앞에 서 있었다고 했다. 아, 올 것이 왔구나. 우리 오남매가 순번을 정하고 어머니를 찾아보기로 했던 횟수가 서서히 줄어들면서 흐트러지기 시작하더니 간극이 벌어져 버렸다. 파출소 한쪽 의자에 비스듬히 앉아계신 어머니가 빙그레 웃으셨다. 아무렇지도 않은 듯이. 이렇게라도 자식 얼굴 한 번 더 보게 돼서 그동안의 불편함과 노여움, 외로움이 싹 가셨다는 듯이 해맑게 웃고 계셨다.

어머니의 손을 붙잡고 눈을 맞추며 당신이 가시는 길을 애도하는 마음이었을까. 아니면 막내딸의 인사를 전하려는 나의 발버둥이였을까. 그럼에도 불구하고 살아내야 할 일상의 무게는 나를 다시 서울로 향하게 했다. 귀경하는 비행기 안에서, 기저귀의 순환을 떠올려봤다. 첫 아이를 갖고 소창지를 끊으며 이제 엄마가 되었다는 주체할 수 없는 흥분과 설렘이 하늘까지 가 닿았었다. 여기에 비례해 찾아드는 무한한 책임감에 비로소 어른이 된다는 것의 의미를 생각해봤었다. 기저귀감을 만들 때의 그 뿌듯함. 빳빳하게 잘 다려진 순면의 촉감과 순백의 향긋함을. 누구보다도 새하얗게 빨아대고 개키며 얼른 아이가 자라기만을 기원했던 그 풋풋했던 시절. 한동안 인생의 여름, 가을을 겪느라 잊고 살았던 기저귀를 다시 보았다. 봄의 새순처럼 파릇파릇하고 생명력 넘치던 계절이 있었다면 낡아 떨어지며 인생의 마지막 부스러기까지 다 털고 가야 하는 겨울도 받아들여야 함을.

칭얼대며 보채던 옆자리의 아기가 나를 보며 방긋 웃는다. 기저귀 하나의 무게가 제주행 비행기 안에서 보았던 솜털 구름의 무게보다도 더 가벼워 보였다. 이 아기처럼 어머니도 불편하다고, 갈아달라고 입술이라도 움직였으면. 손짓이라도 아래를 가리켰으면. 휑한 눈만 깜박거리지 말았으면. 차라리 분노의 눈빛이라도 띄웠다면 마음이 이처럼 무겁지 않았을 것을.

어머니가 가셔야 할 그곳의 무게가 당신의 아름다웠던 젊은 날처럼 가벼웠으면 좋겠다. 반평생 이상 함께 했던 아버지를 만났으면 좋겠다. 자식 다 필요 없다고 당신밖에 없었노라고 하소연하며, 이십 년 가까이 기다려준 아버지의 품에 가볍게 안겼으면 좋겠다.

밑줄 많은 인생

신혜경

이를테면, 벙어리장갑 같은 글을 쓰고 싶다.

외할머니는 내가 알던 그 오랜 시절부터 폐지들을 주워 모았다. 손끝이 새까매지도록 길가의 폐지들을 주워 모았다. 언젠가, 손끝이 시려 오던 한 겨울날에 외할머니는 내 차디찬 손을 매만지며 '장갑이라도 끼고 다니지'하고 말했었다. 나는 그저 한때의 지나가는 말로 "그러게, 벙어리장갑이 하나 있었으면 좋겠는데……." 말 한 뒤 그 말을 까무룩 계절 속에 잊고 있었다. 계절 속에 접어둔 뒤, 그 페이지를 오래도록 펼쳐보지 않았었다. 그 말이 다시 세상 밖으로 나온 것은 무더웠던 다음 해의 여름날의 일로 그날은 초여름의 한낮 더위와 함께 내 생일이 다가오던 날이기도 했다. 외할머니는 내 손을 잡아 이끌며 무언가 아주 진귀한 것을 보여주기라도 하려는 듯 낡고 오래된 장롱 근처로 나를 이끌었다. 그리고는 아주 겹겹이 소중히 보관한 빛바랜 박스 안에 담겨있던 그것들을 내게 펼쳐 보였다. 나는 아직도 그날의, 그때의, 내가 느꼈던 그 감정들을 잊을 수 없다. 외할머니가 장롱 속에서 꺼내어 내게로 펼쳐 든 것은 모양도 크기도 모두 제각각 다른 여러 개의 장갑들이었다. 외할머니는 폐지를 주울 때마다 사람들이 버리고 간 물건들 중 장갑이 나올 때면, 어김없이 나를 떠올리며 그것들을 하나하나 주워 모았던 것이다. 그중에서도 가장 예쁘고, 가장 좋은 것들을 추려, 외할머니는 계절 속에 그것들을 주워 모았던 것이다. 그 추린 것 중에서도 또다시 보듬고 매만져 내게 주려 가장 곱디고운 것들을 골라 생일이 다가왔던 그 날에, 내게 주섬주섬 마음을 다해 펼쳐내 보인 것이다. 나는 한 여름날, 내게로 배달된 그 겨울 장갑들을 손에 움켜쥐고는 그것들을 한참 간 가만 바라보았었다.

아름다운 것들이었다. 아름다움이 가득 깃든 '소중한 선물'이었다. 나는 살아가며 그때에 내가 받았던 그 선물을 늘 마음속에 소중히 간직하며 나아가겠다고 마음먹었다.

나는 소망한다. 이를테면, 나의 글들도 그때 그 장갑들처럼 어쩌면 누군가에게는 버림받기에 마땅한 것이었을지 모르나 누군가에게 크나큰 값진 소중한 선물 같은 글을 쓰고 싶다고 말이다. 때로 슬픔들과 고단했던 기억들을 더듬으며 또는 행복하고 아름다운 기억들을 어루만지며 나는 어김없이 쓴다. 쓰고야 만다. 더없이 아름다운 '선물 같은 글'을 꼭 쓰겠다고 다짐하며 말이다.

삶의향기 동서문학상은 그 첫 출발이자, 내딛는 아름다운 첫 디딤돌이다.

정말로 진심으로 감사하다. 첫 발걸음을 이제 막 내디디고 나아가는 나의 모습은 내가 꿈꾸던 그 모습이다. 설레고 기쁘며 이루 말할 수 없이 행복하다. 나의 삶도, 나의 글도 더 아름답고 예쁘게 향기 나는 소중한 선물이 될 수 있도록 노력하며 나아가겠다.

감사합니다.

밑줄 많은 인생

신혜경

아직도, 밑줄이 많은 도서를 만날 때면 마음이 곧잘 반갑게 뛴다.

몇 해 전, 크리스마스 시기를 맞아 중고서점에서 짧은 계약직 단기 아르바이트 사원으로 일한 기억이 있다. 그곳은 커다란 체인점 형태의 중고서점으로 나는 그곳에서 수명이 미리 정해진 삼 개월짜리 시한부 단기 아르바이트생이었다. 함께 일하던 사람들의 대부분은 몇 개월을 못 버티고 떠나갈 뜨내기와 같던 내게 쉬이 마음을 열지 않았다. 이미 내 앞전에도 더러 여러 명이 그러한 특별한 시기를 맞아 그들의 일손을 돕다가 떠나간 듯했다. 눈칫밥으로 일을 배우며 일주일 중 하루를 제외하고는 하루의 일곱 시간을 까무룩 책들 속에 파묻혀 하루하루를 보내던 날들이기도 했다. 그때 일을 배우며 내 마음에 가장 인상 깊게 다가왔던 것은, 바로 밑줄이 많은 도서였다.

그곳에 있는 도서들은 모두 헌책들로 이루어져 있었다. 중고서점 특성상 모두들 누군가로부터, 어딘가로부터, 버려져서 온 것들이 그 공간을 메꾸고 있었다. 그러나 제아무리 헌책이라 해도 세월의 흔적이 더 깊이 드러나거나, 파손된 여부에 따라 헌책들에게도 등급이 나뉘어졌다. 나는 그 책들의 등급을 매기는 일을 주로 도맡아 했다. 하루에도 몇 번씩, 누군가가 팔고 가는 이름과 종류도 다양한 또 어쩌면 추억마저 다양한 책들의 등급을 매기는 일이 내게 주어진 주된 임무였다. 등급을 매기기 위해 책의 겉표지와 책등 그리고 그 안의 페이지들을 열어 살피다 보면, 이따금 그 안에서 열차티켓과 같은 빛바랜 추억이라든지 압화 꽃잎과 같은 언제 넣어두었는지도 모를 것들이 떨어져 나오고는 했다. 그런 것들이 툭, 책 사이에서 이름 모르게 떨어져 나올 때면 손에 쥐고 있는 그 책이 마치 한때의 누군가를 소란스레 말해주는 사랑스러운 수다쟁이 같은 느낌이었다. 나는 그런 것들이 떨어져 나올 때마다, 빙그레 웃으며 그 책들을 팔러 왔던 이에게 마치 소중한 것을 건네주기라도 하듯 그것들을 말없이 건네었다. 그러면 그들은 '이런 것이 대체 언제 껴있었지.' 내지는 '팔러오면서도 껴있는 줄은 미처 몰랐네요.'라며 주머니 속에 그것들을 수줍게 슬쩍 밀어 넣거나 책을 담아왔던 가방 속으로 마치 추억을 기분좋게 넣어가듯 담아가고는 했다. 그러고 나면, 마치 그 사랑스러운 수다쟁이 책들은 제 할 일을 다 끝낸 것처럼 조용히 내가 내릴 등급을 기다리는 것이었다. 나는 그런 추억 많은 책들이 좋았다. 추억이 페이지마다 깊숙이 서려 있는 책들이 몹시도 사랑스럽고 좋았다. 다만 그런 추억 많은 책들은 늘 제값을 쳐줄 수가 없어 마음이 아팠다. 사랑받았던 흔적이 여실히 많았기 때문이다.

모순덩어리 같은 말이지만, 그곳에서는 늘 사랑받지 못했던 도서들일수록 사랑받았다. 철저히 외면받고, 책꽂이에 꽂혀 아무도 찾아주는 이 없는 묵묵한 시간들을 견뎌왔으며, 끝끝내 한 번도 누군가의 따듯한 손길이 닿지 않았던, 그런 책들이 그곳에서는 가장 사랑받았다. 그러한 책들에는 그 어떠한 추억의 흔적이 엿보이지 않았기 때문이다. 단 한 번이라도 누군가에게 애틋하게 여겨졌던 기억, 세월을 함께 견뎌냈던 흔적, 곳곳마다 서려 있는 이를테면 아주 소중한 추억 같은 것들이 철저히 배제된 도서들일수록 그 외관과 페이지들이 깨끗하였으며 그곳에서는 늘 그러한 책들이 최상의 등급으로 여겨졌다.

나는 그중에서도 등급을 매길 때마다 줄곧 밑줄이 많은 도서들을 만날 때면 마음이 영락없이 서성이듯 고민되었음을 고백한다. 페이지마다 밑줄이 그득한 도서들은 그곳에서 가장 꺼리는, 매입 불가의 도서로, 주로 최하등급에 해당하는 도서였다. 밑줄이 많은 도서일수록 외면받았다. 때때로 밑줄이 있는 도서라 할지라도 그 양이 아주 적거나 또는 미세할 경우에 한하여 간신히 문턱을 넘듯 못 이긴 척 받아들여지고는 하였다. 그렇게 밑줄 많은 도서는 늘 구박댕이였으며 사랑받지 못하는 도서였다. 나는 그때마다 생각하고는 했다. 밑줄이야말로, 정말 여실히 사랑받았다는 흔적이 아닌가. 눈길의 머무름에서만 그치는 것이 아닌 그 문장을 곱씹으며 잊지 않기 위해 투쟁했던 기억이 아닌가하고 말이다. 그러나 그러한 밑줄은 다음 사람의 선택을 받는 것에 있어 치명적인 요인으로 적용된다며 늘 중고서점에서는 환영받지 못하는 결함 있는 도서로 여겨졌다. 한마디로 헌책들만으로 이루어진 그 공간 안에서도 엄밀히 밑줄 많은 도서는 팔리지 못할 헌책 중의 헌책이었던 것이다.

서점의 벽 한쪽에는 늘 크게 이런 글귀가 적혀 있어 내 마음을 곧잘 뛰게 했다.

'이 광활한 우주에서 이미 사라진 책을 읽는다는 것.'

나는 그 글귀 아래에 서서 서가의 책들을 정리할 때마다, 마치 내가 우주의 가장자리에 선 듯 몹시도 마음이 뛰었다. 광활한 우주에서 어쩌면 이 책들과 나만 남겨진 듯한 찰나의 순간들이 유성처럼 짧게 그려지는 날들도 있었다. 나는 그때마다 생각하고는 했다. 어쩌면 나도, 그리고 나의 인생도, 한 권의 책과 같은 것은 아닐까 하고 말이다. 그리고는 생각했다. 그렇다면 나는 아마도 밑줄이 아주 많은 도서일 것이라고 말이다. 살아가는 날들의 대부분을 나는 곧잘 멈추어 서서 내가 걸어온 길을 살펴보기를 좋아했으며, 거듭 무언가를 재차 확인하듯 페이지 끝을 세모나게 접어 표시해두기를 즐겼고, 이따금 좋았던 기억의 한때를 밑줄 그었다. 돌이켜보면 인생의 좋지 않았던 순간마저도, 그 찰나의 순간들에서 나는 무언가를 발견하기를 애타게 바라며 밑줄을 그었는지 모른다. 나는 그렇게 하염없이 내 인생의 페이지마다 그득 밑줄을 긋는 인생이었다. 아마 나는 서점에서 매기던 그 등급의 관점에서 바라보면 철저히 사랑받지 못할 낮은 등급의 책이었는지도 모른다.

그러나 나는 생각한다. 언제나 어김없이 나의 마음을 뛰게 했으며, 내가 못내 좋아하던 인생들은, 수두룩 밑줄 많은 인생들이었다고 말이다. 나는 밑줄이 많은 인생들을 좋아했으며, 밑줄 많은 사람들을 사랑했다. 내가 사랑했던 그들은 모두 저마다의 잊지 못할 문장 같은 삶의 구절을 마음속에 소중히 지닌 채로 나아가는 사람들이었다. 떠올려보면 그렇다. 이 세상에 누구 하나 자기 삶의 페이지 속, 잊고 싶지 않은 곱씹을만한 밑줄 하나 없는 인생이 어디 있겠는가. 삶의 페이지마다 그것들을 쉬이 지나치지 못하고 여러 번 되풀이하듯, 눈 맞추듯, 투쟁하며 밑줄 그었을, 인생들을 나는 진심으로 사랑한다고 말하고 싶다. 어쩌면 밑줄이 없다는 것은 다른 의미로는 그만큼 감동했던 기억이 없다는 것, 무언가를 오래도록 잊지 않기 위해 거듭 투쟁했던 기억이 없다는 것, 진심으로 목 놓아 자신의 인생을 가슴 깊이 사랑했던 기억이 없다는 것은 아닐까?

나는 밑줄이 없는 깨끗한 책으로 나의 인생이 남기를 소망하지 않는다. 때때로 왜 이토록 내 인생의 순간들은 거듭 밑줄 그을 일들이 이리도 수두룩하게도 많이 찾아와 나를 곤경스럽게 만드는가 한탄했던 적도 있다. 다른 이의 인생에서라면 어쩌면 터부시되었을 이 문장이 왜 내게는 이토록 중요해 집요하게 잊히지 않나 하고 오랫동안 고민해 본 적도 있다. 하지만 이제 와 돌이켜보니 그 문장들이 내 인생을 성장시켰다고 나는 진솔하게 말하고 싶다. 그때의 그 수수께끼 같던 밑줄들이 내 삶의 페이지들 속에 남아 나는 비로소 지금의 나로 성장할 수 있었음을 고백한다. 한 문장 한 문장을 마음에 새기듯, 한 세월 한 세월을 삶의 페이지마다 소중하게 담듯, 기어코 반드시 밑줄 긋고야 말던 인생. 그러나 그 마음에 원망같이 느껴지던 그 밑줄들은 결국은 나를 일으켜 세웠음을 나는 끝끝내 고백한다. 인생의 페이지들을 펼칠 때마다, 나를 반갑게 맞이해주는 저 밑줄들을 바라보며 나는 몹시도 마음이 뛴다. 달아진다. 반가워진다. 그리고 참 다행이다라고 생각하는 것이다.

당신에게도 잊지 못할 밑줄이 있는가? 그렇다면 당신의 삶도 잊지 못할 아름다운 순간순간들의 기록일 것이라고 나는 미소짓는다. 당신의 그 페이지마다 새겨졌을 그 아름다운 문장들을 응원해본다. 당신이라는 책을, 응원한다. 무언가에 오래도록 감동했던 흔적이 많은, 무언가를 오래도록 잊지 않기 위해 거듭 투쟁했던 기억이 많은, 그리고 진심으로 목 놓아 자신의 삶을 사랑했던, 당신을 응원한다.

나는 지금 당신이라는 책을 펼쳐든다.

아, 이토록 멋진 밑줄 많은 인생!

물을 건너는 법

강남이

한밤중에 미시령 옛길을 넘어본 적 있습니다. 회색 눈밭과 뼈만 남은 깜깜한 나무들이 1월 험산 준령에 공포화(畵)를 그려내고 있었습니다. 자기 불빛에 기대어 차는 느리게 나아갔습니다. 굽이굽이를 겨우 넘고 내쉬었던 큰 한숨을 기억합니다. 넘을 때 영원 같았고 넘고 나니 찰나인 그 길은 아름다운 그림으로 남았습니다.

며칠간 노래하나를 읊조렸습니다. 〈머나먼 길 떠나는 사람처럼, 마치 배웅 나온 것처럼. 다시 돌아올 것 같은 그대, 사라질 때까지 보네〉 이상이 제게는 오래 머문 한 계단과의 이별인가 봅니다. 다음 계단의 엄중함 또한 예감하고 있나 봅니다. 언젠가는 또, 〈내가 지쳐 쓰러지고 싶거나 멈추고 싶을〉 순간도 오겠지요. 귀한 이 지면을 빌려 그 날의 나 자신에게 부탁을 남기고자 합니다.

'너의 과녁, 방향을 잃지 마라. 느려도 괜찮으니 계속 가라.'

일단 내려놓자, 맘먹었던 20대 초반 이후 20여 년 동안 쓰는 일 읽는 일과 멀어져 살았습니다. 그때의 일기장에 쓰여 있습니다. '글로써, 내 몸 하나 어찌할 수 없지 않은가. 나중에, 나이 든 후에는 다시 시작해도 좋을 것이다.' 허공을 걷는 무용(無用)한 사람이었습니다. 글을 쓰려 안간힘 써 본 적도 있으나. 몇 구절 허락하고 입 다물어버린 한글 화면은 완강한 입장 금지 팻말이었습니다.

바라보는 일만 허락되던 그 시절에 생애의 주제를 얻었습니다. '삶의 모든 순간은 하나의 선(線) 위에 놓여서 -괴롭고 추하고 심지어 악했던 순간조차도- 合하여 善을 이루는 한 지점을 향하여 간다.'는 것. 그 지점에 닿아보고 싶었습니다.

'글로써 삶을 재구조화해보자!' 3년 전 찾아간 문학아카데미에서, '자기 삶을 한 단어로 상징할 매개물을 찾아보라'는 숙제에 답한 제 첫 수필입니다. 이 글로 상을 받게 된 것이 제게 특별한 의미입니다. 헝클어져 파묻혀 있는 시간을 꺼내 빗질해 주면서 비로소 숨을 내쉴 수 있었습니다. 글 한 편마다 한 발짝씩 자유로워집니다.

뽑아주신 심사위원들께 감사드립니다. 큰 용기를 얻습니다. 주신 상을 과분한 '입산 허가증'으로 받습니다. 멘토링 게시판의 귀한 조언들 또한 잊지 않겠습니다. 박덕규 교수님, 얼어붙어 있던 걸음 떼도록 길 보여주시고 계속 격려해 주심에 감사드립니다. 율동공원 책테마파크의 문우들께도 안부 전합니다. 아버지……, 한평생 가족의 버팀목이신 엄마, 저의 부모님이 되어주셔서 감사합니다. 나의 한 팀 남편과 딸, 비 바람 햇살 속에서 우리 이렇게 함께 가자.

이 걸음으로, 두렵고 거대한 이 산을 올라보겠습니다.
계속 나아가겠습니다.

물을 건너는 법

강남이

1.

오랜만에 부모님을 뵈러 갔다. 아버지가 현관 앞에서 해사한 웃음으로 맞아주신다. 아버지를 만날 때면 당신의 현재 시간이 궁금해진다. 아버지가 바라보는 것이 지금의 나인지 과거 어디쯤의 나인지 분명하지 않기에. 몇 년 전 봄날, 아버지에게는 그 일이 일어났다. 〈지금, 여기, 나〉를 잃어버린 채 낯선 길 위를 헤매는 사건이었다. 당시는 아버지의 홀아비 생활이 막 끝나려던 무렵이었다. 몇 년간 막냇동생의 어린 딸들을 돌보던 엄마가 이제 곧 본가로 돌아오려는 참이어서 하루하루가 기쁘고 설레는 날들이었다. 한껏 부푼 마음들이 덧없이 주저앉고 엄마는 잠시의 휴식도 누리지 못한 채, 일생에 걸쳐 이어져 온 돌봄의 노고를, 다시 자신의 몫으로 받아들였다.

아버지 머릿속에서는 새로운 변화가 일어나기 시작했다. 또렷이 새겨지며 차곡차곡 쌓이는 것을 그만두고, 기억이란 놈이, 맨 위에 얹힌 새것부터 한 장씩 날개를 달고 달아나기 시작한 것이다. 사실 그 변화는 이미 오래전부터 천천히 진행되어왔을 터였으나, 각자의 삶에 분주하느라 가족들 누구도 눈치를 못 챘던 것이었다. 엎드려 며칠 밤낮을 울었다. '어쩌면 기억이야말로 삶의 전부일 수 있는데…… 이제 그것들이 사라져갈 것이다.' 한동안 앓고 몸과 마음을 추스리고 일어나 거울을 들여다봤다. 나는 아버지를 많이 닮은 딸이었다.

해사한 아버지 미소 속 마알간 눈빛은 희로애락이 지워진 초겨울 아침의 물 같다. 서늘하게 투명한 그 눈빛에 비추어, 35년 전 그날의 아버지를 본다. 부두 끝자락에는 엄마와 우리 삼남매가 있고 대형 화물선 갑판 위에는 정장과 구두차림으로 코트까지 갖춰 입은 아버지가 홀로 서 있다. 지금의 나보다도 몇 살 더 젊은 모습, 청신(靑新)한 시절의 아버지다. 화물선은 상상 이상으로 거대해서 엄마와 우리 삼남매는 고개를 꺾어 한참을 우러러야 했다. 배가 아주 느리게 움직이자 꼿꼿하게 선 자세 그대로 아버지가 우리에게서 멀어지기 시작했다. 외부인 출입금지구역인 부두에는 우리 가족뿐이었다. 근무복 차림으로 갑판 아래 각자의 자리를 지켜야 하는 엄중한 출항의 시간, 가족만의 송별식을 위해 아버지는 이러저러한 수고로움을 미리 지불해야 했을 것이다. 이 어색한 세리모니가 어쩌면 나 때문일 거란 것도 생각도 어렴풋이 들었다.

내색 없이 감내하고 혼자 해결하는 게 익숙한 나는 맏이였다. 새벽마다 한두 시간 통증이 찾아왔지만 스스로 견뎌내기를 몇 달, 몸과 마음이 무너진 시점에야 문제가 불거졌다. 병명을 찾아 병원을 전전하며 회복에 대한 믿음으로 하루하루를 버텨내던 나, 그리고 사춘기의 두 아들, 삼남매를 오롯이 아내 몫으로 맡기고 떠나야 하는 당신. 그날의 의식(儀式)은 또한 아버지 자신의 두려움을 달래기 위한 것이었는지 모른다.

본시 몹시 허약하고 성정이 섬세한 아버지는 책과 펜이 딱 어울리는 모습의 사람이었다. 그런 아버지에게서 나는 세상의 온갖 얘기를 들으며 자라났다. 윗대 어른들의 고난, 조선 왕과 왕비들의 비사, 6.25의 기억, 해방 이후 역사와 당대 영웅들의 비극적 운명…… 아버지가 공무원직을 버리고 선박통신사가 된 후에는, 배를 타며 겪는 흥미진진한 사람과 사건들 얘기가 더해졌다. 내리 십 년 동안 대일무역선(對日貿易船)만 탔기에, 밤에 현해탄을 건너는 스토리는 아버지의 단골 주제였다. 풍랑으로 요란하게 흔들리는 갑판 위에서 바라보는 깊고 검은 물에 대한 생생한 표현에 두려움이 묻어났다. 세상에서 물이 가장 무서웠다는 아버지였다. 물난리 속에 이웃들이 죽어나가는 소싯적 경험을 기억에 각인한 아버지에겐 5, 6일의 항해도 매번 고역이지만 며칠의 항해 후엔 하루 이틀은 자식들과 아내가 있는 집, 따뜻한 아랫목에서 하루 이틀의 휴식이 허락되었고 그것으로 아버지는 매번 다시 힘을 낸다고 했다.

삼남매 모두가 중, 고등학생이 된 후에는 그마저도 더 이상은 허락되지 않았던가 보다. 삶은 무거운 몸뚱이로 아버지를 마구 을러대서 이 장도(長途)의 지점까지 밀어붙여 온 듯 보였다. 배가 수평선을 넘어갈 때, 가족을 위해 아버지가 자신의 가장 큰 두려움 위를 떠다니고 있다는 사실을 깨달았다. 당신에겐 세상 모든 바다가 깊고 캄캄한 두려움 –현해탄(玄海灘)이리라. 컨테이너들이 비워진 부두가 황량한 벌판처럼 느껴졌다. 물이 아버지를 돌려주지 않으면 어떡하지, 퍼뜩 무서워졌을 때는 울지 않으려 입술을 앙다물었다. 잠시 몸이 떨렸다.

걱정이 기우로 끝나고, 세상을 돌고 돈 물은 1년 후 바로 그 자리에 무사히 아버지를 돌려주었다. 하얗게 은발로 세어버린 머리칼과 구릿빛 얼굴, 동굴 속 수도자가 된 듯 깊고 투명한 눈빛이 난생 처음 보는 사람처럼 낯설었다. 아버지는 항해의 빈 시간을 모두 기도로 채웠다고 했다. 하지만 그 간절한 기도에는 잔인한 응답이 예비되어 있었으니, 당신의 딸은 병명 없는 투병자가 되어 세상에 대한 끈을 놓으려 하고 있었다. 난파의 시작이었다.

2.

살다 보면 뜻하지 않은 물을 건너기도 하는 것이 사람의 일이다. 얕은 물은 저벅저벅 밟으며 건널 수 있고 영법을 익힌 사람은 제법 깊은 물도 자력(自力)으로 건널 수 있다. 땅과 땅 사이가 가까우면 고마운 다리가 놓이기도 하고, 인간의 한계를 넘어서는 큰물을 만나면 배를 타야 한다. 잘 지어진 큰 배는 물을 건너는 사람에게 안전한 여정을 보장한다. 세상의 모든 바다를 돌아보는 풍족한 유람을 누리는 운 좋은 사람이 있다. 그리고 가끔 누군가는 작은 나룻배만으로 큰물을 건너는 운을 만나게도 된다.

열일곱 살에 내가 만난 운이 그러했던 듯하다. 섬 하나 보이지 않는 바다는 거칠었고 끝이 보이지 않았다. 구명정 하나로 견뎌야 할 시간이 앞에 있었다. 밀고 밀리며 파도는 순서대로 다가오는 법. 생각을 비우고 어떻게든 물의 끝까지 가보기만 하자, 정해두었다. 비우고 비워 가장 가벼운 몸으로라야 어느 기슭이든 닿을 수 있다는 명(命). 살다보면 뜻하지 않았으나 그런 명을 받아들기도 하는 것이 사람의 일이다. 비바람에 숨막히는 날들이 있었다. 천둥번개에 까무러칠 때, 폭풍은 자세를 바꾸어 더 낮은 자세를 보이라고 요구한다. 그러면 엎드려 비천한 등을 보여주면 되는 일. 입술 깨무는 치욕도 두려워할 것 없다. 옛이야기 속에는 발등을 관통해 땅속까지 칼을 꽂아 폭풍에서 자신을 지켜낸 무사도 있지 않던가. 견뎌낸 시간 끝에는 이슥고 물 위에 비친 내가 보이는 날도 온다. 깎이고 바래고 허물처럼 벗겨진 상처 위로 세월이 쌓이면 언젠가는 그 흉터가 제법 그럴듯하게 멋진 무늬로 보이는 날도 온다.

20대와 30대의 삶이 그렇게 흘러갔다. 건강이 허락하는 한계 내에서만 공부할 수 있었고 일할 수 있었고, 꿈은 접어야 했다. 통증과 비참과 비굴을 삶의 주제로 삼아도 사람은 배울 수 있다. '이 속을 관통해 낼 수 있다면, 끝까지 갈 수만 있다면 그것으로 된 것이다'. 내 기도는 오직 그것이었다. 왜 하필 내가 이 바다에 던져져야 했는가, 따져 묻다가 미로에 빠지기도 했다.

언제부터였을까. 하늘에 대고 따지기를 그만둔 것이…… 몸에 지닌 것들을 하나씩 꺼내어 물에게 내어주기 시작했다. 깊숙한 곳에서 넣어둔, 가장 무겁고 소중한 뜻도 버렸다. 팔 하나를 내어주듯 서러웠다. 모든 것을 포기하되 살기를 포기하지 않으려는 망연(茫然)한 시간이 흘렀다. 오래 물을 들여다보았다. 물속에 하늘이 있었다. 무리지은 새들과 혼자인 새들, 그들이 허공에 그리는 길들이 보였다. 또 내가 물에 비쳐 보였다. 그것들 하나하나를 읽어 내며 세월을 보냈다. 그리고 고개를 들었을 때 비로소 알아보았다. 물에 던져진, 판자 하나에 간신히 매달린, 익사 직전의 사람들. 점점의 섬처럼 혼자이되 혼자가 아닌 사람들이었다. 나의 불운은 고유한 나의 것인 줄만 알았으나 알고 보니 사람들은 각자의 바다에 각각의 이유로 던져지고 있었다. '어쩌면 그들을 도울 수도 있지 않을까'.

사람이 사람을 구할 수 있다 믿어본 적은 없다. 하지만 사람은 길을 찾는 이에게 등대, 지도, 나침반쯤은 되어 줄 수 있을 것이다. 울고 싶은 사람이 기댈 작은 벽이라도 되면 좋을 것 같았다. 돕는 법을 배우기 위해 공부를 다시 시작했다. 불혹(不惑)이라 불리우는 시절이었다. 몇 년이 지나자 어느덧, 내 손에 낯선 노(櫓) 하나가 들려 있었다. 한때는 광폭하였고 지금은 잦아든 나의 바다에 여전히 크고 작은 파도는 다가오고 태풍의 시절도 피할 수 없다. 그래도 노를 장착한 배는 제멋대로 이리저리 방향을 틀거나 제자리 맴맴 도는 일을 반복하지 않아도 된다. 버티며 뻣뻣하던 몸에서 힘을 빼고 흔들림에 나를 맡겨 보라. 흔들림과 하나가 되면 더 이상 그것은 흔들림이 아니더라.

3.

어쩌면 애초에 아버지가 그 배를 타지 않았어도 우리 가족은 그럭저럭 괜찮았을지 모른다. 무거운 짐을 당신 홀로 감당하려고 하지 않았어도 삼남매는 어떻게든 각자의 길에서 미래를 꾸려나갈 수 있었을지 모른다. 젊은 날 흉중에 품었던 어여쁜 뜻 따위 딱 접어버리고 아버지가 배에 오른 것은, 두려움에 자신을 내어주고 뒤돌아보는 법 없이 실려 흘러간 것은, 아비됨을 받아들이는 당신의 가장 낮은 자세였는지 모른다. 덕분에 아버지의 바다가 순리(順理)로 흘러갈 수 있었던 것인지 모른다. 바다는 순하게 세월을 견딘 아버지를 평온한 기슭에 내려주었다.

그곳에서 편안한 자세로 볕을 쬐는 아버지는 바라보기에 참 좋았는데, 그 평화가 아주 오래가길 기도했는데, 이제는 시간의 강물에 기억을 접어 하나씩 띄워 보내는 아버지를 지켜보아야 한다. 오래 쌓아온 탑은 맨 꼭대기부터 서서히 허물어지고 머릿속 삶의 흔적은 새것부터 지워진다.

어제 본 뉴스와 요즘 드라마 얘기는 더 이상 아버지와 나누기 힘들다. 새로운 기쁨, 새로운 슬픔은 이제 오롯이 나만의 몫이다. 대신 나는 아버지가 어린 내게 들려주었던 오래되고 낡은 이야기들을 끄집어낸다. 매번 같은 이야기를 새 소식처럼 나누며 아버지와 나는 깔깔 웃는다. 아직 아버지와 마음 나눌 수 있는 방법이 있어 다행이다.

한 사람 생애가 한 사람의 머릿속에서 지워져 가는 건, 다음번 항해를 위한 준비라고 여기기로 했다. 새로운 항해를 위해서는 배를 비워야 하므로. 그렇게 맘먹고 난 후, 아버지의 노쇠와 망각을 조금 덜 슬퍼하게 되었다. 수많았던 표정들이 하나씩 지워져 갈수록 아버지 눈빛은 말갛게, 순하게 투명해진다. 잠잠하게 파도가 가라앉은 물을 바라보는 듯하다.

50을 넘긴 내게 하늘이 묻는다. '너는 지천명(知天命)하였는가' 나는 나의 명을 알았을까. 답을 궁리하며 물끄러미 물을 바라본다. '내가 떠돌았던 그 바다가 온전히 내 몫이었다는 것을 알아요, 이제 물을 두려워하지 않으려고 해요, 아버지…….' 눈을 들어 내가 노 저어 가는 배가 닿을 기슭이 어디쯤일지 가늠해본다. 그리고 다시 나의 물을 본다.

우리 동네 이야기

정옥희

어려운 시기에도 불구하고 삶의향기 동서문학상을 주최해 주시고 심사해 주신 모든 관계자분들께 진심으로 감사드립니다. 오랫동안 해외에서 살며 한인들과 집 주변의 현지인 이웃들을 만날 때마다 정겹고 아름다운 한국을 그리워하는 마음이 가슴 한편에 차곡차곡 쌓여 왔던 나날들이었습니다. 그러한 마음이 가득히 모여 고국을 향한 향수병에 시달리면서 마음과 눈에 담겼던 한국을 추억하며 우리 가족의 지나온 삶의 여정에 깃든 소소한 일상의 행복을 글로 틈틈이 쓰게 되었습니다. 그 덕분에 마음에 날개가 달린 듯한 기쁜 하루하루를 보낼 수 있었습니다. 오늘도 가족과 이웃이 있어서 행복합니다.

당선의 기쁨을 사랑하는 가족들과 함께 나누고 싶습니다. 또 살아온 삶에서 스쳐 지나간 많은 이웃들에게도 감사와 사랑을 전하고 싶습니다. 고마운 이웃들이였습니다. 더불어 세상의 모든 이웃들이 어디에 살든 힘든 시간 속에서도 각자의 방법으로 평안과 행복을 찾을 수 있기를 간절히 희망합니다.

끝으로 보잘것없는 저에게 당선이라는 큰 기적을 선물해 주신 하나님께 감사드립니다.

우리 동네 이야기

정옥희

어린 시절 한때 유난히 이집트에 푹 빠진 적이 있었다. 우연히 만화책을 통해 알게 된 이집트는 그야말로 아름다운 환상과 낭만이 넘치고 고대의 신비가 가득한 먼 미지의 세계였다. 이런 별세계 같은 곳에서 내가 살게 될 거라고는 상상도 해 볼 수 없었다. 결혼 후에 남편을 통해 이집트로 발령을 받았다는 말을 들었을 때는 그야말로 상상의 나래가 막 펼쳐졌다.

그렇게 한국을 떠나 우리 가족이 해외에 나와서 산지 벌써 18년째다. 해외 거주 중에 내가 많이 아파서 큰 수술을 한 후에 1년을 한국에서 요양하고 다시 나와서 산 긴 세월이다. 문화와 생활 방식이 확연히 다른 타지 생활이 녹록할 수가 없다. 이렇게 오랫동안 해외에서 살 수 있었다는 사실 그 자체만으로도 참 고마운 일이라는 생각이 든다.

온 가족이 지금도 카이로의 헬리오폴리스에서 살고 있다. 낯선 환경과 생소한 두 문화의 틈바구니에서 우여곡절을 겪으면서도 두 아들이 잘 자라주었으니 그저 감사한 마음뿐이다. 그 세월 동안 나는 서툰 언어를 사용해 가며 집 주변의 이웃들과 즐겁게 지내 왔다. 나에게는 친구가 많다. 이 글을 쓰게 된 이유도 사랑하는 이웃들을 자랑하고 싶어서이다. 우리

가족의 삶의 터전이자 하늘 아래 유일한 우리 동네를 소개하고 싶다.

먼저, 우리 집 1층 입구에 붙어 있는 손바닥만 한 작은 화단에는 해마다 예쁘게 피어나서 내 심장을 설레게 하는 진분홍빛 앙증맞은 풀꽃이 있다. 많진 않지만 진회색 화단 흙 사이에서 보일락 말락 솟아나 마음까지 화사하게 바꿔주는 소중한 친구다. 모퉁이 기둥 뒤에 살짝 숨어 있어서 자세히 바라보지 않으면 만날 수 없는 어여쁜 희망의 싹이다.

집 앞 빈 공터에는 20년째 먼지를 뒤집어쓰고서도 듬직하게 서서 울창한 녹음으로 마음에 안식도 주고, 뜨거운 태양으로부터 피난처를 제공해주는 상수리나무 한 그루가 있다. 집을 나서자마자 제일 먼저 반겨준다. 비가 없는 모진 사막 날씨에도 불구하고 뿌리가 얼마나 깊은지 꿋꿋하게 혼자서도 잘 살아남은 끈기 있는 친구다.

존재감이 묵직해서 빠뜨릴 수 없는 친구가 더 있다. 지나가는 발걸음을 멈추게 하고 활짝 웃게 만들며 동네 거리를 정겹게 꾸며주는 벤자민과 참나무다. 늘 풀빛으로 반짝이는 잎새를 가득 품고 함박 미소가 저절로 떠오르는 그늘을 만들어주며 동네의 터줏대감 역할을 톡톡히 해낸다. 우리 동네 공기를 활기차게 해주며 메마른 땅을 적시듯이 삭막한 사막 생활에 기쁨이 되어 주는 풋풋한 이웃이다. 불모지 같은 나라에서 보석보다 귀한 자연을 바라보는 기분은 죽음의 사막 한가운데서 생명의 오아시스를 만나는 딱 그런 심정이다.

또한 더불어 살며 함께 삶을 나누는 소중한 이웃들도 빼놓을 수 없다. 잿빛 먼지만 날리는 동네 길을 걸어가다 보면 마주치는 낯익은 얼굴들이 있다. 오랜 세월 동안 험난한 시절도 같이 견딘 정든 현지인 이웃사촌들이다.

부지런히 차를 세차하는 카릴, 길거리를 청소하는 헤니(간혹 거리의 개들이 다가올 때는 얼른 달려와서 안전하게 지나가도록 동행까지 해준다), 전문가 못지않게 나무를 잘 키우는 무함마드, 두루두루 이웃을 모아 즐겁게 어울리며 차를 마시는 다정한 헤바 아줌마, 서툰 운전으로 동네를 휘저으며 바쁘게 출근하는 브루노 엄마, 하릴없이 앉아 있는 노부부 파티야와 하미다, 젊음으로 작은 우리 동네를 휩쓸고 다니는 모하메드, 열심히 배달 다니는 어린 압달라와 아흐마드, 온갖 동네일을 다 돕는 감초 같은 마흐무드, 구멍가게 무스타파, 과일 배달 가는 라흐프, 무뚝뚝하지만 친절한 문구사 에반, 항상 반갑게 맞아주는 쾌활한 람가드, 세탁소 이삼, 약삭 빠른 자전거포 세브, 야채장수 하겔과 이스말리야, 150키로의 몸무게를 거의 반으로 줄여 멋지게 다이어트에 성공한 남동생 같은 뚤랍(친삼촌처럼 나의 막내아들을 귀여워 해주며 어려운 일이 생길 땐 언제라도 달려와 도와주는 고마운 사람), 뺀질거리는 뒷집 택시 운전사 쌔미, 천사 같은 집주인 사미라와 아민 부부, 부동산업자 겸 우리 집 건물 관리인 망두, 아랫집의 착한 메헤탑과 빠아드 할머니, 1층의 말하기 좋아하는 수단 사람 바클리, 앞집의 점잖은 우크라이나인 미카엘네 가족, 전기 기술자 마르크스, 동네 어린이집 경비원 아바놉과 매기트, 소아과 의사 재닌, 간호사 모아즈, 모바일 회사에 근무하는 파티마, 가끔 마주치는 귀여운 그린펀빙고네 가족, 나만 보면 사납게 짖어대는 라두와 가족의 플로피와 로이, 우리 강아지 망고의 단짝 여자친구 미스티카네, 의심 많은 슈퍼 아줌마 엠마와 웃음을 달고 사는 부지런한 그녀의 아들 사브리, 날마다 그야말로 목이 빠져라 기다리는 쓰레기 마을의 이스마엘과 그 아들 압둘라 일행까지, 이런 익숙한 이웃을 볼 때마다 우리 동네에 사는 것을 실감하면서 유난히 더 행복을 느끼게 된다.

평상시에도 우리 동네 이웃들이 친절하고 다정했지만 특별히 더 감명을 받게 된 일이 있다. 바로 이집트 혁명 때이다. 어느 날 갑자기 아무 징조도 없이 대통령궁 근처에 사는 우리 가족에게 '마른하늘에 날벼락' 같은 일이 일어났다.

대부분의 한인과 외국인들은 '마디'라는 신흥도시에 모여서 살고 있고 우리 가족과 몇몇 한인만이 헬리오폴리스에 살고 있다. 그런데 매스컴을 통해서 '아랍의 봄'이라고 알려진 시위 행렬이 대통령궁 바로 앞을 지나는 트램을 타고 우리 집 근처로 셀 수 없이 모여든 것이다. 당연히 이 트램은 격변의 소용돌이가 지난 이후 즉시 철거되었고 예쁜 화단으로 탈바꿈했다.

그 날, 총소리와 함께 군인들과 탱크와 장갑차가 우리 동네에 가득 깔렸다. 날마다 집 바로 앞에서 총소리가 쉴 새 없이 무섭게 들려왔다. 하루, 이틀 지나면서 여기서 저기서 무시무시한 소식들도 들려왔다. 한국인들도 외국인들도 서둘러 철수 준비를 시작했다. 심각한 의논 끝에 우리 가족과 몇몇 지인들은 귀국 신청을 하지 않고 그대로 남아 있기로 했다. 이집트에서 모든 통신이 단절되기 직전에 대부분의 한인은 대한항공에서 제공하는 특별 전세기 3대를 타고 한국으로 철수했다.

그제야 동네 주민들도 일의 심각성을 깨달았고 동네를 지키기 위해 젊은 청년들이 모여들었다. 칼릴, 아흐마드, 뚤랍, 무함마드, 모하메드, 헤니 등 젊은이들이 무기가 될 만한 엽총과 각목, 쇠파이프를 찾아서 들고 나왔다.

모인 청년들이 그때부터 밤낮으로 작은 우리 동네로 들어오는 길 입구를 약탈과 방화로부터 지키기 시작했다. 소중한 자신의 목숨을 누가 시킨다고 그냥 내놓을 사람도 없겠지만 시켜서도 아니고 자발적으로 모인 동네 청년들이었다.

이집트에 남겨진 우리 가족은 외국인이라서 특히 더 조심해야 했고 더 무섭기도 했지만 한편으론 밖에서 동네를 지키고 있는 청년들을 생각하며 한치 앞도 알 수 없는 상황을 힘겹게 버텨 나갔다. 그렇게 우리 가족도 동네 주민이 되어 이웃들의 보호를 받았다.

이 날 이후로 난 우리 동네에 더 큰 소속감을 느끼게 된 것 같다. 어려운 시기를 함께 보낸 이웃들이라서 그런지 볼 때마다 더 애틋하고, 더 고맙고, 더 사랑스러워 보인다. 큰 도시 헬리오폴리스 안에서 형성된 아주 작은 우리 동네가 신기하기까지 하다. 이곳에서 살게 된 것이 큰 행운이고 이 동네 주민인 것이 자랑스럽다.

이제 와서 지난 세월을 뒤돌아보니, 같은 한인들과의 만남이 삶에 가장 큰 활력소가 되었고 많은 의지가 되었다. 그와 비교할 수는 없지만 우리 동네 이웃들 또한 내게 큰 힘이 되어 주었다. 어디에서 살든 누구를 만나든 항상 마음을 열고 사상과 이념, 종교에 연연하지 않고 편견 없이 그냥 한 인간으로 서로를 대하는 것이 가장 아름다운 만남이라는 것을 살아온 세월이 알게 해줬다.

우리 가족이 사는 이집트는 이슬람 국가라서 보통의 나라에 비해 살아가는데 환경적으로 여러 가지 어려움이 많은 편이다. 단순히 이념의 문제가 아니라 생활 전반에 걸쳐서 많이 다르다. 국가 전체가 종교와 생활이 하나로 묶여 있다고 표현하는 게 가장 적절한 설명 같다. 단적으로 표현하자면, 연휴가 있는 달이면 모든 것이 멈춘다. 이집트 사람들은 일가친척끼리 모이는 종교적 공동체 생활문화를 형성하고, 환경적으로도 마트나 재래시장의 상품 진열대가 텅텅 비거나 살 수 없는 상태의 상한 물건들만 남는다. 한국이라면 상상도 안 되는 일이다. 뜨거운 여름까지 합치면 일 년의 반은 먹을 수 있는 것조차 많지 않다. 흔하디흔한 것들을 돈이 있어도 살 수가 없는 것이다.

결코 이집트 사람들이 게을러서가 아니다. 문화 자체가 그렇다. 처음 중동에 오면 사람들이 게으르다는 생각을 종종 하게 되는데 나 역시도 처음에는 그렇게 생각했다. 그러나 결론은 아니다. 뜨거운 중동의 날씨와 회교권이라는 특수한 환경 때문에 형성된 문화인 것이다.

지금은 모든 것을 이해하고 나름대로 맞춰 나가지만 처음 몇 년은 말도 못 하게 힘들었다. 사실 체념 반 적응 반이었던 절망적인 현실 앞에서 마음까지 차갑게 얼어붙기도 했다. 그 힘듦도 이웃을 사귀면서, 서서히 시간이 흘러 서로를 인정해주면서 차츰차츰 사그라져 갔다.

이러한 삶 속에서 다가온 기쁘기도 슬프기도 했던 순간들을 지나 올해 5월 23일에는 12학년인 큰아들의 졸업식이 학교에서 열렸고, 카이로에 온 이후에 태어난 7학년인 막내아들은 커다란 태극기를 들고 형의 졸업을 열심히 축하해줬다. 코로나로 인해 힘든 시절이었으나 졸업생이 몇 명 되지 않는 작은 현지의 대안학교라서 가능한 일이었다. 두 아들의 듬직한 모습에 우리 가족이 한국을 떠났던 18년 전이 생생히 떠올라 눈시울이 뜨거워졌고 감회가 더욱 새로웠다.

그때로부터 지금까지 긴 세월을 살아오는 동안 좋은 이웃과 더불어 살 수 있었던 것만으로도 참 고마운 일이라는 생각이 끝없이 들었다. 살아오는 동안 만난 선하고 친절하며 감사한 은인들이 새삼스레 떠올랐다. 우리 가족을 편견 없이 대해준 참 좋은 이웃들이었다.

행복은 언제나 내 마음속에 있다. 행복한 마음은 나를 빛나게 해 주는 내 영혼의 안식처다. 굽이굽이 끝없이 흐르는 사랑의 마음을 따라 걸어가는 우리 동네의 거리는 나의 행복한 세상이다. 비록 메마른 사막 위의 재투성이 나라이고 회색빛 거리지만 우리 가족이 사는 이곳은 한없이 아름다운 마을이고 세상에 둘도 없는 정겨운 이웃이 있다. 바로 이곳이 내가 지금 살고 있는 행복한 우리 동네다.

삶의 향기가
문학이 됩니다

금상 | 또또 주미선

은상 | 공터에서 정인주

은상 | 나비의 꿈 조현미

동상 | 온라인 수업 김미희

동상 | 내 짝꿍 말미잘 유진아

동상 | 윗집에 공룡이 쿵쿵쿵 엄경순

아동문학
부문
수상작

또또

주미선

장애를 가진 둘째를 키우면서 밀쳐 두었던 꿈이 고개를 들기 시작한 것은 재작년 늦가을이었습니다. 신이 시련을 주었을 때는 다 뜻이 있을 거라고 생각했지만, 시간이 길어질수록 몸도 마음도 지쳐갔습니다. 그런 제가 딱했는지, 남편은 일주일에 한 번이라도 마음을 쉬라며 문화센터를 권했습니다.

그렇게 10년이 다 되어 다시 문학의 문을 두드렸습니다. 처음 몇 달은 글을 쓰는 것보다 같은 꿈을 가진 사람들을 만나는 것만으로도 행복했습니다. 본격적인 글쓰기에 들어가면서부터 쓰는 일이 얼마나 어려운가를 절감하는 시간이었습니다.

그러다 첫째 아이가 켜놓은 텔레비전에서 사냥개가 멧돼지에게 젖을 먹이는 장면을 보게 되었습니다. 빨래를 다 널고 다시 텔레비전 앞에 앉았을 때는 좀 전에 하던 프로그램은 끝난 뒤였지만, 저는 그 뒤 이야기가 궁금해졌습니다.

아기 멧돼지는 어떻게 되었을까? 사냥개와 멧돼지는 함께 할 수 없는 운명인데.

'또또'는 거기서부터 시작된 작품입니다. 동화를 쓰기 시작한 지 얼마 되지 않아서 하나의 작품을 끝내려면 많은 시간이 필요했습니다. 하지만, 또또는 시작과 끝을 거침없이 써 내려갔습니다. 다 쓰고 나자 또또를 보내는 마지막 장면에선 저도 모르게 눈물이 났습니다. 제 아이들 생각이 나서였습니다. 완성하고 나서는 사냥개와 멧돼지의 특성을 조사하고 몇 번이고 문장을 다듬는 시간이었습니다. 또또라는 제목도 멧돼지의 어원을 조사하다 발견한 것입니다. 또또 먹는다는 의미도 재밌고, 또 또 만날 수 있을 거라는 여운이 있는 이름인 거 같아 좋았습니다. 그래서 또또는 특별히 애정이 가는 작품입니다.

수상 전화를 받던 날, 수없이 감사하다는 인사를 하면서도 현실감이 느껴지지 않았습니다. 이틀 뒤 면접 인터뷰를 하고 나서야 남편과 얼싸안고 거실을 뱅글뱅글 돌았습니다.

동화를 시작한 지 2년만입니다. 잘 가고 있는지 흔들리던 시간들에 용기를 가져도 된다고 격려해 주신 심사위원님들께 머리 숙여 감사드립니다.

'나에게 인연이 닿는 작품을 만나야 열매를 맺는다.'며 동화의 길로 인도해 주신 이성자 교수님 감사합니다. 함께 고민해 준 솔방울반 문우님들 감사합니다. 글쓰는 일을 응원해 주며 쓰고 싶은 소재가 있을 때 기꺼이 취재에 동행해준 남편 봉봉이님 감사합니다. 남다른 특별함으로

똘똘 뭉친 준영이, 주하야 사랑해♡

아이들에게 위로가 되는 글을 쓰는 동화작가가 되고 싶습니다.

또또

주미선

텃밭에 갔던 아줌마가 아기 멧돼지를 안고 나타났어.

"그게 뭐요?"

아저씨가 아줌마의 품에 안긴 멧돼지를 보며 물었어.

"이상한 소리가 나서 가봤더니, 이 녀석이 쓰러져 있지 뭐예요."

나는 낯선 아기 멧돼지의 등장에 긴장되고, 호기심도 생겼어. 하지만, 곁에 가지는 않았어. 밤낮으로 아저씨와 아줌마가 멧돼지를 돌보는 모습을 지켜보기만 했어. 그런데 이상도 하지. 멧돼지가 오고부터 가슴이 찌르르 뭉치더니 다시 젖이 흐르기 시작했어. 새끼를 낳은 지 벌써 석 달이 지났는데.

그걸 알았는지 멧돼지는 자꾸만 내 가슴으로 파고들었어. 자리를 옮길까 고민도 했지만, 어린 멧돼지를 보자 마음이 약해졌어. 젖도 물지 못하고 먼저 떠난 내 새끼들이 생각났거든. 나는 못 이기는 척 그대로 자리에 누웠어. 멧돼지가 젖을 잘 물 수 있도록.

멧돼지는 내 가슴에 얼굴을 비비며 행복해했어.

"여보, 이것 좀 봐요."

아줌마가 신기한 듯 나를 보며 말했어.

"우리 누리가 정을 잘 주지 않는데……."

아저씨도 고개를 갸웃했어.

"몇 달 전, 잃어버린 새끼 생각이 나서 그런가 봐요."

아줌마는 내가 안쓰러운 듯 머리를 쓰다듬었어.

나는 아저씨와 아줌마 집에서 가족처럼 살고 있는 사냥개거든.

아줌마는 아기 멧돼지를 '또또'라고 이름 지어주었어. 먹는 걸 좋아해 자꾸 먹는다고 지은 이름이야.

또또는 나의 젖을 먹고 무럭무럭 커 갔어. 처음 집에 왔을 때 뒤뚱거리기만 하더니 이제는 마당을 제집인 양 뛰어다녀.

"먹성 좋은 또또 키우느라 우리 누리가 삐쩍 말랐네."

아줌마는 부쩍 마른 내 몸을 보고 걱정했어.

"누리야, 네가 좋아하는 고기야, 잘 먹어야 너도 견디지."

나는 또또에게 젖을 먹이려고 아줌마가 내민 고기를 더 열심히 먹었어.

또또는 나날이 포동포동 살이 올랐고, 이빨도 튼튼해졌어. 젖을 물때마다 군데군데 찢어져 통증이 느껴졌지만, 커가는 또또를 보면 참을 수 있었어.

"에구, 안 되겠다. 누리야!"

아물지 못한 피딱지투성이 내 젖을 보며, 아줌마는 깜짝 놀라 또또와 나를 떼어놓았어.

'엄마, 엄마.'

나는 알고 있었어. 나를 부르며 내 뒤만 졸졸 따라다니는 또또는, 젖보다 엄마 품이 더 그리운 거라는 걸. 그래서 아저씨와 아줌마 몰래 또또를 품어주곤 했어.

그렇게 어제까지만 해도 또또는 온통 내 마음을 차지하고 있었어. 하지만, 오늘은 아니야.

'엄마, 나야 또또~'

또또가 애타게 불러도 나는 어쩔 줄 몰라 피하기만 했어.

나는 멧돼지나 다른 짐승들을 사냥하도록 키워졌어. 친구들보다 덩치도 크고 발도 빨라서 사냥하기엔 더없이 좋은 조건을 가졌지. 보름 전에도 아저씨 밭을 망가뜨려 놓은 멧돼지 한 마리를 잡았거든. 그런데, 어제 나는 또또의 눈에서 익숙한 누군가를 보고 말았어.

보름 전 사냥은 내가 태어나서 한 사냥 중에 가장 힘든 일이었어. 유달리 몸이 굼뜬 멧돼지라고 얕보고 덤볐는데, 필사적으로 덤벼드는 거야. 결국, 몸이 무거워 보이는 그 멧돼지를 놓치고 말았어.

'제발 살려줘.'

슬픈 눈으로 바라보는 그 멧돼지를 어쩌면 그냥 보내 주고 싶었는지도 몰라. 나와의 싸움으로 큰 상처를 입어 오래 살지는 못할 거라 생각했어.

오늘 아침이었어.

나와 달리기를 하던 또또가 아저씨가 파놓은 텃밭 구덩이에 빠지고 말았어. 내가 아저씨를 데리고 오자 또또는 하얀 눈자위에 핏발이 서도록 울고 있었어.

나는 그제야 그 눈빛을 기억해 냈어. 울고 있던 또또의 눈이 도망가던 그 멧돼지의 눈과 닮았다는 것을.

왜 처음에는 몰랐을까. 나는 이제 어떻게 해야 하는 거지?

"누리야, 어디가 많이 아픈 거야?"

아줌마는 밥을 먹지 못하는 내가 걱정이 되는지, 수의사 선생님까지 불러왔어. 수의사 선생님이 처방을 해주었지만, 나는 여전히 기운을 차릴 수 없었어.

"또또 키우느라 너무 힘들어서 그런 거야?"

아줌마는 축 처져 있는 나를 어떻게든 낫게 해 주려 했어.

그런 아줌마 마음을 아프게 하고 싶지 않은데, 어떻게 해야 할지 모르겠어.

나는 몇 날 며칠 잠을 잘 수가 없었어.

'저리가 또또야, 나는 네 엄마를……'

또또가 내 곁에 와서 핥으려고 하면 더 예민해졌어.

"그렇게 품고 키우더니, 왜 갑자기 그러냐?"

아줌마는 나와 또또가 걱정되는지 몹시 안타까워했어.

"그만 또또를 산으로 돌려보냅시다."

아저씨가 점점 말라가는 나를 보며 결심하듯 말했어.

"또또를 위해서도 그렇게 하는 게 좋겠죠."

아줌마는 나만 애타게 따라다니는 또또를 보며 한숨을 푹 내쉬었어.

결국 또또가 산으로 떠나는 날이 오고 말았어.

"또또야, 산에서도 잘 지내야 한다."

아줌마는 또또의 목에 이름표를 달아 주며 눈물을 글썽였어.

나는 애써 보지 않으려고 저만치 멀리 있었어. 또또가 창고 옆에 숨어 있던 나를 찾아냈지만, 한사코 밀쳐냈어.

'저리가!'

나는 이빨을 드러내며 으르렁거렸어.

'엄마, 왜 그래.'

차가운 내 눈빛에도 또또는 포기하지 않고 더 크게 울며 나를 따라다녔어.

"또또야, 나는 이제 널 품을 수가 없어!"

나는 더 모질게 또또를 밀어냈어.

보다 못한 아저씨가 또또를 안고 산속으로 사라졌어. 멀리서 또또의 울음소리가 가슴을 콕콕 찔렀어.

'다신 산밑으로 내려오지 말고 잘 살아.'

나는 발톱에 상처가 나도록 땅을 파며 슬픔을 삼켰어.

차라리 눈에 보이지 않으면 마음이 힘들지 않을지도 몰라. 그런데, 또또가 산으로 가고부터 마음 한쪽이 추워졌어. 아직 겨울이 오려면 멀었는데 말이야.

"누리야, 어린 또또가 불쌍해서 키웠는데, 널 힘들게 했구나."

매일 또또가 올라간 산을 멍하니 바라보는 나를 보며 아줌마는 미안해했어.

'젖을 물린 건 나니까 그리 미안해하지 마세요.'

나는 아줌마의 손을 힘겹게 핥았어.

"시간이 지나면 괜찮아질 거야."

아줌마가 내 등을 다독이며 꼭 안아주었어.

아줌마 말처럼 언젠가는 툴툴 털고 일어나 다시 사냥을 나가야겠지. 그게 사냥개의 운명이니까.

또또가 산으로 떠나고 많은 날이 흘렀어. 어느덧 내 마음이 안정을 찾아가고 있을 때였지.

"이장님, 올해 농사를 망치게 생겼는데, 누리 데리고 순찰이라도 가주면 안 될까요?"

동네 사람들은 아저씨에게 밭을 망가뜨린 멧돼지를 잡아 달라고 부탁하러 왔어. 사람들은 참 금방도 잊어버려. 몇 달 전만 해도 또또가 귀엽다고 예뻐하더니, 이제 또또와 같은 멧돼지를 잡아달라고 하니.

"봐서 알겠지만, 우리 누리가 아직 기운을 못 차려서."

아저씨는 사냥이 내키지 않는 듯 평소 하지 않던 거짓말을 했어.

동네 사람들이 가고 아저씨는 한참 동안 생각에 잠겨 있었어.

"누리야, 오늘은 산책간다 생각하고 앞산이나 한 바퀴 돌다 오자."
"여보, 아직 누리가 산에 가는 건 무리예요."
아줌마가 길을 나서는 아저씨와 나를 가로막았어. 나도 지금은 사냥을 하고 싶지 않아. 하지만 오늘은 산에 가고 싶었어.
'아줌마, 이제 괜찮아요.'
내 몸이 괜찮다는 걸 아줌마가 믿을 수 있게 나는 펄쩍 뛰어올라 보였어.
"너도 오랜만에 산에 가고 싶은 거구나."
그제야 아줌마가 나의 산책을 허락해 주었어.
아저씨와 나는 천천히 산길을 걸었어. 오랜만에 산에 오르니, 초록으로 물든 나무들이 가슴을 설레게 했어.
"누리야, 산에 오니까 너도 좋지?"
산 풍경을 맘껏 즐기고 있을 때였어. 아저씨의 핸드폰이 울렸어.
"뭐요? 앞산 쪽으로 도망가고 있다고요?"
나는 직감적으로 알았어. 곧 사냥을 해야 한다는 것을. 앞산이라면 지금 우리가 있는 곳이니까 피할 수도 없다는 것을.
아저씨의 심장이 빠르게 뛰는 소리가 들렸어. 아저씨가 긴장할 때면 들리는 소리지.
"누리야, 조심해야 한다."
아저씨는 나를 보며 당부했어.
산 아래로 내려갈수록 무언가가 오고 있는 진동이 느껴졌어. 나는 귀를 바짝 세우고 온 신경을 한군데 모았어. 그런데 귀보다 먼저 내 코가 반응했어. 익숙한 냄새가 내 코를 자극했지. 또또였어.
몇 달 동안 보지 못했지만 늘 그리워하던 냄새. 나는 당황했어.
'절대 산 밑으로 내려오지 말라고 했는데.'

어떻게 해야 하지? 또또는 제법 큰 멧돼지가 되었을 텐데.

또또가 산으로 가고 산비탈 집 앞까지 내려온 적이 있었어. 또또는 목이 쉬도록 나를 부르며 내 주변을 맴돌았어. 반가웠지만, 나는 털을 곤두세우며 사납게 쫓아냈어. 또또가 포기하고 산속으로 사라지고 나서야 나도 목이 쉬도록 울었어. 그런 또또를 이렇게 만날 줄은 몰랐어.

속도를 내던 걸음이 자꾸만 느려졌어.

"누리야, 왜 그러냐?"

'아저씨, 오늘은 사냥을 하고 싶지 않아요.'

나는 납작 엎드려 꼬리를 내렸어.

"저쪽이다!"

일어나지 않으려는 나와 일으켜 세우려는 아저씨가 실랑이를 벌이는데 멀리서 사람들 소리가 들렸어.

진동 소리는 점점 가까워졌어. 또또가 우리 쪽으로 가까이 온 거야.

"지금이야!"

누군가의 입에서 터져 나온 말과 동시에 방아쇠 당기는 소리가 들렸어. 나는 반사적으로 몸을 빠르게 움직였어.

딸각 소리와 동시에 또또가 달려오고 있었어.

"탕!"

내가 공중으로 붕 뛰어올랐을 때 또또와 눈이 마주쳤어.

'어서, 어서 도망가!'

내 몸이 픽 땅으로 떨어지고 사람들의 웅성거리는 소리가 들렸어.

"누리야! 누리야!"

아저씨의 울먹이는 소리가 들렸지만, 이상하게 하나도 아프지 않았어.

'또또는 괜찮겠지.'

안도의 숨을 내쉰 것도 잠시, 내 옆에서 거친 숨소리가 들렸어. 피를 흘리고 있는 건 내가 아니고 또또였어.

"너도 누리를 기억한 거구나."

또또의 목에 걸린 이름표를 발견하고 아저씨의 눈시울이 붉어졌어.

'엄마~'

또또가 마지막 힘을 내어 나를 불렀어.

'그래. 또또야.'

나는 힘겹게 숨을 내쉬고 있는 또또의 얼굴을 핥았어. 거칠던 또또의 숨소리가 점점 잠잠해지더니 평온해졌어. 얼굴에 엷은 미소가 번지는가 싶더니 또또의 눈이 스르르 감겼어. 잠이 들면 안 되는데. 내 눈에서는 자꾸만 뜨거운 눈물이 흘러내렸어.

"와우우~ 와우우~"

나는 하늘을 향해 크게 울부짖었어. 잠든 또또가 꼭 다시 깨어날 것만 같았어.

공터에서

정인주

주택에 살면서 동시 재료가 되는 것은 참 많습니다. 제가 키우는 개(붉은 노을, 개나리)와 고양이(해피, 대박이)가 주인공이 되고, 꽃과 나무도 제 작품에 등장하기도 합니다. 그것들은 본능에 충실해서 발톱을 드러내기도 하고 제품으로 사정없이 파고들기도 합니다. 바람에 스치는 풍경에도 나비와 벌의 날갯짓을 보면서도 어떻게 써야 할까? 수없이 쓰고 버리고 하던 시간들…….

동시는 어린이 마음으로 쓰라는 것이 참 어려웠습니다. 나이 듦에 따라 세상을 바라보는 시각이 달라지니까요. 문득 신나서 끼적거려다 보면 어디선가 본 듯한 느낌이 나고 열심히 한다 해도 마음에 드는 작품은 쉬이 나오지 않았습니다. 동시는 쉬운 듯하면서도 그 시선과 깊이가 동심 속에 가 닿아야 하니까요.

집주변에 길냥이들이 많아 밥을 주고 있었습니다. 그 중에서 세 마리가 집안으로 들어왔습니다. 길냥이는 경계를 많이 하는 편입니다. 밥을 받아먹으면서도 일정 거리를 유지하지요. 헌데 차례로 세 마리가 들어왔습니다. 삶의향기 동서문학상에 동시를 출품하고 나서 일어났던 일이라 좋은 일이 생길 것만 같았습니다. 그 예상은 빗나가지 않았습니다.

동서문학상 관계자분들과 심사위원님께 감사드립니다. 신나고 즐거운 이 소식은 평택 아동문학 식구들과 함께하겠습니다. 평택아동문학회의 따뜻한 분위기 속에서 동시를 어떻게 써야 되고 펼치는지, 배우게 됐습니다. 모두들 열정을 한가득 품고 있기에 저는 문학이란 끈을 놓지 않았고 오늘 이와 같은 열광의 기쁨을 안겨줘서 감사드립니다. 따뜻한 동심의 세계를 열심히 펼치며 더욱 정진하겠습니다.

공터에서

정인주

오랜만에 사거리 공터가 떠들썩해요

다리 하나 부러진 의자가
절룩거리며 나왔고
머릿속이 텅 빈 컴퓨터도 나왔어요
날개 꺾인 선풍기는 허공만 쳐다보다
얼떨결에 나왔대요

나도 방금 입을 벌린 채
이 공터의 주인이 됐어요
나는 입 큰 냄비에요

그때 바람이 쌩 지나가자
비스듬히 앉아있던 의자가
절룩거리며 웃었어요
옆에 있던 선풍기는 빙빙 돌면서 웃고
속이 텅 빈 컴퓨터는 친구들 따라
웃어요

입만 크다고 웃어요
그때 어떤 할머니가 공터를 기웃거리시더니
나를 집어 들면서

'거, 개밥그릇하면 참 좋겠구먼'
내 손을 잡았어요

나는 할머니 집으로 다시 돌아가요

나비의 꿈

조현미

이야기를 좋아하는 아이가 있었습니다. 낡은 도서관과 오래된 책 냄새가 좋았고, 빗소리를 곁들인 글맛에 취해 더러 끼니를 잊기도 했던가요. 책에서 읽었거나, 엄마께 들은 고전소설에 상상을 덧대 친구들에게 들려주곤 했지요. 아이들의 반응은 기대 이상이었습니다. 논둑 길과 정자나무를 지나 먼지 폴폴 나는 한길 끝에서도 아이는 막힘 없이 글 타래를 풀곤 했습니다. 그런 아이 주변엔 늘 친구들이 끓었고, 그들을 위해 더 많은 책을 읽어야 했는지도 모릅니다.

아직도 제 안엔 아이가 살고 있습니다. 볼이 온달처럼 통통하고 입매가 야무진 상고머리 여자아이가 동화책을 읽고 있습니다. 복도 맨 끝, 나무 바닥이 삐거덕거리는 초등학교 도서관은 제 모든 글의 원적(原籍)이었습니다.

세계 곳곳에 소녀상이 세워질 무렵, 글을 구상했습니다. 수상 소식을 접하기 얼마 전, 그때 세운 소녀상이 철거 위기에 직면했다는 뉴스가 흘러나왔고요. 지난여름을 할퀸 태풍과 큰비는 어쩜 할머니가 된 소녀의 눈물이 아닐까 생각했습니다.

오늘도 수많은 사람이 소녀상 곁을 지나칩니다. 소녀가 왜 그곳에 외따로 앉아있는지, 소녀의 그림자가 왜 할머니 모습을 하고 있는지 아무도 궁금해하지 않습니다. 할머니 가슴께 붙어 있는 나비를 무심히 밟고 지날 뿐입니다. '역사를 잊은 민족에게 미래는 없다'던 신채호 선생님의 말씀이 가을바람처럼 선득하게 다가옵니다. 그래도 아직은 은결 같은 아이들이 많을 거라고, 마음을 다독입니다.

하 수상한 시국에도 행사를 위해 애써 주신 삶의향기 동서문학상 운영위원회와, 설익은 글을 미쁘게 봐 주신 심사위원님께 고맙습니다. 도사리 같은 제 동시와 동화의 맨 처음 독자인 딸 소연, 기쁠 때나 궂길 때나 넷째와 함께하는 울 육 남매, 읽는 재미와 쓰는 재주를 대물림해주신 어머니 사랑합니다. 이야기 속 은결을 불러주시고, 부족한 글에 날개를 달아주신 할머니들께 큰절 올립니다.

나비의 꿈

조현미

빗소리가 창문을 두드린다. 처음엔 햄스터 '청이'가 쳇바퀴를 돌리는 줄 알았다. 창틀을 넘어온 빗방울이 툭툭, 볼을 때린 뒤에야 은결은 후다닥 창문을 닫는다.

국어 숙제를 하다 설핏 잠이 들었던 것 같다. 숙제는 장래희망에 대한 글짓기였다. 그러나 은결은 달랑 제목만 썼을 뿐, 단 한 줄도 쓰지 못했다. 잊고 있던 숙제 생각을 하자 지끈지끈 머리가 아프다. 원고지 두 번째 줄 가운데 '꿈'이란 글씨가 점점 커지더니 금방이라도 종이를 찢고 나올 것만 같다.

은결의 꿈은 아나운서다. 아니, 정확히 말하면 그건 엄마의 희망이었다. 사실 은결은 꿈이 많은 아이였다. 어린이집 선생님이 되고 싶었고, 치과 간호사를 꿈꾼 적도 있었다. 편찮으신 할머니를 돌봐주시는 요양보호사가 되고 싶다고 말했을 때, 엄마는 불같이 화를 내셨다. 세상에 직업이 얼마나 많은데, 꿈이 왜 그리 작냐며 서럽게 우셨다. 그날 이후, 은결의 꿈은 아나운서로 바뀌었고, 엄마는 웃었다.

국어시험에서 만점을 받아올 때마다 엄마 얼굴엔 장미꽃이 백 송이도 넘게 피어났다. 그러나 은결은 고민이 많았다. 국어만 잘한다고 아나운서가 되는 게 아닌데. 키도 늘씬하고 예쁘고 비싼 옷도 입어야 한다는데. 학원도 다녀야 한다는데…….

월급날마다 엄마는 한숨을 쉬곤 했다. 돌아가신 아빠의 빚을 갚고 나면 생활비가 늘 쪼들린다는 것을 은결도 알고 있었다. 그럴 때마다 은결은 얼른 자라서 돈을 벌어야겠다고 다짐했다. 엄마를 도울 수만 있다면, 꿈 같은 건 아무래도 좋았다.

스케치북 두 쪽만 한 창문 너머로 사람들이 바쁘게 오간다. 짧은 치마에 하이힐, 양복바지에 구두, 청바지에 운동화를 신은 사람들. 반지하에 사는 은결에겐 사람들이 반만 보인다. 창문을 열어놓고 잠든 걸 알면 엄마가 화를 내실 게 뻔하다. 사람들에게 알몸을 보여주는 것 같다며 엄마는 창문 여는 걸 엄청 싫어하신다.

비 탓인지 집안은 오늘따라 유난히 어둡고 초라해 보인다. 평소 발랄한 은결도 비만 오면 마음이 덩달아 흐려진다. 이런 날, 집은 꼭 먼 바다에 떠 있는 섬 같다고 은결은 생각한다.

문득 신발장 앞의 우산이 눈에 띈다. 쪼르르 방으로 달려간 은결이 주섬주섬 나들이옷을 챙겨 입는다. 아침에 집을 나서던 엄마가 우산을 챙기지 못했던 걸 그제야 기억한 거다.

저만치 엄마가 일하시는 마트가 보인다. 할머니가 살아계실 땐 둘이서 종종 엄마 마중을 오곤 했었다. 문 뒤에 숨었다, '짠'하고 나타날 때마다 엄마는 보름달처럼 환하게 웃곤 하셨다.

–엄마, 나 공원에서 기다리고 있을게. ^^–

문자를 보내려던 은결의 엄지손가락이 전송 버튼 앞에서 잠시 머뭇거린다. 미간에 V자를 그린 엄마의 얼굴이 떠올랐기 때문이다. 엄마는 은결이 밤늦게 돌아다니는 걸 제일 싫어하신다. 퇴근 시간이 되려면 한 시간 남짓, 결국 은결은 문자를 지워버린다.

은결이 버릇처럼 소녀상 근처로 간다. 눈이 큰 가로등이 두 개나 있어 공원에서 가장 밝은 곳이다.

소녀의 눈에 줄줄 빗물이 흐른다. 머리도, 어깨 위 비둘기도, 저고리와 치마, 그림자까지 흠뻑 젖었다. 은결이 손수건을 꺼내 소녀의 얼굴을 닦아준다. 그리곤 소녀 옆 의자에 앉는다.

'너도 나처럼 혼자구나…….'

안쓰러운 마음에 소녀 쪽으로 갸우뚱, 우산을 기울이는 은결이다. 널찍한 우산 속이 할머니 품처럼 아늑하다.

"에구……, 숭악한 것들. 어찌 인간의 탈을 쓰고 그런 짓을 할 수 있는지. 그놈들은 사람이 아녀. 짐승만도 못한 놈들 같으니라구."

TV가 나눔의 집 할머니들을 비출 때면 할머니의 목소리가 높아지곤 했다.

"그 어린 것들이 을매나 몸 고상, 맘 고상을 혔겄어. 울 은결이 또래도 있었다는디, 당최 맘이 짠해 넘의 일 같지 않다닝게."

매년 겨울마다 모자와 목도리를 꼭 두 개씩 짜는 할머니셨다. 분홍색에 하늘빛 하트 무늬를 넣은, 모자와 목도리를 한 소녀를 보면 은결은 기분이 묘했다. 외동인 자신에게 꼭 자매가 생긴 것 같은 기분이랄까?

꽁꽁 언 손과 발에 손난로를 올려주면, 소녀의 무표정한 얼굴에 발그레 핏기가 도는 듯했다. '고마워' 아주 조그만 소리가 들리는 것 같았다.

'할머니가 그립니?'

"어, 아주 많이. 너무너무 보고 싶어."

'할머닌 여전히 네 마음 안에 사시는데?'

"아냐, 그렇게 어른스럽고 어려운 말은 싫어. 만질 수 없고 안아줄 수 없다면 살아있어도 살아있는 게 아니야."

…….

'돌아간다는 건, 떠나온 곳이 있기 때문이야. 너도 언젠가는 그곳으로 돌아갈 테니 영원한 이별은 아니지. 하지만 돌아가지 못하고 이승과 저승 사이를 헤매는 존재도 있어. 슬픈 일이지.'

무심코 대답하던 은결이 소스라친다.

주위엔 빗소리뿐인데, 아무도 없는데. 혹시 스마트폰에 빗물이 흘러 터치스크린이 저절로 움직인 건 아닐까?

그러나 주머니에 넣어둔 폰엔 빗물은커녕 물기 한 점 없다. 빗방울이 차가운 걸 보면 꿈을 꾸는 것도 아니다.

"누구야? 누구든 장난을 치는 거라면 비겁하게 숨어 있지 말고 나타나 봐."

벌떡 일어난 은결이 소리친다. 그러나 공원엔 여전히 빗소리뿐.

오소소 소름이 돋는다.

'너 지금 두려워하고 있구나? 저런……. 나는 그래도 너는 여느 아이들과는 좀 다른 줄 알았는데. 미안, 놀라게 해서……. 그 상태에서 소리 나는 쪽으로 고개를 좀 돌려 봐.'

은결의 시선이 멎은 곳은 조금 전까지 자신이 앉아 있던 의자 뒤쪽. 빗물이 흥건한 바닥에서 뭔가 꼼지락거리더니 하얀 나비 한 마리가 살포시 날아오른다.

'이 빗속에 웬 나비? 설마, 그림자 속 나비가……?'

"나를 따라 날아 볼래? 네가 그토록 보고 싶어 하는 할머니랑 아빠도 만날 수 있어. 또……."

"나는 날개가 없는 걸. 어떻게 날아?"

슬며시 딴청을 부리는 척 바라보니 과연 그림자 속 나비가 보이지 않는다. 비가 오나 눈이 오나, 좀 전까지만 해도 할머니 가슴께에 꼭 붙어있던 나비가 아닌가.

"나처럼 날갯짓을 해 봐. 두 팔을 옆으로 뻗어 위아래로 부드럽게 휘젓는 거야. 날 수 있다, 날 수 있다, 마음에 최면을 걸어 봐."

참으로 이상한 것이 '이건 아니지, 아니지' 하는데도 두 팔이 저절로 움직인다. 날갯짓이 더해질수록 몸이 솜처럼 가벼워진다. 공중부양하듯 몸이 붕 떠오른다.

설마 하며 양쪽 겨드랑이를 살피던 은결이 놀라 비명을 지른다. 성탄절 날, 교회 연극 때 입었던 커다란 날개옷이, 아니 진짜 날개가 돋은 거다.

소녀상이, 널브러진 우산이, 마트의 불빛이, 잔별처럼 다닥다닥 불빛을 단 건물들이 멀어진다. 이상하게 하나도 어지럽지가 않다. 고소공포증이 심해 철봉에 오르는 것만으로도 어지럼증을 느끼는 은결이었다.

나비는 어느새 한적한 시골로 은결을 안내한다. 비구름을 벗은 하늘이 푸른 유리구슬처럼 말갛다. 몽실몽실한 구름 아래로 야트막한 산이, 가르마 같은 오솔길이, 빨래판처럼 포개진 다랑논이 보인다. 전래동화책에서나 보았던 풍경들이 휙휙 지나쳐간다.

저만치 아빠의 옛집이 보인다. 마당에서 콩콩, 절구질하던 할머니가, 아빠가 손을 흔든다. 사람이 죽으면 가장 행복했던 시절로 돌아가서 영원히 산다고 말해준 할머니셨다.

할머니와 아빠는 행복해 보인다. 짧게나마 안부를 전하고 싶은데, 커다란 날개를 단 자신을 보면 당황해하실지도 모른다. 어쩌면 얼굴조차 나비로 바뀐 게 아닐까? 두 분의 행복한 모습을 본 것만으로도 다행이라고 은결은 생각한다.

'저기, 감나무가 있는 집이 우리 집이야.'

날갯짓을 멈춘 나비가 구름 방석 위에 올라앉으며 하는 말이다. 송이버섯을 닮은 초가지붕에 보름달만 한 박이 드문드문 앉아 있고 우물가에 감나무가 서 있는, 작지만 아담한 집이다.

'나는 그때 겨우 열세 살이었어. 아버진 일찍 돌아가시고 너처럼 할머니 밑에서 컸지. 엄마는 늘 농사일로 바쁘셨거든. 언니는 시집을 갔고, 오빠들이 셋에 동생이 둘이나 되었어. 난 선생님이 되고 싶었어. 간호사도 되고 싶었고. 어쩌면 그날 그렇게 끌려가지만 않았더라도……'

나비의 목소리가 파르르, 떨려온다.

'어느 날, 이장 아저씨가 집집을 돌아다니며 방앗간으로 모이라고 했어. 도시에 있는 비단 공장에 취직을 시켜준다나? 돈을 벌고 싶었어. 가난한 엄마께 논밭도 사 드리고 오빠들 학비도 보태고 싶었어.'

나비가 말을 잇는 사이 장면들이 빠르게 지나간다. 마치 다큐멘터리 영화를 보는 것 같다.

은결 또래의 여자애가 마루에 엎드려 뭔가를 끼적거리고 있다. 상고머리에 볼이 홍시처럼 발그레한 아이다. 그때 마을 이장이 낯선 남자와 함께 울안으로 들어선다. 집엔 아이뿐인지 다른 식구들은 보이지 않는다.

이장 아저씨와 몇 마디를 나눈 아이가 곧 그들을 따라나선다.

"가지 마, 가지 마. 가면 안 돼! 나쁜 사람들이라고. 제발 가지 마……"

은결이 목이 터져라, 소리를 친다. 그러나 아이는 듣지 못한다. 아무리 손짓을 하고 발을 동동 굴러도 발맘발맘 이장 아저씨를 따라갈 뿐이다.

'갔더니 쌀가마를 재는 저울에 올려놓고 몸무게를 달았어. 그리곤 대뜸 트럭에 올리는 거야. 엄마랑 할머니께 인사를 드려야 한다고 졸랐지만 막무가내였어…….'

'그 후론 두 분 얼굴을 단 한 번도 보지 못 했어…….'

아이를 태운 트럭이 부둣가에 도착한다. 그곳에서 만난 소녀들과 함께 아이가 배에 오른다. 그러나 소녀들이 도착한 곳은 공장이 아니다. 칸칸이 나뉜 커다란 창고 같은 곳이다. 문도 없이 가마니때기를 단 그곳으로 소녀들이 떠밀려 들어간다. 누런 군복을 입은 군인이 알 수 없는 말을 중얼거리며 들어선다. 아이가 비명을 지르며 뒷걸음친다.

'아, 이제 더는 말을 할 수가 없어…….'

나비가 운다. 눈물주머니가 없는 나비가 울다니. 날개가, 그 작은 몸이 눈물에 흠뻑 젖었다. 안아줘야 하는데 너무 작고 가냘파서 안아 줄 수가 없다. 위로라도 해 줘야 하는데 적당한 말이 떠오르지 않는다.

"미안해, 미안해……. 도와주지 못해서. 아무것도 해 주지 못해서 정말 미안해……."

참고 있던 눈물을 끝내 터뜨리고 마는 은결이다.

'괜찮아. 넌 이미 마음으로 충분히 나를 안아줬잖아. 네가 준 손난로 덕분에 추운 겨울을 날 수 있었어. 할머니의 목도리와 모자는 또 얼마나 따뜻했는데……. 아무도 듣지 않는 내 목소리를 들어주는 네가, 참 고마웠어.'

'고·마·워.'

은결이 손난로를 올려주고 돌아설 때마다 들리던 그 소리는, 환청이 아니었던 거다.

그때 은결의 주머니가 연거푸 흔들린다.

–은결아. 공원에서 기다리고 있겠다더니 대체 어디 간 거야? 우산만 놔두고–

폰엔 부재중 전화와 메시지가 여러 통 찍혀 있다. 모두 엄마에게 온 거였다.

'이제 돌아가야 할 시간이구나. 서둘러야겠어.'

나비가 말을 마치자 어디선가 나비들이 모여든다. 수천, 수만 마리의 나비 떼가 순식간에 은결을 에워싼다. 마치 큼지막한 꽃송이가 펄펄 날리는 것 같다.

은결을 태운 나비 떼가 힘차게 날갯짓을 한다. 초가집이, 감나무가 점점 멀어진다. 다랑논과 오솔길을 지나 산을 넘는다. 멀리 엄마가 일하시는 마트가, 공원의 불빛이 보인다. 곧 헤어져야 할 시간이란 걸, 은결은 느낌으로 안다.

"우리, 또 만날 수 있을까?"

'네가 나를 잊지만 않는다면…….'

잠시 망설이던 나비가 말을 잇는다.

'기억한다는 건 '함께하겠다'는 약속이지. 만질 수 없고, 안아줄 수 없다고 해서 존재하지 않는 건 아니거든. 희망이란 꿈을 꾸는 사람의 몫이란다, 아나운서든 간호사든 선생님이든 간절히 바랄 때 꿈은 찾아오거든. 언젠가는 내 꿈도, 은결이 네 꿈도 꼭 이루어질 거라고 난 믿어. 다만, 마음속에서 떠나보내지만 않는다면.'

알듯 모를 듯, 나비의 말에 생각이 많아지는 은결이다.

"은결아. 전화도 안 받고 문자도 안 하고. 도대체 어딜 갔다 온 거야? 얼마나 찾았는데……."
"어? 엄마, 나 문자 안 보냈는데……? 그런데, 혹시 나비 못 봤어?"
"얘가 오늘따라 왜 이상한 소리를 하고 그래? 공원에서 기다리고 있겠다고 이렇게 문자를 보냈잖아. 그리고 비 오는 날에 웬 나비? 그것도 이렇게 캄캄한 밤에."
엄마의 스마트폰엔 은결이 보낸 메시지가 고스란히 남아있다. 당황한 은결이 얼버무린다.
"아……, 그게 아니고……. 뭐 그럴 일이 좀 있었어."
"배고프지? 얼른 집에 가서 저녁 해 먹자."

그 많은 나비 떼는 다 어디로 사라진 걸까? 소녀상 옆을 지나며 유심히 주변을 살피는 은결이다.
그때, 의자 뒤쪽에서 작고 희미한 빛이 아른거리더니 이내 바닥으로 스며든다. 그림자 속 할머니 가슴 언저리에서 나비가 꼼지락거린다. 빗물에 함빡 젖은 채로.
'그래, 꿈이 아니었던 거야…….'
어쩐지 자꾸만 눈물이 나는 은결이다.

"엄마, 같이 가……."
소녀에게 우산을 씌워 주곤 은결이 엄마를 향해 달려간다.
어느새 날이 활짝 갠 줄도 모르고.

온라인 수업

김미희

동심은 나를 깨워 세상을 다시 보게 합니다.

매 끼니 사용하는 밥그릇도 익숙한 가족들 얼굴도 매일 지나가는 골목도 천변에 자라는 꽃과 풀들도 어제와 같은 건 없다고 말해줍니다.

아이의 눈으로 세상을 바라보니 무미건조하고 시시했던 세상이 즐겁고 새로운 것투성이가 되었습니다.

동심을 찾는 법을 알려주시고 쉽고 즐겁게 글을 쓰도록 이끌어주신 이해완 선생님 진심으로 감사합니다.

아동문학 공작소 그리고 열정의 줌팀 행운과 기쁨을 나눕니다.

수상 소식을 누구보다 기뻐해 주는 엄마 아빠 동생들 사랑합니다.

나는 인복 넘치는 사람임을 알게 해준 꽃비, 용&수 고마워!

제가 행복하면 자신도 행복하다고 말해 주는 남편 한 씨 고맙고

앞으로도 글바라지 잘 부탁합니다.

좋은 글을 써서 먹고사는 사람이 되겠습니다.

감사합니다. 사랑합니다.

온라인 수업

김미희

햇빛이 유리창에 쏟아지니
몸이 근질근질
마음이 들썩들썩

내 마음도 모르는
화면 속 우리 선생님은
열정적으로 수업만 하신다

"답은… 지우가 말해보겠니?"

비상!
내 마이크에 빨간불이 들어왔다

내 머릿속도 빨간불이다
몸이 얼어 아무 말도 못 하니

이때다 싶은 친구들

“선ㅅ ㅐㅇ님 지우 렉 걸ㄹㄴㅏ봐요”
“ㅅ ㅓㄴ생님 인ㅌ넷이 ㅈ ㅏ꾸 끊ㄱ ㅕ요”
나를 엄호해 준다

“여러분 이제 들리나요?”
“여러분 아직 안 들리나요?”
애타는 선생님 목소리만 가득하다

지우방 벽시계가 키득키득 웃는다

내 짝꿍 말미잘

유진아

나는 책을 무척 좋아하는 아이였다. 초등학교에 들어가기 이전부터 동네 아이들과 뛰어논 추억보다 혼자 책을 읽던 기억이 더 많다. 스스로 동네 도서관을 찾아 대출증을 만들었고, 일찍 자라는 엄마의 말을 거스르고 새벽까지 몰래 책을 읽다 들켜서 꾸중 듣기 여러 번이었다.

고교 시절에도 쉬는 시간이고 야자 시간이고 소설책을 붙들고 있기 일쑤였다. 글을 잘 쓰고 싶다는 열정이 몹시 강했던 것은 당연한 수순이었다. 운 좋게도 문학 선생님은 수능 지도보다는 작품을 깊이 있게 감상하는 방향으로 지도하곤 했는데, 그의 방학 숙제는 무려 '단편소설 한 편 완성하기'였다. 나는 그간의 독서 경력과 변변찮은 경험들까지 끌어모아 온 힘을 다해 글을 썼다. 개학 후 설레는 마음으로 완성한 작품을 제출했다. 문학 선생님은 그 중 눈에 띄는 작품을 꼽으며 칭찬을 늘어놓았다. 내 글은 언급조차 되지 못했다. 과제를 제출한 학생이 그다지 많지 않았는데 말이다.

그때 나는, 물론 절망했지만, 이렇게 마음먹었다. 그래, 박완서도 마흔에 등단해서 여태 글을 쓰는 걸. 나는 재능이 없으니 천천히 실력을 쌓아서 마흔쯤 등단해야지. 그리고 마흔을 몇 달 앞둔 이때, 등단이 보장된 등수는 아니었지만, 삶의향기 동서문학상을 수상하게 됐다. 얼마나 기뻤던지. 좋은 직장의 취업이나, 훨씬 더 많은 액수의 상금을 받은 공모전에도 소식을 알리는 데 게으른 나였지만, 이번에는 가까운 지인들에게 모든 채널을 동원해 자랑에 자랑을 거듭했다. 그만큼 글로 인정받는 일이 행복하고 즐거웠던 것이다.

타고난 재능보다 지속성을 가치있게 여긴 옛날처럼, 이 상을 계기로 더욱 꾸준히 창작에 박차를 가하고자 한다. 그때 그렇게 마음을 달래던 청소년이 결국 말한 대로 꿈을 이뤘노라 말하기 위해.

내 짝꿍 말미잘

유진아

2학기 첫날, 해란은 어깨에 멘 가방끈을 양손에 꽉 쥐고 학교로 향했다. 여름의 긴 더위와 끈적임은 끝나고 개학 날이 되어서는 제법 날씨가 선선했다. 해란은 발을 멈추고 하늘을 올려보았다. 구름 없는 하늘이 눈부셨다. 먼데 비행기 한 대가 소리 없이 지나갔다. 숨을 깊게 들이마시자 해란의 입꼬리가 슬며시 올라갔다.

'새 짝꿍은 어떨까?'

해란은 1학기 내내 짝꿍이던 미정이를 떠올렸다. 뒤따르는 콤콤한 냄새. 양치를 자주 하지 않는 남동생의 입 냄새 같기도 하고, 빨지 않고 널어둔 대걸레 냄새 같기도 했다. 미정이와 침 냄새는 따로 떨어뜨려 생각할 수 없었다.

처음 해란과 미정은 키가 비슷해 짝이 되었다. 안심하는 친구들을 보고 해란이는 한 달이 지나 짝을 바꿀 날을 기다렸다. TV에서 줄넘기하면 키가 큰다는 얘기를 듣고 하루 천 번씩 줄넘기를 넘기도 했다. 그러나 다음 달이 되었을 땐 이름순으로 짝을 정했다. 류해란, 명미정. 세 번째 달은 제비를 뽑아 절반이 순서대로 앉고 절반이 먼저 앉은 친구 옆에 가서 앉았다. 먼저 앉은 해란이 옆에 미정이가 앉았을 때, 해란은 미정이를 확 밀어버리고 싶었다. 차마 그러지는 못하고 마음을 꾹꾹 누른 채 하루를 보내고서는 집에 돌아가자마자 울음을 터뜨렸다.

"엄마아, 아아, 나 또 미정이랑 짝 됐어어, 엄마, 엄마 나 다시 전학 보내줘, 아니, 엄마가 학교에 전화 좀 해줘어 어? 엄마아아아, 엄마아"

엄마는 슬픈 눈으로 가만히 해란의 등을 쓸어주기만 했다.

"엄마는 왜, 맨날 나만 참으라 해. 해욱이가 말하는 건 다 들어 주면서."

엄마는 말없이 한참을 눈을 감고 앉아있었다. 다음 날 해란의 엄마가 담임선생님을 찾아왔다. 엄마가 다녀가고도 짝은 바뀌지 않았다. 아니, 반 전체가 짝을 더 이상 바꾸지 않았다. 그렇게 한 학기를 보내고 이제 새 학기를 시작하는 것이었다.

'새 학기엔 짝을 바꾼다고 하셨으니……'

2학기는 무조건 행복해야 했다. 5학년 3반, 교실 문 앞. 해란은 가방끈을 움켜쥐었던 손을 풀었다. 손가락이 뻑뻑하고 땀이 배어났다.

"드르륵"

문을 열자마자 미정과 해란이의 눈이 마주쳤다. 해란을 본 미정이 목을 내밀었다. 미정이가 움직이자 몸이 뒤틀렸다. 팔이 바깥쪽으로 구부러졌고, 얼굴은 갸우뚱 한 상태에서 덜덜 떨렸다. 얼굴이 흔들리자 벌어져 있던 미정이의 입에서 길게 내려오던 침도 같이 흔들렸다.

미정이는 1학기 마지막 때의 자리에 그대로 앉아있었다. 해란은 미정을 빠르게 지나쳤다. 미정이 옆을 지날 때 침 냄새가 확 풍겼다. 해란은 고개를 돌리고 비어있는 자리 중 되도록 먼 데에 골라 앉았다.

"야, 류해란, 너 말미잘 옆에 앉아야지."

말미잘은 미정이의 별명이었다. 이름 때문에 지어진 별명인데, 이미지도 딱이라며 처음 부른 희영이 늘 킬킬대곤 했다.

"2학기 땐 짝 바꾼다고 그랬거든!"

조금 후에 해란이 앉은 자리에 원래 앉던 아이가 와서 비키라고 했다. 해란은 고집을 부리며 일어나지 않았다. 아이는 해란이를 힘주어 노려보다가 빈자리가 자꾸 없어지자 다른 자리에 가서 앉았다. 덕분에 원래 자리가 조금씩 뒤틀렸다. 자리를 바꾸고 싶어 하는 다른 아이들도 조금씩 옮겼던 터였다. 마지막에 들어온 아이는 빈자리가 미정이 옆밖에 남지 않은 것을 보고 의자를 끌어 이미 두 명이 앉은 책상 옆에 끼어 앉았다.

담임선생님이 교실에 들어왔다. 못된 짓을 들킨 것처럼 반 전체가 얼어붙었다. 반 아이들은 빈자리와 선생님의 얼굴을 번갈아 흘끔댔다. 선생님은 세 명이 한 책상에 끼어 앉은 것을 보더니, 미간을 찌푸렸다. 그러나 아이들을 그대로 둔 채, 방학 숙제를 걷고 교탁 앞 TV를 틀었다. 학생들이 교장 선생님의 말씀을 듣는 동안 선생님은 해란이를 교실 밖으로 불렀다.

"해란아, 한 학기 동안 많이 힘들었지?"

"……."

"해란이 어머니는 해란이가 친구를 돕는 아이가 됐으면 하시던데."

"네?"

"동생처럼 여겼으면 좋겠다고."

해욱이, 또 해욱이라니! 배신감이 들었다. 엄마가 너무 미웠다. 해욱이도 특수 학생이었다. 미정이처럼 몸이 불편한 것은 아니지만, 해욱이는 자기 혼자만의 세상에서 놀았다. 집에서도 엄마에게만 말을 했고, 잘 웃지도 않았다. 꽃이나 풀을 뜯어 즙이 나올 때까지 짓이기곤 했다. 가만있으면 평범한 아이처럼 보이기도 했지만 그건 잠깐이었다. 혹시라도 다른 사람이 자기를 건드리면 돼지처럼 꽥꽥 소리를 질러댔다. 누나인 해란이여도 마찬가지였다. 해욱이에게는 오직 엄마뿐이었다. 해욱이 걱정스러운 엄마는 해욱이 편에서만 세상을 바라보았다.

해란이 원래 다니던 학교에서 이곳으로 전학을 온 이유도 해욱이 때문이었다. 이 학교엔 특수반이 있었고, 일반 학생들과 통합반도 운영했다. 해욱이 올해 초등학교에 입학하면서 해란이도 집에서 먼 지금의 학교로 옮겨와야 했다.

"제가 미정이 언니예요? 엄마예요?"

해란이 떨리는 목소리로 외쳤다. 평소 조용하던 해란이 소리치자 선생님의 눈이 커졌다. 해란의 음성은 흔들렸고 더듬거렸다.

"선, 선생님이, 선생님이 말씀하셨잖아요. 새, 새 학기 땐 짝 바꾼다고 하셨, 잖아요. 저 정말 싫어요. 다른 건 몰라도 그 냄새가 정말……"

해란이는 말을 맺지 못했다. 입을 꾹 다물고 턱을 들썩였다. 고개 숙인 해란이의 눈에서 떨어진 눈물이 흰 실내화에 투두둑 하고 떨어졌다. 선생님은 휴지를 건네주고 해란이의 어깨를 한번 잡아주었다.

"그래, 생각해 보자."

해란이를 먼저 교실로 보내고 선생님은 어디선가 책상 하나를 들고 들어왔다. 미정이를 선생님 책상 바로 앞자리에 따로 앉히고 나머지 아이들은 키 순서대로 자리를 배정했다. 줄넘기가 효과가 있었던지 해란이는 뒷줄로 자리가 옮겨져 미정이와 멀어졌다.

해란이는 새 짝 수진과 금방 친해졌다. 뒤에 앉은 희영이와도 가까워져 셋이서 자주 어울렸다. 미정이가 혼자 앉으면서, 반에서 제일 키가 큰 희영이도 짝이 없게 됐지만 별로 신경 쓰지 않았다. 오히려 넓어서 좋다며 책상에 이것저것 늘어놓기 일쑤였다.

해란이는 일부러 미정이 쪽을 보지 않았다. 쉬는 시간에 수진과 깔깔대다가 문득 시선이 느껴져 주위를 둘러보면 미정이가 해란이 쪽을 보고 있곤 했다. 그러면 해란은 고개를 재빨리 돌렸다. 그러다 미정이가 특수반 수업으로 자리를 비우는 날엔 자리 근처를 기웃거렸다. 똑같이 책상을 혼자 쓰는 희영이는 몸도 크고 짐도 차 있어 책상이 좁아 보이기까지 했는데 어쩐지 미정이의 책상은 휑했다.

날씨가 갑자기 추워져 온풍기를 튼 날이었다. 점심시간이 끝나고 5교시가 시작되자마자 희영이가 해란이에게 쪽지를 보내왔다. 말미잘 그림이었다. 촉수가 이리저리 뒤틀린 말미잘이 눈을 감고 졸고 있었다. 말미잘의 벌어진 입 사이로 침이 흘러나왔고 그 침에 말미잘은 반쯤 잠겨 있었다.

"야, 말미잘하고 똑같지 않냐?"

희영이가 속삭이자 해란이와 수진이 동시에 미정이 쪽을 바라봤다. 하필 미정이는 꺾은 양팔을 하늘로 들고 얼굴을 책상에 닿을 듯이 고개를 끄덕이고 있었다.

"크크크크크하핫하핫"

웃음을 참던 수진이 큰 소리를 냈고, 선생님이 해란이 쪽으로 다가왔다. 선생님은 멍하니 있던 해란이의 손에서 쪽지를 뺏어 들었다.

"해란이, 너!"

해란이는 자기가 그린 게 아니라고, 웃지도 않았다고 말하고 싶었다. 그런데 말을 하려고 보니 가슴 한쪽이 찌릿했다. 수진과 희영이는 아무 일도 없다는 듯 고개를 숙이고 활동지를 푸는 시늉을 했다.

"류해란, 쉬는 시간에 선생님 좀 보자."

선생님이 무슨 얘기를 길게 했지만 해란이는 그 소리를 거의 듣지 못했다. 말미잘 그림만 뚫어져라 바라보았다. 볼수록 미정이의 자는 모습이 떠올랐다. 웃음이 나진 않았다. 해란이 아무 말이 없자 선생님은 해란이가 고집을 부리고 있다고 생각했다.

"안 되겠다. 너, 일주일간 벌로 미정이 옆에 앉아. 당장 가서 자리 옮겨."

'벌이라고요? 미정이 옆에 앉는 게 벌이라고요?'

미정이와 짝 되는 것을 끔찍하게 여겼으면서도 막상 그것을 벌이라고 하자 해란이는 기분이 이상했다. 교실로 돌아와서 그림을 좍좍 여러 번 찢어 쓰레기통에 버리고 자리에 앉았다.

"야, 쌤이 뭐래? 너 우리 얘기 안 했지?"

희영이가 물었다. 해란이는 아무 말 없이 가방을 챙겨 미정이 옆으로 갔다. 그때까지도 혼자 졸고 있던 미정이가 해란이를 올려보았다.

"해라아, 이에 다이 여어 안느거야아(해란아 이제 다시 여기 앉는 거야?)"

미정이의 입이 크게 벌어지고 팔과 머리가 마구 흔들렸다. 해란이는 찢어버린 그림이 다시 생각났다. '뭐가 좋다고 웃는 거야. 아무것도 모르면서.' 해란이가 가방을 풀고 있는데 희영이가 다가왔다.

"쌤이 벌로 여기 앉으라고 한 거야?"

"벌은 무슨 벌!"

외치듯 말하며 해란이는 희영이를 흘겨봤다. 희영이는 해란이가 뜻밖이라는 듯 어깨를 으쓱댔다. 그리고는 곧 해란이보다 더 표정을 일그러뜨렸다. 키가 큰 희영이가 허리에 손을 척 올리자 다른 아이들도 숨을 죽이고 주위로 다가왔다. 미정이가 불안한 눈빛으로 해란이와 희영이를 번갈아 보았다. 몇 초가 흘렀을까, 해란이는 희영이를 밀치고 교실 밖으로 뛰쳐나갔다. 운동장까지 나왔지만 어디로 가야 할지 몰랐다. 아무도 없는 운동장을 가로질러 교문 밖으로 나갈 자신이 없었다.

학교 건물 뒤편을 서성이던 해란이는 급식실 뒤 우유 창고로 들어갔다. 평소 어두컴컴하여 무서워 보였는데 오늘은 아무도 없는 것이 편하게 느껴졌다. 해란이는 밖에서 눈에 띄지 않도록 구석으로 기어들어 갔다.

우유창고의 벽에 기대 해란이는 눈을 감았다. 해란이가 오자 반기던 미정이의 눈빛이 떠올랐다. 벌로 여기 앉는 거냐고 희영이가 말했을 때 흐려지던 눈, 희영이가 해란이를 위협하자 걱정하던 눈. 미정이는 해란이와 희영이를 번갈아 보며, 팔과 다리를 거세게 흔들어댔다. 촉수를 흔드는 말미잘 같았다. 그 모습을 보고 순간 한쪽만 올라가던 희영이의 입꼬리도 생각났다.

얼마나 시간이 지났을까, 해란이는 오스스한 한기에 잠에서 깼다. 급히 나오느라 겉옷도 챙기지 못했는데 설핏 자신도 모르게 잠이 든 것이다. 빽빽해진 무릎을 폈다 접었다 하며 두 팔을 안아 비비는데 열린 문틈 사이로 훅하고 바람이 들어왔다. 묵은 우유 비린내가 풍겼다. 쿱쿱하고 역한 냄새가 찬 기운에 힘을 잃었는지, 그다지 견디기 어렵지 않았다. 해란이는 미정이 침 냄새를 떠올리며 생각했다.

'미정이의 냄새도 이렇게 웅크리고 기다리면 사라지는 걸까?'

반에선 해란이를 찾느라 소동이 일었다. 선생님이 해란의 핸드폰으로 전화를 걸었지만 교실에 놓인 가방에서 울렸다. 지갑도 그대로였다. 5교시가 끝나도록 해란이가 돌아오지 않자 선생님은 해란이 엄마를 불렀다. 반장과 당번에게 학교 근처를 찾아보게 했다. 학교 지킴이 선생님께도 물었지만, 해란이가 사라진 시간보다 늦게 출근했다고 했다. 해욱이를 데리러 학교로 오던 해란이 엄마는 해란이 반으로 달려왔다. 해란이 엄마와 담임선생님은 차로 학교 근처를 돌아보기로 했다. 막 차를 타고 나가려는데 해란이가 천천히 우유 창고에서 주차장 쪽으로 걸어왔다.

해란이 엄마가 해란이의 어깨를 세게 안으며 말했다.

"이게 무슨 일이니, 어, 이게 무슨 일이야?"

"엄마야말로 무슨 일이야, 해욱이는?"

"!"

해란이를 찾았다고 안도할 틈도 없이, 엄마는 해욱이 반으로 달려갔다. 해란이도 엄마와 함께 뛰었다. 오래 굽어 있던 탓인지 서둔 탓인지 발이 잘 옮겨지지 않았다. 해란이는 한 번도 가보지 않았던 교실이었다. 해욱이는 없었다. 빈 교실은 불도 꺼져있었다. 엄마의 표정이 순식간에 일그러졌다. 녹은 아이스크림 같았다. 그때 해욱의 담임선생님이 다가왔다.

"아, 어머니, 오셨어요?"

"선생님!"

"해욱이 찾으시죠? 해욱이 지금 고학년 특수반 교실에 가 있어요."

엄마는 완전히 녹아내렸다.

교실에는 두 아이가 함께 소꿉놀이를 하고 있었다. 해욱이는 들국화와 잡초를 뜯어와 그릇에 담는 중이었다. 해욱이 옆에는 미정이가 앉아 있었다.

"어머님이 안 오셔서 전화하려고 했는데, 미정이가 찾아왔더라구요. 해욱이 엄마가 자기 반에 계시니 자기가 해욱이를 챙기겠다고. 다른 선생님께 들었는데 해욱이 누나가 없어졌다면서요?"

해욱이가 짓이겨 담은 꽃밥을 미정이 들고 먹는 시늉을 했다. 해욱이 벌떡 일어나더니 미정의 머리에 으깨지지 않은 꽃을 꽂아주었다. 놀라운 일이었다. 엄마 말고 해욱이 다른 사람과 저렇게 가까이 있다니. 미정이도 즐거워 보였다. 특수반 선생님은 미정이가 특수반 최고 학년이라 평소 아이들을 잘 챙겨준다고 했다. 해란은 해욱이보다도 미정이보다도 자기가 못나게 느껴졌다.

해란은 미정이와 해욱을 멍하니 바라보다 건물 밖으로 나갔다. 담장을 따라 난 나무 사이를 눈으로 훑어보며 화단에서 노란 들국화를 찾았다. 수줍은 듯 꽃잎을 가늘게 흔드는 들국화에선 따스하고 흐뭇한 향기가 났다. 해란은 그중 가장 예쁜 줄기를 몇 개 꺾었다.

해란은 미정에게 들국화 뭉치를 내밀며 말했다.

"향기가 좋아."

미정은 입을 크게 벌렸다. 바람에 흔들리는 들국화처럼 팔을 흔들었다.

윗집에 공룡이 쿵쿵쿵

엄경순

참을 만큼 참았다고 생각했습니다. 하루 이틀도 아니고, 이렇게 쿵쿵거리다니. 똑똑, 윗집 문을 두드렸습니다. 이번에는 단단히 주의를 주어야겠다고 나도 모르게 주먹을 꽉 쥐었습니다. 그러나 문이 열리고, "엄마야?" 하며 달려 나오는 아이를 보는 순간, 나도 모르게 그만 말문이 막히고 말았습니다. 이렇게 작은 아이가 그렇게 시끄러운 소리를 내다니. 땀을 뻘뻘 흘리며 천진하게 웃고 있는 아이의 모습을 보며, 조금만 더 참을 걸 하는 후회가 밀려왔습니다.

나도 어릴 때는 온 동네를 방방 뛰어다녔는데, 요즘 아이들은 집에서 마음대로 뛰어놀지도 못하는구나. 집에 돌아와서도 내내 아이의 표정이 마음에 걸렸습니다. 엄마한테 혼나서 살금살금 걷고 있을 아이의 모습이 눈앞에 보이는 것만 같았습니다. 어쩌다 나는 이런 어른이 된 것일까. 그 나이 때는 꿈에서 공룡도 만나고 우주도 여행하며 막 뛰어놀아야 한다고 생각했는데, 혹여나 내가 그 아이의 상상력을 가로막는 못난 어른이 된 것은 아닐까, 마음이 아팠습니다.

그날의 기억을 떠올리며 시를 썼습니다. '윗집에 공룡이 쿵쿵쿵'이라는 동시가 만들어졌습니다. 지금은 이사해서 소식조차 알 수 없지만, 나중에 그 아이가 이 시를 보고 웃어주었으면 하는 바람이 생겼습니다. 꼬맹이였던 그 시절로 다시 돌아갈 수는 없지만, 동시를 쓰면서 훌륭하진 못해도 괜찮은 어른이 되고 싶어졌습니다.

이 동시를 발견해 주신 심사위원님들께 감사드립니다. 동심의 세계로 돌아가 더 많은 이야기를 떠올려 보는 계기로 삼겠습니다. 묵묵히 지켜봐 준 가족들에게도 감사드립니다. 다시 찾고 싶은 것이 동심만은 아니겠지만, 그래도 오늘만큼은, 그 시절로 다시 돌아가 마음껏 뛰어놀고 싶습니다.

윗집에 공룡이 쿵쿵쿵

엄경순

아무리 초인종을 눌러봐도
윗집에는 공룡이 안 사는 것 같은데
층과 층을 연결하는 그곳에
공룡의 나라가 있는 것일까?
멸종된 공룡이 천장에서 쿵쿵쿵
발자국 소리만 계속 들려오네
이러다 우리 집 무너지면
우리는 또 어디로 가야 하나
빙하기를 살아가는 우리 집
엄마는 매일 밤 유성우처럼 폭발하고
아무리 살금살금 걸어도
계속 초인종을 누르는 아랫집 할머니
우리 집에도 공룡은 없어요
할머니 밤귀가 더 밝으시니
제발 공룡 좀 찾아주세요!

수상자 명단

소설

수상명	부문	수상자	작품명
대상	소설	김혜영	자염煮鹽
은상	소설	권인숙	망나니의 노래
은상	소설	김지형	북해도의 까마귀
동상	소설	전유주	기억의 현상학
동상	소설	임혜영	빨간 에나멜 구두
동상	소설	김선희	고리 만들기
가작	소설	이경희	빈틈의 시간
가작	소설	정서희	개와 함께 낮잠을 잘 것
가작	소설	김순희	빨강
가작	소설	심소정	당신의 이야기
가작	소설	김은정	생수
입선	소설	오명원	날개
입선	소설	송혜인	멜볼딘 동물원
입선	소설	정율리	조의 아파트
입선	소설	윤지영	잃어버린 얼굴
입선	소설	박경태	구두의 기억
입선	소설	양유라	삼색 공방
입선	소설	강윤경	홍콩행
입선	소설	고인영	그날
입선	소설	윤현지	선영이 쓴 편지
입선	소설	이미영	다나베의 일기

제15회 삶의향기 동서문학상 수상자 명단

수상명	부문	수상자	작품명
맥심상	소설	강미나	달의 아이는 어디에 있나요
맥심상	소설	강은지	무너지는 중입니다
맥심상	소설	강은화	그 여름의 언덕
맥심상	소설	강정은	아버지의 자서전
맥심상	소설	권분자	달 방
맥심상	소설	권정은	탈피
맥심상	소설	김견민	나폴리 항구
맥심상	소설	김경아	변종
맥심상	소설	김래연	사랑, 삶의 전부
맥심상	소설	김명희	무지개처럼 찬란한
맥심상	소설	김문정	흘러가다
맥심상	소설	김설경	나는 어른이 되고 싶었다.
맥심상	소설	김세나	빛의 도시
맥심상	소설	김수미	진주 귀걸이
맥심상	소설	김아라	보험을 해약하시겠습니까?
맥심상	소설	김윤아	판피린
맥심상	소설	김은정	어린 공주
맥심상	소설	김인정	먼지
맥심상	소설	김자연	닥터 리
맥심상	소설	김지혜	죽음에 이르는 속도
맥심상	소설	김혜민	복숭아 알레르기

소설

수상명	부문	수상자	작품명
맥심상	소설	김혜원	나는 봄이 벚나무와 한 그것을 너와 하고 싶다
맥심상	소설	김화경	그대, 내 손을 잡아 주니
맥심상	소설	김희원	누가 그 아이를 죽였는가
맥심상	소설	김희진	추운 나라 사람
맥심상	소설	나혜민	날개 없는 잠자리
맥심상	소설	남윤	꼭두각시놀음
맥심상	소설	노금화	무지개떡
맥심상	소설	류예지	노란 의자가 있는 카페
맥심상	소설	문지현	백구
맥심상	소설	박명화	북경에 사는 모나미자
맥심상	소설	박서령	반도유리가게
맥심상	소설	박선희	거리의 가족
맥심상	소설	박지은	점토
맥심상	소설	배말룡	바 람 재
맥심상	소설	서찬임	천국에서 온 새
맥심상	소설	서춘희	그늘을 듣다
맥심상	소설	석연옥	가래침
맥심상	소설	손명진	공 수사관의 보람찬 하루
맥심상	소설	송혜경	검은 집
맥심상	소설	신민정	최후 진술
맥심상	소설	신현임	황혼에 물구나무서기

제15회 삶의향기 동서문학상 수상자 명단

수상명	부문	수상자	작품명
맥심상	소설	신희주	사유의 엘리베이터
맥심상	소설	안구선	평미레
맥심상	소설	안윤애	싸움의 반대말
맥심상	소설	안점희	결절
맥심상	소설	양해연	차가운 안녕
맥심상	소설	양희정	두통
맥심상	소설	여하정	그의 너머
맥심상	소설	우샛별	여름의 끝
맥심상	소설	유지아	달팽이 소면
맥심상	소설	이아영	화분
맥심상	소설	이애자	꿈길 걸어
맥심상	소설	이영미	따뜻한 집
맥심상	소설	이영탁	단무지와 어묵
맥심상	소설	이주희	와인 한 잔과 먹을 수 있는
맥심상	소설	이지영	압축 상자
맥심상	소설	이지혜	물속에 사는 여자
맥심상	소설	임연화	깜박이는 말들
맥심상	소설	장명숙	시 읽는 여자
맥심상	소설	장성희	침대를 팝니다
맥심상	소설	장은정	파리한 사진관의 조용한 파티.
맥심상	소설	전세라	인사하는 남자

소설

수상명	부문	수상자	작품명
맥심상	소설	전현진	범 코트를 입은 여자
맥심상	소설	정경진	살구가 떨어진다는 것은
맥심상	소설	정문숙	이끼
맥심상	소설	정연아	실버 레인
맥심상	소설	정유라	실종
맥심상	소설	정유진	노래 곁에
맥심상	소설	정정남	돌아간다면
맥심상	소설	정진희	세 빨간 구두
맥심상	소설	정화영	춘자의 다락방
맥심상	소설	조배화	새벽의 소리
맥심상	소설	조수현	구피 키우기
맥심상	소설	조은아	크리에이티브한 가족
맥심상	소설	조하나	흘리다
맥심상	소설	조현희	사자
맥심상	소설	주선미	페르소나
맥심상	소설	주진형	오늘의 날씨
맥심상	소설	지윤주	바닐라 아포가토 카페의 추억
맥심상	소설	진성아	야끼모
맥심상	소설	진실	따옴표 열기
맥심상	소설	진윤숙	독
맥심상	소설	최미영	흰 꽃 두송이

제15회 삶의향기 동서문학상 수상자 명단

수상명	부문	수상자	작품명
맥심상	소설	최민경	나비목걸이의 비밀
맥심상	소설	최소영	밤의 호수
맥심상	소설	최영선	테스터
맥심상	소설	최영주	도둑비~Dear.My Rain~
맥심상	소설	최유나	나 락
맥심상	소설	최유진	가능세계
맥심상	소설	최전경	각자의 냄새
맥심상	소설	하원경	지금, 행복하세요?
맥심상	소설	한나라	집이 일어나 걷는 모습
맥심상	소설	한수현	하루 소풍
맥심상	소설	한지은	서커스 유람 마차
맥심상	소설	함은선	모녀
맥심상	소설	현규비	당신의 심장은 안전하십니까

시

수상명	부문	수상자	작품명
금상	시	최경심	얼룩말 나비와 아버지
은상	시	김응혜	젠가
은상	시	조미선	하늘로 빛을 쏘아 올린 연어
동상	시	강지원	두 섬
동상	시	박성숙	걷지 않는 나무들
동상	시	손은주	물의 그림자를 지우며 간다
가작	시	문정은	남반구의 이방인
가작	시	오명옥	아틀란티스표범나비
가작	시	손은정	태광 미용실 30주년 기념 타월
가작	시	홍세영	꽃반지
가작	시	김하윤	사과즙
입선	시	황현숙	냉장고에서 시어 버린 김치를 꺼내면서
입선	시	김소나	수문을 잠그다
입선	시	박천숙	행복한 책의 나라
입선	시	김정희	바람과 함께 사라지다
입선	시	김성아	셔틀콕
입선	시	임정수	할미가 살아가는 법
입선	시	손영미	사랑을 위한 비유법
입선	시	이정임	당신의 온도는요?
입선	시	김영숙	터미널 의자
입선	시	정옥자	노래로 지어진 나무

제15회 삶의향기 동서문학상 수상자 명단

수상명	부문	수상자	작품명
맥심상	시	고은비	벚꽃 비 내린다면
맥심상	시	권명희	엄마의 꽃밭
맥심상	시	금동현	白椴
맥심상	시	기예은	나는 밥이 되었다
맥심상	시	김명순	생(生)의 마지막
맥심상	시	김문순	모반 母斑
맥심상	시	김미선	오베르 쉬르 우아즈
맥심상	시	김미순	일상의 베토벤
맥심상	시	김미연	짱뚱어 잡이
맥심상	시	김미옥	고청개 사월
맥심상	시	김미향	부록을 편집하다
맥심상	시	김영애	갈아 끼우는 풍경
맥심상	시	김영욱	호구거리
맥심상	시	김유리	오늘
맥심상	시	김은순	죽간竹簡
맥심상	시	김은영	갈매나무 헌책방
맥심상	시	김지연	나의 활달한 경계
맥심상	시	김지혜	아버지 산(산(山))
맥심상	시	김향숙	시큰거리는 어머니
맥심상	시	김현재	빈집
맥심상	시	김효정	정류장의 표정

시

수상명	부문	수상자	작품명
맥심상	시	박갑순	보청기
맥심상	시	박미숙	수문장
맥심상	시	박선희	바람꽃
맥심상	시	박선희	등
맥심상	시	박세혜	무통증
맥심상	시	박수영	가을 종착역
맥심상	시	박용숙	풍문
맥심상	시	박은선	바다바라기
맥심상	시	박은순	어머니의 푸성귀
맥심상	시	박혜경	네 번째 계단에 앉아
맥심상	시	박화선	호박은 처음부터 갑각류가 아니었다
맥심상	시	배수영	로드 킬
맥심상	시	백소영	아네모네 맨션
맥심상	시	백소윤	뿔꽃
맥심상	시	백승미	띄워쓰기
맥심상	시	서미숙	시접
맥심상	시	서유경	사과꽃향기
맥심상	시	석성득	분재
맥심상	시	석수정	찌라시
맥심상	시	설은영	아버지, 어디쯤이세요?
맥심상	시	손유빈	빈티지

제15회 삶의향기 동서문학상 수상자 명단

수상명	부문	수상자	작품명
맥심상	시	송영화	풀의 본적
맥심상	시	신복순	의류수거함
맥심상	시	신지원	포화
맥심상	시	신현정	뭇별
맥심상	시	신혜숙	마른 꽃
맥심상	시	심보람	사막
맥심상	시	안명자	종기
맥심상	시	안사임	우리는 눈썹으로 얘기했다
맥심상	시	안성은	나무와 별과 소란들
맥심상	시	유선자	슬픔은 바이러스가 오는 길
맥심상	시	유원희	꽃병의 몰락
맥심상	시	윤경예	소똥구리 재발견
맥심상	시	윤빛나	감자꽃 어머니
맥심상	시	윤석열	진리상점
맥심상	시	윤주희	균열 이후
맥심상	시	이가원	빛나기엔 부족한
맥심상	시	이가은	앵무새
맥심상	시	이미순	바다 나이테
맥심상	시	이보람	오래된 구두
맥심상	시	이성숙	그대, 잠자리는 편안하신가
맥심상	시	이숙희	깨꽃

시

수상명	부문	수상자	작품명
맥심상	시	이숙희	봄을 수저로 떠먹다
맥심상	시	이순영	동물원
맥심상	시	이은희	스타킹을 신고
맥심상	시	이장산	먼지 찬가(삶의 노래)
맥심상	시	이정애	프레임
맥심상	시	이혜경	빗방울
맥심상	시	이혜정	엑스트라
맥심상	시	임명옥	지상에서 가장 작고 가장 쓸쓸한
맥심상	시	임소형	도시의 나무
맥심상	시	임진순	국시
맥심상	시	장미자	봄날의 鄕愁
맥심상	시	장서영	어제는 문밖에서 잎맥의 숨을 읽었다
맥심상	시	장예은	동백
맥심상	시	전영란	냄새의 무게
맥심상	시	전진순	화살나무
맥심상	시	정경숙	조각난 지붕
맥심상	시	정수빈	골목길
맥심상	시	정유리	흰, 어떤, 방
맥심상	시	정유하	오늘 바다는 마름모꼴로 접을 수 있다
맥심상	시	정은진	나, 초식동물
맥심상	시	정혜숙	엄마의 서랍

제15회 삶의향기 동서문학상 수상자 명단

수상명	부문	수상자	작품명
맥심상	시	조은숙	꽃길
맥심상	시	조재일	하늘에서 지상으로
맥심상	시	조진희	추억의 맛
맥심상	시	지주현	뿌리에서 꽃까지
맥심상	시	차희영	방향
맥심상	시	천현주	오늘도 몇 벌의 옷이 사람들의 머리를 싣고 걸어간다
맥심상	시	최영희	돌아온 숟가락
맥심상	시	최정란	소나기
맥심상	시	한명희	기억의 반경
맥심상	시	한혜원	카운트다운
맥심상	시	허순옥	제 5의 계절
맥심상	시	홍숙영	새참
맥심상	시	홍은아	동해(東海)
맥심상	시	홍효숙	잣나무 평상
맥심상	시	황예솔	무동력선

수필

수상명	부문	수상자	작품명
금상	수필	조현숙	항아리의 힘
은상	수필	이경화	할머니의 숲
은상	수필	오미향	무게
동상	수필	신혜경	밑줄 많은 인생
동상	수필	강남이	물을 건너는 법
동상	수필	정옥희	우리 동네 이야기
가작	수필	이지헌	연결
가작	수필	이은혜	그녀에게 아인수패너를
가작	수필	김영란	시한폭탄 부부의 배낭여행기
가작	수필	장진희	씻김 받고 꽃상여 타고(2)
가작	수필	오정미	누군가의 봄
입선	수필	이윤애	아주 작은 아담한 동화역
입선	수필	이준옥	해 녀
입선	수필	양성자	천경자의 그림들
입선	수필	최미옥	불탄 숲에도 나무는 자란다
입선	수필	송향란	그녀가 울고 있다
입선	수필	이은숙	옥장(玉匠)과 옥 원석(玉原石)
입선	수필	이연옥	백일홍에 대한 단상
입선	수필	이윤진	당신의 삶은 환경적인가?
입선	수필	배명옥	손바닥
입선	수필	김민하	자라지 못한 7살을 놓아주려 한다

제15회 삶의향기 동서문학상 수상자 명단

수상명	부문	수상자	작품명
맥심상	수필	강신자	남동생이 생기던 날
맥심상	수필	고우정	휴일엔 쑥을 뜯겠어요
맥심상	수필	권은지	내게 온 사막
맥심상	수필	권인애	담쟁이 가족
맥심상	수필	김경진	숨구멍
맥심상	수필	김경태	격대 교육
맥심상	수필	김남숙	엄마의 두부
맥심상	수필	김두경	관측의 의미
맥심상	수필	김민정	이제는 당신을 안아도 되겠습니까.
맥심상	수필	김복순	긴 장마가 끝나면
맥심상	수필	김복애	그림 그리는 시간
맥심상	수필	김시연	양철밥상
맥심상	수필	김연미	어머니의 등대
맥심상	수필	김연정	염증
맥심상	수필	김영옥	접(椄)
맥심상	수필	김정숙	꽃밥
맥심상	수필	김정희	오동나무 꽃이 핀다
맥심상	수필	김지은	가난을 팔아 청춘을 살 수 있다면
맥심상	수필	김초롱	사라질 공간
맥심상	수필	김태라	이름
맥심상	수필	김한솔	긱

수필

수상명	부문	수상자	작품명
맥심상	수필	김현정	직박구리 가족
맥심상	수필	김혜림	터널을 지나서 왼쪽으로
맥심상	수필	김희정	복숭아 통조림
맥심상	수필	노영희	큰언니의 꽃밭
맥심상	수필	문은경	특별한 졸업장
맥심상	수필	민진	사람, 한 사람
맥심상	수필	박선영	오래 걸렸다. 이 둘을 사랑하기까지
맥심상	수필	박소람	서울,삼성동
맥심상	수필	박은애	나는 일곱 살 엄마에요
맥심상	수필	박은혜	종이 인형
맥심상	수필	박재인	기억
맥심상	수필	박지영	사랑의 뒷면
맥심상	수필	박혜련	피아노집
맥심상	수필	박혜수	겁쟁이 사자
맥심상	수필	박혜정	내 마음의 얼
맥심상	수필	배태선	방독면
맥심상	수필	백희진	손목
맥심상	수필	서명순	삼랑진 늪
맥심상	수필	서혜린	소
맥심상	수필	송은경	규화목
맥심상	수필	안순란	그랜드캐년에서

제15회 삶의향기 동서문학상 수상자 명단

수상명	부문	수상자	작품명
맥심상	수필	양지희	호접란
맥심상	수필	오순이	어깨의 시간
맥심상	수필	오영주	별을 보고 싶다
맥심상	수필	오호정	엄마의 나라
맥심상	수필	우민지	춤
맥심상	수필	원소영	엄마, 나의 엄마, 엄마의 엄마, 우리의 엄마
맥심상	수필	유재연	위로하는 손
맥심상	수필	윤종희	감자
맥심상	수필	이강선	이불 홑청을 시치다가
맥심상	수필	이다빈	목성빛
맥심상	수필	이미화	비빔국수
맥심상	수필	이민서	총각국수
맥심상	수필	이선우	내, 그 설움을 삼켜 꽃 피워
맥심상	수필	이성아	용서
맥심상	수필	이연옥	시룻번
맥심상	수필	이영숙	낙강에 대한 단상
맥심상	수필	이용희	그대를 기다립니다
맥심상	수필	이은별	봄 여름 가을 겨울, 계절의 노래
맥심상	수필	이정희	봄을 기다리는 까닭
맥심상	수필	이현선	농업계 고등학교 여장부 박 선생의 제자는?
맥심상	수필	이형란	아는 것과 하는 것 사이

수필

수상명	부문	수상자	작품명
맥심상	수필	이혜순	모란이 필 때
맥심상	수필	이효문	단톡방
맥심상	수필	임경희	들겨울달
맥심상	수필	임동연	노루발 따라 인생을 기웠을 뿐
맥심상	수필	임수연	궁과 그리움에 대하여
맥심상	수필	임연숙	정말 착하게 살겠습니다.
맥심상	수필	임은혜	여자의 가슴
맥심상	수필	전미선	바꿀수 없는 시간의 모양
맥심상	수필	정미영	조용한 위로
맥심상	수필	정석순	채밀하다
맥심상	수필	정영란	위성 공원
맥심상	수필	정영선	언제든 시작해도 돼
맥심상	수필	정영애	용담(龍膽)
맥심상	수필	정은경	손님을 기다리며
맥심상	수필	정인순	배달의 추억
맥심상	수필	정혜영	오이지
맥심상	수필	조경자	나는 정말 왜 그럴까
맥심상	수필	조선영	기억해도 좋을 만남
맥심상	수필	조정숙	집
맥심상	수필	조혜원	달래와 나
맥심상	수필	진보연	손님맞이

제15회 삶의향기 동서문학상 수상자 명단

수상명	부문	수상자	작품명
맥심상	수필	진서우	집을 부수다
맥심상	수필	최말순	강여사의 놀이터
맥심상	수필	최영옥	시계
맥심상	수필	최점순	허브향 그녀
맥심상	수필	최현경	엄마의 꿈
맥심상	수필	최현주	귓속의 작은 벌레
맥심상	수필	최혜영	엄마와 바퀴벌레
맥심상	수필	최효옥	행복한 구속을 아는 꼰대
맥심상	수필	태미림	죽
맥심상	수필	편하련	조각과 수채화
맥심상	수필	한정희	두 여인
맥심상	수필	함승미	내일도 운석이 떨어진다.
맥심상	수필	허명화	강낭콩 열매를 바라보며
맥심상	수필	홍옥연	그리움

아동문학

수상명	부문	수상자	작품명
금상	아동문학	주미선	또또
은상	아동문학	정인주	공터에서
은상	아동문학	조현미	나비의 꿈
동상	아동문학	김미희	온라인 수업
동상	아동문학	유진아	내 짝꿍 말미잘
동상	아동문학	엄경순	윗집에 공룡이 쿵쿵쿵
가작	아동문학	장미선	까만 엄마
가작	아동문학	황미경	안심택배
가작	아동문학	이창민	두려움을 훔친 아이
가작	아동문학	안광숙	인큐베이터
가작	아동문학	최영희	롤러코스터
입선	아동문학	김예지	짠순이할머니가 이상해
입선	아동문학	박주리	먹구름
입선	아동문학	정명희	꿈꾸는 우산
입선	아동문학	최인정	마스크
입선	아동문학	이연례	손가락 끝에 눈이 있다면
입선	아동문학	김정자	가을 요정 금비
입선	아동문학	이경문	까만별
입선	아동문학	김보미	숲속 재봉사 너구리아줌마
입선	아동문학	구혜은	광어와 도다리
맥심상	아동문학	강경순	끈

제15회 삶의향기 동서문학상 수상자 명단

수상명	부문	수상자	작품명
맥심상	아동문학	강난희	내 짝꿍 김건욱
맥심상	아동문학	강민주	맨홀
맥심상	아동문학	강수미	커피를 마시자!
맥심상	아동문학	강신명	뭐예요 뭐예요 뭐예요
맥심상	아동문학	강정아	아마도 빗방울
맥심상	아동문학	고훈실	무지개 대피소
맥심상	아동문학	권영을	편지
맥심상	아동문학	권정숙	날개 속으로
맥심상	아동문학	김경희	힘센 자전거 '유니지니'
맥심상	아동문학	김금숙	새끼 밴 마루의 세상구경
맥심상	아동문학	김다율	대청소
맥심상	아동문학	김동춘	이층침대
맥심상	아동문학	김말희	수달의 밥상
맥심상	아동문학	김미란	시간도둑
맥심상	아동문학	김미숙	나의 코니, 너의 솜이
맥심상	아동문학	김민지	황새가 그랬어
맥심상	아동문학	김보경	꿀 먹은 벙어리, 한새은
맥심상	아동문학	김세원	바다 색
맥심상	아동문학	김수정	씨앗이 자라나봐
맥심상	아동문학	김시은	아기 거북
맥심상	아동문학	김애영	나는 'A15'다

아동문학

수상명	부문	수상자	작품명
맥심상	아동문학	김영숙	돌탑
맥심상	아동문학	김영화	아빠의 마당
맥심상	아동문학	김윤숙	휴대폰 자살 소동
맥심상	아동문학	김은아	사방치기
맥심상	아동문학	김정랑	도돌이표
맥심상	아동문학	김지수	우리 동네 하늘 사진관
맥심상	아동문학	김지은	모르는 문제
맥심상	아동문학	김진수	할머니와 꽃신
맥심상	아동문학	류효정	우당탕퉁탕 카레공장
맥심상	아동문학	민진식	부처님 귀
맥심상	아동문학	박락원	나는야 임진각 독수리
맥심상	아동문학	박선애	우리말로 하세요
맥심상	아동문학	박선혜	완벽한 맛
맥심상	아동문학	박숙희	할아버지 비상금
맥심상	아동문학	박정희	가을학교
맥심상	아동문학	박혜숙	하품
맥심상	아동문학	박혜원	친구 맞춤 전문
맥심상	아동문학	서복량	빨간 소방차
맥심상	아동문학	서채원	무지개 아이
맥심상	아동문학	성희윤	젤리 구출 작전
맥심상	아동문학	신경재	파랑새 시계의 비밀

제15회 삶의향기 동서문학상 수상자 명단

수상명	부문	수상자	작품명
맥심상	아동문학	신안호	5분만요
맥심상	아동문학	신영순	낚시밥
맥심상	아동문학	안미숙	여름해
맥심상	아동문학	안보라	상장보다 상자
맥심상	아동문학	양미순	병원이 집이 된 할머니
맥심상	아동문학	오남희	마녀의 일기
맥심상	아동문학	오수진	영원히 사는 별에서 온 달팽이
맥심상	아동문학	오현희	할머니와 검정콩
맥심상	아동문학	유세령	하루 마을, 날씨 마을
맥심상	아동문학	유연정	맨발걷기
맥심상	아동문학	윤미나	부엉이 택시기사
맥심상	아동문학	윤지은	요술 치약
맥심상	아동문학	윤혜정	단풍잎
맥심상	아동문학	윤혜주	할아버지 주름
맥심상	아동문학	이미영	쌩쌩이와 털털이
맥심상	아동문학	이미화	행운이의 일기장
맥심상	아동문학	이미희	즐거운 대화
맥심상	아동문학	이상희	범인은 비밀이에요
맥심상	아동문학	이세비	이어달리기
맥심상	아동문학	이순애	보름달도 힘들겠다
맥심상	아동문학	이신영	삼촌

아동문학

수상명	부문	수상자	작품명
맥심상	아동문학	이영란	뭉치
맥심상	아동문학	이유경	꾸벅꾸벅 가로등과 깜박깜박 할머니
맥심상	아동문학	이윤정	냄새를 파는 가게
맥심상	아동문학	이은지	할아버지의 색연필
맥심상	아동문학	이정순	코끼리 호루라기
맥심상	아동문학	이지나	연필밥 벌레가 사라졌어
맥심상	아동문학	이지현	잔디밭
맥심상	아동문학	이현정	민요소녀
맥심상	아동문학	이현지	몬스터가 스친 자리
맥심상	아동문학	이현희	고양이 통행금지
맥심상	아동문학	이희숙	머리 깎기
맥심상	아동문학	임승현	꼬리잡기
맥심상	아동문학	임연주	나는 큰 참나무가 될 거에요.
맥심상	아동문학	장선욱	땡구의 완벽한 실험실
맥심상	아동문학	전서현	웃는 단추
맥심상	아동문학	정겨운	중독 병원
맥심상	아동문학	정복연	나는 바다로 간다
맥심상	아동문학	정영림	분리수거 합니다!
맥심상	아동문학	정은승	도라지꽃
맥심상	아동문학	정은지	악마 일기
맥심상	아동문학	정은희	수염 틸란드시아

제15회 삶의향기 동서문학상 수상자 명단

수상명	부문	수상자	작품명
맥심상	아동문학	정진솔	우리 아빠를 소개합니다
맥심상	아동문학	정한지	슬리퍼
맥심상	아동문학	조미경	단짝친구
맥심상	아동문학	조인정	단짠단짠
맥심상	아동문학	지숙희	고양이 보청기
맥심상	아동문학	진선미	안녕, 기억의 서랍
맥심상	아동문학	차지윤	세상에서 가장 맛있는 붕어빵
맥심상	아동문학	최귀희	달력나무
맥심상	아동문학	최난숙	시 쓰는 아이
맥심상	아동문학	최소혜	두 개의 발자국
맥심상	아동문학	최은정	나무는 알아요
맥심상	아동문학	최정아	여름이 내는 소리
맥심상	아동문학	허창열	등잔 밑이 어둡다
맥심상	아동문학	홍경화	딸기잼 토스트
맥심상	아동문학	황애라	출렁다리

동서문학상 연혁

동서문학상 연혁

수상	수상자	작품명	부문
1973년 주부에세이 공모			
대상	김근숙	커피와 행복	수필
1989년 제1회 동서커피문학상 제정 (시·수필 2개 부문 공모)			
대상	유춘희	찻집에서	시
금상	김순남	滿船을 기다리며	시
금상	이준봉	직녀와 베틀과 커피	수필
1994년 제2회 (시·수필·콩트 3개 부문 공모)			
대상	박종운	커피의 내력	시
금상	진순효	사랑	시
금상	윤태희	사색하는 약	수필
금상	허은진	새벽연가	콩트
1996년 제3회 (시·산문 2개 부문 공모)			
대상	조윤희	풀 내음이 있는 커피 한잔	시
금상	한소운	차를 끓이며	시
금상	신영미	충청도 커피	산문

수상	수상자	작품명	부문
1998년 제4회 (시·산문 2개 부문 공모)			
대상	노현희	미장원에서	산문
금상	문정운	어느 가을날 부르는 희망의 노래	시
금상	안윤주	나무의 視線	산문
2000년 제5회 (시·소설·수필 3개 부문 공모)			
금상	이영옥	우편함 속의 새	시
금상	유헬레나	숨저고리	수필
금상	최옥정	원의 중심	소설
2002년 제6회 (시·소설·수필 3개 부문 공모)			
대상	이미경	청수동이의 꿈	소설
금상	이선남	풍선	시
금상	전계숙	엄마의 저금통장	수필
금상	박영미	호랑나비 한 마리가 꽃밭에 앉았는데	소설
2004년 제7회 (시·소설·수필 3개 부문 공모) 대상과 금상, 〈월간문학〉 등단 특전			
대상	이은희	검댕이	수필
금상	조혜경	바느질	시
금상	김정혜	아랑이 내게 남긴 건	소설

동서문학상 연혁

수상	수상자	작품명	부문
2006년 제8회 (시·소설·수필 3개 부문 공모) 대상과 금상, 〈월간문학〉 등단 특전			
대상	황춘자	산수유 그늘 아래	소설
금상	정명옥	주전리 바다	시
2008년 제9회 (시·소설·수필·아동문학 4개 부문 공모) 대상과 금상, 〈월간문학〉 등단 특전			
대상	박인숙	침엽의 생존방식	시
금상	구자인혜	어머니의 정원	소설
금상	구본석	연경 침선장	아동문학
2010년 제10회 (시·소설·수필·아동문학 4개 부문 공모) 대상과 금상, 〈월간문학〉 등단 특전			
대상	김경희	코피 루왁을 마시는 시간	소설
금상	허이영	바지랑대	수필
금상	오희옥	택배를 출항시키다	시
금상	김현경	하나새가 준 선물	아동문학

수상	수상자	작품명	부문
2012년 제11회 (시·소설·수필·아동문학 4개 부문 공모) 대상과 금상, 〈월간문학〉 등단 특전			
대상	전성옥	늙은 뱀 이야기	소설
금상	임미형	모시옷 한 벌	시
금상	김경희	스타킹	수필
금상	이영아	하늘에 닿은 종이비행기	아동문학
2014년 제12회 (시·소설·수필·아동문학 4개 부문 공모) 대상과 금상, 〈월간문학〉 등단 특전			
대상	최분임	매조도梅鳥圖를 두근거리다	시
금상	이소현	백야(白夜)	소설
금상	최선자	몽당연필	수필
금상	박미정	프레셔스, 넌 하이에나가 아니야	아동문학
2016년 제13회 (시·소설·수필·아동문학 4개 부문 공모) 대상과 금상, 〈월간문학〉 등단 특전			
대상	추영희	달을 건너는 성전	시
금상	임정은	손	소설
금상	김진순	단아한 슬픔	수필
금상	김원선	"마이 네임 이즈 상우 킴"	아동문학

동서문학상 연혁

수상	수상자	작품명	부문
2018년 제14회 (시·소설·수필·아동문학 4개 부문 공모) 대상과 금상, 〈월간문학〉 등단 특전			
대상	이은정	개들이 짖는 동안	소설
금상	원기자	점자 익히기	시
금상	고옥란	저기 자궁들이 있다	수필
금상	오성순	외할머니 냉장고	아동문학
2020년 제15회 (시·소설·수필·아동문학 4개 부문 공모) 대상과 금상, 〈월간문학〉 등단 특전			
대상	김혜영	자염煮鹽	소설
금상	최경심	얼룩말 나비와 아버지	시
금상	조현숙	항아리의 힘	수필
금상	주미선	또또	아동문학

삶의 향기가
문학이 됩니다

제15회 삶의 향기 동서문학상

초판 1쇄 2020년 11월 24일

지은이 김혜영 外
발행처 동서식품주식회사
주소 서울시 마포구 독막로 324 동서빌딩
전화 02-3271-0114
ISBN 979-11-5622-543-0 03810